# 名探偵の証明

市川哲也

JN192002

そのめざましい活躍から、1980年代には推理小説界に「新本格ブーム」までを招来した名探偵・屋敷啓次郎。行く先々で事件に遭遇するものの、ほぼ十割の解決率を誇っていた——。しかし時は無情にもすぎて現代、60代となったかつてのヒーローはある事件で傷を負い、ひっそりと暮らしている。そんな屋敷のもとを、元相棒が訪ねてきた。資産家一家に届いた脅迫状の謎をめぐり、探偵業の傍らタレントとしても活躍している蜜柑花子と対決しようとの誘いだった。人里離れた別荘で巻き起こる密室殺人、さらにその後の屋敷の姿を迫真の筆致で描いた長編ミステリ。第23回鮎川哲也賞受賞作。

# 名探偵の証明

市　川　哲　也

創元推理文庫

# THE DETECTIVE 1

by

Tetsuya Ichikawa

2013

# 名探偵の証明

『昨日二十四日、東京都江戸川区《えどがわ》内で、野元健介《のもとけんすけ》さんが全身を鋭利な刃物でめった刺しにされ、殺害されているのが発見されました。二十二日に発生した田口夕《たぐちゆう》さん殺害事件と手口が酷似していることから、警察はふたつの事件の関連性を含め、慎重に捜査を進めているとのことです』

東京湾に浮かぶ島に新しく建てられた館に、オレはいる。江戸川区からの距離は十キロほど。唯一、外からの情報を取り入れられるのが、このラジオだ。流れてきたのは、物騒なニュースだった。

それがオレの脳細胞を、落雷のように直撃した。

ピースにすぎなかった個々の事件の情報が、ひとつの結論に向かってはまっていく。電気刺激が脳の神経回路を結ぶ。ぶわっと産毛が逆立つような感覚が体中を駆け巡った。

そうか。これが真相か。

「本土でも連続殺人かよ。胸糞悪《わり》ぃな、ったくよ」

刑事である武富竜人《たけとみたつひと》は、呆れたように吐き捨てた。禁煙パイプをがちりと音を立てて噛む。

竜人はオレと同い年で、今年三十六歳だ。誕生日を機として禁煙に励んでいる。苛立ちにより煙草を欲しているに違いないが、禁煙パイプを嚙むことで欲求を抑えているようだ。タンクトップから突き出た腕は、筋肉の陰影がくっきりと浮かんでいる。がっしりとした顔の輪郭と相まって、屈強な印象を会う者に与える。オールバックにした髪型は、黒々として生命力に溢れていた。

オレは対極的な、細身の体に前髪を垂らした髪型。ダブルのスーツをきっちりと着こなしている。

「世の中、好景気になっても殺人はなくならないな」

オレは窓辺に立ち、小さな浜辺を眺めながらつぶやいた。月光を反射しながら、穏やかな波が寄せては返す。幻想的でありながら、近づく人間を吞みこんでしまいそうな不気味さがある。素潜りが得意だと語っていた利光《としみつ》を思い出した。

ほんの数日前には、水辺で砂を蹴ってはしゃいでいたのが、いまとなっては、この島が見せた幻だったかのようだ。

「金がなくなっても、殺人はなくなりゃしねえよ」

背後から竜人の声がした。そちらへ視線を移す。

「違いないね」

オレは透明のビニール袋を持ち上げた。赤いマニキュアが塗られた爪片が入っている。わずかだが、皮膚片と思われるものが付着していた。竜人の許可を得て、仲泉《なかいずみ》の遺体から切り取らせてもらった。犯人に処分されないための緊急避難策だ。

「こんな不完全な世の中だからこそ、お前がいるんだろ」

「それは竜人もだ。犯罪がある限り、警察は必要だよ」

窓辺から離れ、竜人の前の椅子に腰かけた。

「組織力あっての警察であり警官だ。こうして島に閉じこめられちまっちゃ、警官ひとりの力なんざ弱いもんよ」

竜人は苦笑いして、禁煙パイプを咥《くわ》えた。

「こんなとき頼りになるのは、お前だ。名探偵」

竜人は笑いの質を変え、にやりとオレを見た。信頼と、からかいの混ざった笑みだ。オレはむずがゆさを覚えながら、ビニール袋をテーブルに置いた。

「そう期待されると、オレも応えないといけないな」

「で、どこまでわかった？」

竜人が真顔になって、オレの方へ上体を傾けた。

「ほぼそろっているよ。犯人を特定する材料ならね」

「本当かよ！　いつだ？　さっきまで決め手に欠けるって言ってたじゃねえかよ！」

竜人が食いつかんばかりに身を乗り出してきた。オレはその気魄に上体を反らしながら、静かに告げた。

「ついさっきだよ。でもまだ決定的な証拠がない」

「そうか……でもお前のこった。策はあるんだろ」

「当然だよ」

何十件もの事件に遭遇していると、どうしたって証拠が見つからないケースがある。鑑識もいない閉鎖空間での事件ならなおさらだ。

だが、証拠がないならないなりのやり方がある。

「そのために、訊いてほしいことがあるんだ。利光さんにね」

「おう。まかせとけ」

「頼りにしているよ。敏腕刑事」

お返しに言ってやると、今度は竜人が恥ずかしそうに手を振った。

「よせよ。で、なにを訊きゃあいいんだ？」

オレは椅子に背中をあずけて、言った。

「ＤＮＡ型鑑定について」

＊

「屋《や》敷《しき》啓《けい》次《じ》郎《ろう》の推理がついに披露されるのですね」

和《わ》歌《か》森《もり》喜《き》八《はち》は嬉々とした声を上げながら、ロビーに入ってきた。顔には楽しげな微笑があった。ペルシャ絨毯の上を、音も立てずに歩いてくる。藤色の着物に銀鼠の帯を締め、七三にわけた髪の毛と細いまなこが、理知的な雰囲気を醸し出している。歳は五十一らしいが、実年齢よりも若く見え、気品がある。

オレは苦笑いと会釈を返した。

やれやれ。和歌森の推理小説好きにも困ったものだ。竜人の方を見て肩をすくめた。竜人は和歌森の態度が不満そうだったが、腕組みをして鼻を鳴らすだけに止《とど》めていた。

やや遅れて入ってきたのは、戸田沢《とだざわ》ひろみだった。

「推理ってどういうことなの？　犯人はもう死んだんでしょ？　ど、どうして集められなきゃいけないのよ」

戸田沢からは、当初のバカンス気分が消え去っている。大学生ながら中年のような顔になっていた。赤かった唇は色を失い、太い眉も生気を失っていた。肩パッドの入ったスーツだけが赤く気を吐く。ソバージュの髪も乱れ、不安のほどを表しているようだった。嬉々としている和歌森と違い、連続殺人に相当参っている。

「は、犯人は……まだ生きてるんだってさ」

ひとりごとのようにつぶやいたのは、利光輝樹《てるき》だ。大きな革張りのソファに座っている。きたときから床に目をやったままだ。Tシャツとジーンズといった服装は、先のふたりと異なり飾り気がない。手を顔の前で組んで、ひたすら床を見つめている。

己が手を下した事件の真相が暴かれるんだ。殺人犯としては緊張もするだろう。

「死んでないってどういうことよ！　犯人は仲泉さんだったたんでしょ！　ちゃんと遺書があっ

たじゃない！」

戸田沢がヒステリックに叫ぶ。弱々しかった眉が、角のように吊り上がった。すぎ去った恐怖を蒸し返されることに憤っているようだ。

このままだと推理の場が荒れる。戸田沢を落ち着かせなければいけないな。

オレは食ってかかる戸田沢を冷静に見つめた。

推理の役に立つのではないかとマジックを学び演じることがあるが、ひとつ実感したことがあった。マジシャンがマジックを披露するときは、観客に静まってもらう必要がある。そうしないと、マジックの現象が見逃され、なにが起こったかさえ把握されない恐れがあるからだ。マジシャンはそれを防ぐために、観客の興奮が収まるまで待ち、ときには落ち着くように促しもする。コメディマジシャンであっても、騒がしすぎる場所ではマジックをしたがらないだろう。

推理も、マジックを披露する場合と同じだ。

興奮している人に論理的な話や思いもよらない真相を提示しても、穴の開いたバケツに水を注ぐかのようにとおり抜けてしまう。マジックにおける観客、すなわち推理披露における聞き手には、ある程度の冷静さを持っていてもらいたい。

過去にたずさわった、多額の遺産が絡んだ殺人事件を思い出す。あれには辟易《へきえき》した。事件関係者同士が罵り合い、推理どころじゃなかった。罵詈雑言《ばりぞうごん》の嵐のなかにあっては、理路整然とした論理も、意外な真相も一掃されてしまう。あんな惨状は二度とごめんだ。

推理披露の場は探偵も聞き手もクールに。それがオレの学んだ鉄則だ。

オレはゆったりとした動作で、戸田沢の近くまで歩み寄った。

「戸田沢さん。心配しなくてもいいですよ」

オレはふっ、と安心を促す穏やかな笑顔を作った。鏡の前で何千回と練習した笑顔だ。戸田沢の剣幕をなだめるように、声も穏やかな音色を意識した。声も何千回もカセットテープに録って、最適な音量や音質を探り当てた。実際の推理披露の場でも、この表情と声質は、人を落ち着かせるのに効果的だった。

戸田沢も例に漏れないようだ。憤りの火が静まっていくのが表情から見て取れた。吊り上がっていた眉毛が下がる。

「心配するわよ。せっかく死んだと思ってた犯人がまだ生きてるって言われたんじゃね」

戸田沢は声にさっきまでの勢いはないものの、まだ収まりがつかないようだ。

「心配しなくていいんですよ。なぜなら」

一呼吸置いて、とどめの一言を発する。

「私が犯人を暴きますから。この名探偵、屋敷啓次郎がね」

オレは穏やかな笑顔から、試合前の格闘家を模した表情を作った。これで安心感から信頼感に移行を促す。

「皆さん知ってのとおり、私はこれまで数々の事件に関わってきました。解決できなかった謎はひとつとしてありません」

「そうだ。俺たち警察も、屋敷には一目置いてるんだぜ」

それは竜人だけだろ、と心のなかでつぶやいた。名探偵なんて、警察組織や大多数の警官からすれば、目の上のたんこぶでしかない。

それでも、現役警官の言葉は効果覿面《てきめん》だったようだ。戸田沢は目に見えて憤りを収めていった。

「さあ、戸田沢さんも承服したようですし、そろそろ推理を披露していただけないでしょうか」

和歌森は興が乗ってしかたがないようだ。この人だけは、最初から事件を楽しんでいる。和歌森は、推理小説好きが高じてこの孤島に館を建てた。そこで殺人事件が起こったのが、愉快でしかたないようだ。加えてオレという名探偵もいるとなれば、歓喜もひとしおなのだろう。褒められた態度ではないが、和歌森はましな方だ。何十件もの事件に巻きこまれていると、もっと異常な人間はごまんと目にする。

「これから謎を解き明かしていきましょう。どうか、冷静になって聞いていてください。騒げば犯人を刺激することになりかねませんからね」

「承知しました」

和歌森はふっと笑い、戸田沢は頭を上下させた。利光は床に目を落として動かない。

オレは竜人に目配せをした。竜人は視線で首肯《しゅこう》すると、利光の背後に回りこんだ。犯人の暴力行為、逃走、自殺を防ぐためだ。

よし。これで推理披露の準備は整った。オレはジャケットの襟を直すと、全員が見渡せるロビーの中心に立った。

「さて」

口を切ると、ロビーに緊張が走った。オレは満足感を覚えながら、ひとりひとりに視線を送る。

「事件を振り返りながら、推理を述べていきましょう」

オレは手帳を取り出すと、参照しながら事件を振り返っていく。

「五日前でしたね。私たち七人が、五日の滞在予定でこの島を訪れたのは」

その七人とはオレ、屋敷啓次郎。武富竜人。この館のオーナー、和歌森喜八。その友人及び趣味の仲間である利光輝樹、戸田沢ひろみ、子上静江《ねがみしずえ》、仲泉麻理《まり》のことだ。

オレはシークレットゲストとして、内輪の新築パーティに招待された。他の案件をいくつも抱えていたが、アイコウ不動産社長である和歌森の招待となれば、無下にはできなかった。アイコウ不動産は、不動産業界で三本の指に入る会社だ。

そんな和歌森に、オレは招待を受ける条件として竜人の同行を申し出た。日ごろの協力への労《ねぎら》いのためだったのだが、結果的に貴重な休暇を調査に費やさせてしまった。

ちらりと竜人を窺《うかが》うと、犯人である利光の動向をしっかりと見張っていた。

頼もしさに安心して、先を続ける。

「初日の深夜に子上さんが殺害されました。就寝中に心臓を一突き。騒然となった二日目の朝を覚えていると思います。即刻警察に通報しようとしましたが、何者かに電話線が切断されていました。無線機も破壊。本土との交通手段である船も、沈められたのか、沖へ流されたのか、影も形もなくなっていました。救命ボートも破損され、泳ぐにも陸までは遠すぎます。島は割合に船舶の航行数が少ない位置にありますが、東京湾ですから往来は相当数あります。ところが、以前この島から、のろしや手旗などでSOSを送るといういたずらが流行《はや》り、騒動になったことがあるせいか、私たちが発したSOSは梨の礫《つぶて》でした。私たちは明らかな悪意によって、この島に閉じこめられたのです。探偵としては、手をこまねいて救助を待っているわけにはいきません。私たちは独自に調査を開始しました。その際、各人のアリバイを調べましたね」

多くのマジシャンがそうであるように、オレも普段のしゃべり方から丁寧な話し方に変えていた。丁寧すぎずに語ることが大事だ。不遜なのは論外だが、丁寧すぎても普段のしゃべり方とのギャップに失笑を買ってしまう。これぐらいがいい塩梅《あんばい》だ。

「アリバイがなかったのは、和歌森さん。戸田沢さん。竜人。そして私です。竜人の見立てによると、死亡推定時刻は二時から五時ぐらいの間でした。これだけの人数にアリバイがないのも致し方ありません」

戸田沢ががくがくと頭を縦に振った。

「仲泉さんと利光さんは夜通し話をしていたとのことで、互いにアリバイが証明されています」

和歌森は本当に解けるのかとでも言いたそうな目だ。利光はやはり動かない。

「一日置いて、四日目の朝。また遺体が発見されました」

全員で一か所に集まっていれば悲劇は防げただろうが、そうはいかなかった。

この閉鎖空間からいって、犯人は六人のなかにしかいない。ならば犯人の可能性がある人物とは一秒たりとも一緒にいたくない。そう主張されてしまえば、オレも強引に引き止めるわけにはいかなかったのだ。

部屋の鍵がやわであれば展開も違っただろうが、なまじ複製不可能な電子キーを導入していたのが仇《あだ》となった。

とはいえ、これは結果論だ。全員が一か所に集まっていたら、その状況に応じた殺人が実行されただろう。たられればを論じられるのは、事件が起きてしまったあとだけだ。

「亡くなっていたのは仲泉さんです。自室で塩化カリウムを注射していました。ワープロに遺書が残されていたことから、自殺と推察されました」

仲泉は日ごろのトラブルから、子上と和歌森に殺意を抱いていた。ふたりをどうやって殺そうかと考えているときに、新築パーティに招待される。チャンスだとみた仲泉は、ふたりを一気に殺害する計画を立てた。閉鎖空間で子上を殺し、和歌森を犯人に仕立てあげて自殺に見せかけて殺す。

ところが、子上を殺害したあと良心の呵責《かしやく》に襲われ、耐えられずに……といった内容の遺書だった。

まあ、偽造された遺書だったのだが。

「先ほども話しましたね。仲泉さんは何者かによって殺害されたのだと」

その結論に至った過程は、極めて単純だった。左利きであるはずの仲泉が、右手に注射器を持っていたからだ。左手は不自由でもなく、負傷してもいなかった。注射を打つなら利き手をつかったはずだ。

よってオレは自殺が偽装だと結論づけた。

「第二の殺人でアリバイがなかったのは、戸田沢さん。竜人。私です。犯行は深夜だったので、やはり大抵の方にアリバイがないのも致し方がありません。和歌森さんは部屋に訪ねてきた利光さんと、一晩中話をしていました。一度、利光さんが忘れ物だと部屋を抜けたようですが、一分ほどだったのですよね？」

「はい。相違ありません。最大限幅を持たせたとしても、二分とたっていなかったはずです」

「お答えありがとうございます。そんな短時間で殺人は困難でしょう。アリバイ成立として差し支えありません」

戸田沢は小さく震えていた。

自分には二件ともアリバイがない。犯人と疑われたらどうしよう。そんな心理が手に取るようにわかった。

戸田沢は、人一倍強い恐怖にさらされてきた。これ以上、精神を蝕ませてはいけない。前置きはすんだ。一気に解決へと導こう。

「ところで皆さん。なぜ左利きの仲泉さんが右手に注射器を持っていたのだと思いますか？」

オレは手帳を閉じながら誰にともなく質問した。

「犯人がなんらかのミスリードを狙った、という説を僕は推します」

和歌森が率先して答えた。

「遺書まで作ったのに、覆すようなまねをする理由はなさそうですが、絶対ないとも言い切れないですね。ですが、もっと蓋然性のある仮説がありますよ」

「おっと。それはぜひとも拝聴したいですね」

和歌森は嬉しげに微笑した。

「期待するようなものではありませんよ。なにせ、犯人が仲泉さんの利き手を間違えただけ、というのが私の見解ですから」

「それは賛同できかねますね。僕たちや亡くなった静江さんを含め、麻理さんが左利きだというのは周知の事実でした。啓次郎さんや武富さんも、麻理さんが左利き用のハサミをつかうところをご覧になりましたよね。この島へ招いた方々で、自殺に偽装しておきながら、利き手を違える浅慮な人間はいないと断言できます。それとも、犯人はよほど気が動転していたとでもおっしゃるのですか？　二度目の殺人なのに」

言葉自体は非難している風だが、微笑から滲《にじ》み出る高揚感は隠せていない。

「その問いについても、私は見解を持っています。犯人は仲泉さんの利き手を知らなかったのではないか、というものです」

オレは反論しようとする和歌森を手で制すると、

「わかっています。ここにいる面々がそんなイージーミスを犯すわけがない。ですが、犯人が我々以外だったとしたらどうでしょうか？」

「ユニークですね。耳を傾ける価値がありそうです」

和歌森だけでなく、全員が食い入るようにオレへと視線を注いだ。畏怖、憧憬に尊敬、驚愕や好奇心など様々な感情が入り混じった視線だ。心臓の辺りから、熱いものが全身へと沁みわたっていく。上擦り、早口になってしまいそうな口調を、努めて冷静に保つ。

「私も利き手が違っていただけで、我々以外の存在――つまり第三者――が犯人であると述べているわけではありません。これを見てください」

オレは爪の入ったビニール袋をポケットから取り出した。

「これは仲泉さんの爪です。一見しただけでは識別しづらいですが、皮膚片が付着しています。ざっと見てみましたが、仲泉さんの体にひっかき傷はありませんでした。そもそも、普通に生活していて女性が皮膚片をつけたまま取り除かないというのは考えにくいです。九分九厘、仲泉さんが犯人をひっかいて取った皮膚片でしょう」

オレはポケットにビニール袋をしまった。万が一にでも利光に証拠隠滅を図られないためだ。ポケットなら容易には取り出せない。

「問題は、この皮膚片がなぜついたのかです。殺害方法は塩化カリウムの注射です。無理やり押さえつけて打つのは、反撃のリスクを負います。争った跡はありませんでしたから、なんらかの手段で、仲泉さんを無抵抗にさせたと考えられます。その手段とはなんでしょうか？　薬物ではありません。あとあと薬物が検出されれば、偽装自殺がバレてしまいますからね」

「気絶させれば万事解決ですね」

「そのとおりです。頭部の外傷やスタンガンによる火傷《やけど》などはなし。想像するに、犯人はスリーパーホールドのような絞め技で首を絞めて意識を奪ったのでしょう。これなら上手くやれば六、七秒で気絶させられます。直前に袋でも被せれば、もがいた被害者の爪で首回りにできる吉川線も予防できます。気絶させる手段としては、これがベターでしょう」

「しかし、あら大変。その代償で犯人は傷をつけられてしまいました、ということですね」

「理解が早くて助かります。突然首を絞められたら抵抗するのが当然です。その行動のひとつが、犯人に傷を刻んだのです。そのとき、爪に皮膚が付着しました」

「理屈は理解できますが、第三者の件とはどうつながるのでしょうか？」

「仲泉さんが殺害されたあと、皆さんの合意を得て身体検査をしましたよね」

「ああ、なるほど。得心しました」

和歌森が手を打った。

「あれは傷の有無を確認するためだったのですね。傷があれば、その方がイコール犯人となる」

「はい。ところがです。いまここにいる全員に傷はありませんでした。私の仮説は見事に崩れ去りました。爪についていたものは皮膚ではなかったのではないか、または別の状況でついたのではないか。そう考えを改め、推理の修正を図る……ところでした」

オレは利光を一瞥《いちべつ》した。組んだ手の震えが隠せていない。遠目でもわかるほどがたがたと動いている。オレの推理の道筋が正しい証拠だ。

「私はもっと素直に思考を働かせました。犯人には爪痕があるはずなのに、ここにいる人に爪痕はない。ということは、ここにいない第三者が犯人なのではないか」

場の緊張感が凝縮し、膨張していく。それに伴い、オレの体内にある熱いものも凝縮膨張する。

しかし、爆発させはしない。節度を維持する。

オレが推理を披露すれば、白でも黒と言う人が出てくる。それは本意じゃない。関係者を一堂に会する目的は、推理ミスのチェックであり、再検証のためなのだから。

「第三者犯人説を採用すると、問題が出てきます。犯人はいったいどこへいったのか？」

「島中捜し回りましたよね。何者かが身を潜めていないか。ご存じのように、誰もいませんでした」

「そうです。あのときは、いませんでした」

「含みのある言い方ですね」

「そうですね。迂遠《うえん》な表現はやめましょう。私が明示したいのはひとつです」

オレは人差し指を立てた。

「犯人は、ここにはいません。この島の外から悠々とやってきて、子上さんと仲泉さんを殺害していったのです」

場に見えない電気が走る。多かれ少なかれ、みんなの顔が驚きに彩られた。オレは全身の産毛を逆立てながら、その変化を眺める。

「私は過去、猛吹雪のペンションや、空を泳ぐ飛行船の中で殺人事件に見舞われました。それらのケースでは、犯人が内部にいるとほぼ断言できましたし、事実犯人は内部にいました。しかし、この島で起きた事件はどうでしょうか。海はいたって穏やかですね。本土の誰かが船を出そうと思えば、いつでも出せるコンディションです。台風の襲来でもあれば話は別ですが、出入りは自由と言って支障はありません。いいですか。行動に制限があるのは、我々だけなのです。犯人は闇にまぎれて入島し、殺害後に帰ればいい。いくら捜しても、誰も発見できないはずですよ」

これまで劇的な変化を表さなかった和歌森が、初めて大きな反応を見せた。瞳孔が開き、口も半開きだ。戸田沢は口に手を当てて絶句している。利光は亀のように身を硬くしていた。すでに真相を聞いている竜人はポーカーフェイスだ。

「結論。犯人は私の関知しないどこかの誰かさんだった……。そこで推理を終えてもいいのですが、クライマックスはまだ先にあります」

驚くのはまだ早い。和歌森のリアクションを横目に見ながら、先を続けていく。

「私はこのように推理を組み上げましたが、どこかぼやけていました。しかし、事件のパズルに最後のピースがもたらされました。つい先ほど、ラジオのニュースという形でです。ニュースキャスターは、私たちが殺人事件に翻弄されていたまさに同時期、江戸川区でも連続殺人事件が起こっていたと言うではありませんか。それも二十二日と二十四日にです。かたやこの島では、二十一日と二十三日に殺人がありました。全国では年間、千六百件もの殺人が発生しています。偶然別々の殺人事件が重なることもあるでしょう。しかし、連続殺人が交互に、四日連続で起こるという偶然があるでしょうか？」

「できすぎた偶然には、何者かの意志が働いていると疑うべきですね」

和歌森はすでに薄い笑みを取り戻している。オレはそのとおりです、と肯定した。

「二十一日から二十四日にかけて起きた四件の殺人。これが別種のピースだとは思えません。なにかの形でつながっているはずです。では、どうつながっているのか。犯人であるどこかの誰かさん……仮に犯人Aとしておきましょう。その島外からやってきた犯人Aがこの島で二人、さらに島外でも二人を殺したのでしょうか？　答えはノーです。メリットが極めて薄いからです。この島で四件すべての殺人を起こせばメリットもあるでしょう。閉ざされた島で殺人があれば、島内に犯人がいると考え、島外から犯人がやってきたとは考えませんからね。島外にいたとなれば、被疑者圏外に逃れやすくなります。ところが殺人は二件ずつ、別々の場所で起こりました。残念ながら、これではメリットを活かせません」

「なにかしらのメリットがなければ、人間は行動を起こしません。一見、利がないように見えて、実は隠されたメリットがあるのですね」

「もちろんです。メリットはちゃんとあります」

一拍、間を置く。最後の間奏だ。これからがクライマックス。

すべての視線と意識がオレに集まっていた。肌がぴりぴりとする。オレはゆっくりと一拍をカウントし、口を切った。

「犯人はふたりいたのですよ。犯人Aはこの島で。犯人Bは本土で。それぞれ二件の殺人を遂行したのです。つまり交換殺人。これが事件の真相です」

今日一番の衝撃が場に炸裂した。沈黙、愕然に絶望。反応は多様だが、一様に驚愕の表情が刻まれている。

なんとも表現しようのない、意識が飛んでしまいそうなほどの感覚が体内から湧き起こる。かつて何度も味わった感覚が、髪の先にまで伝わっていく。

「計画自体は大変アクロバティックなものでした。うまくやれば真相を隠しおおせたかもしれません。しかし、犯人A、Bともにいくつかのミスを犯しています。犯人Aの代表的なミスは、仲泉さんの爪に残していった皮膚片です。かたや犯人Bのミスは、共犯者に仲泉さんの利き手を伝え損ねていたことです。なぜそんなケアレスミスを犯したのか。推測するにこんなところでしょう。ここにいるメンバーにとって、仲泉さんが左利きなのは周知の事実でした。しかしそれが足をすくった。周知の事実だったからこそ、犯人Bは利き手を伝え忘れたのです。当然犯人Aも知っていると勘違いして。地球は丸い、と声高らかに宣伝して歩く人はいませんからね。あるいは、犯人Aから事前に犯行方法を教わっていなかったのかもしれません。どう殺してどう偽装するかを教えられていたら、秘密の暴露をしてしまう恐れがありますからね。犯行方法をなにも知らない方が、自然なふるまいができます。ゆえに塩化カリウムを注射して自殺を偽装するとは知らず、仲泉さんの利き手を伝えられなかった。どちらもあり得る可能性です。もちろん、どちらでもない可能性もあります。しかしいずれにせよ、私たちが利き手を間違えることはありません」

そこまで語ったところだった。和歌森が気を取り直したように微笑を浮かべた。

「さすが名探偵、屋敷啓次郎さんですね。ハウダニットを解き明かすお手並み、しかと拝見しました。衷心より感嘆します。残るホワイダニットとフーダニットも、期待していますよ」

和歌森の性格がなんとなくわかってきた。

これがアイコウ不動産でのし上がった和歌森喜八か。

感嘆しながら、謎解きを継続する。

「はっきり言えば、いまある材料だけではホワイダニットの解明は不可能です。あなた方とは会ってまだ数日ですし、犯人Aに至っては名前すら知りませんからね。材料不足では、真相という料理は作れません。ですが、フーダニットはお任せください。とある人物に目星をつけています」

息づかいすら聞こえてきそうな、一瞬の静寂。衝撃とは別の、不穏な緊張が空気を痺れさせた。関係者にとって最大の関心ごとはフーダニットだ。この段になると、大抵の事件で類似した空気が流れる。

「ヒントはアリバイにありました。本来はある者が有利になり、ない者が不利になる現場不在の証明です。それが、今回ばかりは逆転して作用しました。アリバイがある者こそ、犯人Bの筆頭候補となるのです」

ひとりを除き、全員の目が一点に集結した。

利光輝樹。いまはじっとオレを見据えていた。視線を真正面から受け止める。利光との勝負はこれからだ。

「深夜や明け方のアリバイなど、ないのが普通なのです。それなのに、利光さんは二件ともアリバイが証明されました。交換殺人は、共犯の片方がアリバイを確保できる利点があります。それを最大限に活かしたつもりでしょうが、仇となってしまいましたね。交換殺人だとわかってしまえば、逆算して犯人を追跡できるのですよ。解が交換殺人であるなら、犯人の片割れはアリバイを確保しているはずだとね。犯行過程はこんなところでしょう。まず二十一日の未明、犯人Aがこの島へやってきて子上さんを殺害しました。翌二十二日は利光さんの番です。新築パーティ以前にこの島に渡って、あらかじめ隠しておいたエンジンつきのゴムボートをつかい本土へ渡り、田口夕さんを殺害。そしてすぐさまとんぼ返りします。続く二十三日未明。犯人Aはまたこの島へくると、自殺に見せかけて仲泉さんの命を奪いました。最後の二十四日未明。利光さんは再びゴムボートで本土へ渡ると野元健介さんを殺害したのです。二十三日には、犯人を警戒する仲泉さんに部屋の鍵を開けさせなければなりませんが、利光さんは子上さんの件でアリバイがありました。あの時点で、利光さんは犯人からもっとも遠い人物だったのです。しかもアリバイを証明したのはほかならぬ仲泉さん自身でした。利光さんなら、なにか理由をつけて、仲泉さんに鍵を開けさせるのはそう難しくなかったでしょう。そしてドアが開くや否や、同行していた犯人Aが仲泉さんに襲いかかった。利光さんは隠し持っていた忘れ物を手に、和歌森さんの部屋へ引き返す。犯人Aは自殺の偽装工作を行い、本土へ帰還。補足しておくと、ボートをつかわないときは砂浜に埋めるなり、海に沈めてあとから潜って引き上げるなりして隠していたのでしょう。素潜りが達者なあなたなら可能ですよね。ボートの処理は、野元さんを殺害して島に戻る何十メートルか手前で空気を抜き、エンジンごと沈めるだけです。残りを泳いで渡れば、ボートは海底深くに葬られます」

また一拍。推理の内容が浸透する時間を置いた。

「どこか相違はありますか。利光さん」

返答はない。うつむいて指一本動かさない。誰もが固唾を呑んで、利光の言葉を待つ。

そうして三秒ほどたったころだった。

利光がソファを倒さんばかりの勢いで立ち上がった。

「暴論だ！　なにが名探偵だよ！　そんなこじつけで犯人にされちゃたまらないよ！　僕が大人しくしてるからって舐めんな！」

むせながらまくし立ててきた。嚙みつかんばかりの形相だ。溜めこんできたストレスを吐き出すかのようだった。オレは取り押さえようとする竜人をアイコンタクトで制する。これぐらいは想定内だ。

「心外ですね。しっかりと物的証拠も用意していますよ」

利光の表情筋が強張り、唇をぶるぶると震わせる。どうにか反論したいようだが、言葉がうまく出ないらしい。

「でたらめだ！　物的証拠なんかあるもんか！」

どうにか絞り出せたのはこういう場合の決まり文句だ。多少は荒れてもいいが、論理的な話が通じなくなるほど錯乱されては困る。口調と身振りには、一層神経をつかわないとな。

「たしかに、利光さんが犯人Bである物的証拠はいまのところありません」

利光が、歪んだ笑みになる。

「は、はは。そらみろ。証拠なんかあるかバカ！」

オレが把握しているのは、この島の事件だけ。本土の事件で把握しているのはラジオの情報がすべて。物的証拠なんかあるわけがない、とでも思っているんだろう。

それは正しい。でも、正しいだけだ。利光の足元は崩れかけている。

「証拠はあります。ただ、犯人Bではなく犯人Aを追いつめる証拠ですが」

利光はまだわかっていないようだった。だからどうしたという顔をしている。

「証拠はさっき皆さんに見せた、爪に付着した皮膚片です。これが私たち以外の皮膚片だと鑑定されれば、犯人Aは捕まえたも同然です」

「皮膚がなんだってんだ」

「利光さん、ＤＮＡはご存じですよね」

「バカにするな。さっきも刑事に訊かれたけどな、それぐらい知ってるっての。生命の設計図とかそういうのだろ」

オレはうなずいた。

「二年ほど前です。そのＤＮＡについて、イギリスの遺伝子学者、ジェフリーズが画期的な論文を発表しました。それは『ＤＮＡ指紋』について論じられたものです。なにが画期的だったのか。それは指紋という単語に象徴されています。端的に言えば、指紋が人によって異なるように、ＤＮＡもまた人によって異なると論じられたのです。これがなにを意味しているかわかりますか、利光さん。皮膚片からもＤＮＡは抽出できます。爪に付着した皮膚片を鑑定すれば、あなたの共犯者を特定する決定的な証拠になります」

利光の不敵さが崩れた。口端が奇妙に引きつる。皮膚片で個人を特定可能だと明言されているんだ。ＤＮＡ指紋を知らない人間なら、見えない角度から殴られたような衝撃だろう。

数回口をぱくぱくさせていたが、ようやく震える声を発した。

「ＤＮＡだかなんだか知らないけど、やれるならやってみろよ。僕は捕まらない」

犯人Ａと照合できなければ、ＤＮＡも宝の持ち腐れだ。それを承知の上での虚勢だろう。だが、甘い考えだ。

「言っておきますが、犯人Ａの候補者の絞りこみは難しくありませんよ。まずは田口さんと野元さんに恨みを抱いている人物を探します。次にその方々のアリバイを調べます。交換殺人なのですから、利光さんと同じくアリバイを確保している可能性が高いですからね。そして、恨みを抱く人物のなかから、ふたりの殺害時刻にアリバイがある者をピックアップします。その二点だけでも、犯人を相当数絞りこめると思います。あとはひとりずつDNAを照合するだけです」

逃げ道を着実に断っていく。

それでもキングは取れないだろう。現状の武器では、犯人の首まで刃《やいば》は届かない。利光を追いつめるだけの証拠はないからだ。

それでも、降参を誘うぐらいならできる。

「共犯関係とは強固なようでいて、脆《もろ》いものです。想像してみてください。もし利光さんだけが逮捕されたとしましょう。容赦ない取り調べに世間からの非難の目。耐えがたい苦痛があることでしょう。そうした状況で、あなたは共犯者の正体を黙っていられる自信がありますか？なんで僕だけがこんなに苦しまないといけないんだ。あいつも同じ罪を犯したのに。こうなったら、あいつもろとも……大抵の人がそう憤るのではないですか？　利光さんの共犯者は、そうならないと信頼できる人物ですか？」

利光は無言だ。脂汗が垂れ、脚はゆらいでいる。共犯者との信頼関係は、大して強くなさそうだ。ならば、もう一押しだな。

「いずれ共犯者は逮捕されるでしょう。そうなればあなたの名前が暴露されるのは時間の問題です。黙秘や否認は得策ではありませんよ」

視線で竜人にパスを送った。小さくうなずき、利光の横に歩み寄る。利光はビクッと肩を跳ね上げ、竜人を見上げた。

「警察も裁判官も鬼じゃねえ。事件解決に協力してくれりゃあ、ちゃんとその姿勢を考慮するもんだ。このままだんまりを続けて、共犯者が吐くのを待つか。洗いざらい白状して印象をよくするか。ふたつにひとつだ。お前はどうすんだ？」

やさしさのある口調ながら、厳しい問いかけをぶつけた。ある種の囚人のジレンマだ。

さて、利光はどんな選択をするか。

「わかった……全部、話すよ」

＊

ようやく事情聴取が終わった。事件を解決した立役者でも、警察とのお茶は免れない。凝った肩を回しながら、取調室から出た。

「お疲れさん。名探偵」

ドア前に禁煙パイプを咥えた竜人がいた。労をねぎらって紙コップを掲げてくれた。オレは礼を言ってコップをもらう。口に含むと、コーヒーの苦みが喉に広がっていった。疲れが緩和されていくようだ。

「今度みたいな、証拠のない事件は疲れるね」

「ま、そんでもうまくはめたな」

「はめたとは人聞き悪いな。オレは嘘なんて一言も言ってないよ」

苦笑いしてコーヒーを一口飲んだところだった。

「情報を一部省いておられましたね」

廊下の曲がり角から聞き覚えのある声がした。和歌森だった。まいったな、と思いながらオレは頭を掻いた。

「やっぱり和歌森さんはお見通しでしたか」

オレは力を抜いた口調で応じた。推理のときと違って、リラックスしての会話だ。

「DNAの鑑定は、まだ指紋ほどの信頼性はない。僕はそう記憶しております。それに日本での鑑定技術は発展途上です。裁判の証拠物件としてDNAが採用されたという話も聞きません」

和歌森が笑みを見せた。オレが推理をしていたときとは違い、自然な笑みだ。

「信頼性に欠けるDNAを、指紋と同列の証拠と信じこませ、自白に誘導する。それが屋敷さんの目論みだったのですよね。輝樹さんのみならず、僕も思わず騙されそうでした」

オレは賞賛のため息をついた。

「和歌森さんが犯人じゃなくて助かりましたよ。和歌森さんだったら、もう少し解決に手こずっていたでしょうね」

「少し、ですか。最大限の賞賛と受け取っておくことにしましょう」

和歌森が口元をかすかにゆるめた。

「和歌森さん。こんなところですから、無理はしなくていいんですよ」

「無理……ですか？」

首をかしげているが、そこには気まずそうな色があった。オレは勘が外れていないと確信する。

「推理小説好きな人が、現実の殺人事件まで好きなわけじゃありません。当然と言えば当然の話です。例外的に好きな輩もいるだろうが、少なくとも和歌森さんはそう見えませんでした」

「買い被りですよ。僕は事件も屋敷さんの推理も楽しんでいました」

「本気で楽しんでいたのなら、意外な真相に驚きはしませんよ。思わぬ真相ににやりとでもしていたのなら、和歌森さんは例外側の人だと認識したでしょう。だが、あなたは驚いた。皆さんと同じ、普通の反応でした。それは和歌森さんが、普通の感覚を持った人間だということの証じゃないですか？」

和歌森は肯定も否定もしない。紙コップのなかを見つめている。

「これから先は勘と想像の産物になります。和歌森さんは社長にまで登りつめた有能な人です。なかなかできることじゃありません。しかし、その道のりは平坦じゃなかったでしょう」

「そうですね……逆風にピンチの連続でした。僕は最終学歴が中学卒業です。のし上がるのは、並大抵の苦労ではありませんでした。運に環境、奇跡的にすべてが味方してくれました。ボタンを一個でもかけ違えていれば、この地位はなかったでしょう」

「だと思います。日本でも三本の指に入る不動産会社のトップともなれば、仕事は苛烈《かれつ》を極めるでしょうからね。精神的に辛い時期もあったんじゃないですか？」

「ええ。それはもう山ほど」

「だがあなたは、ある考え方によって克服した。シンプルですが、とても効果的な思考法です。それは、なにごとも楽しむこと」

戸田沢は、事件を楽しむ和歌森の態度を非難していなかった。そんな様子もなかった。社長の性格を心得ていたからこそだろう。

「ご名答です。辛いことをも楽しむ。そうすれば、どんな逆境であっても潰れはしません」

まったく、頼もしい社長さんだな。オレは改めて目の前の男性に尊敬の念を覚えた。

「オレみたいなのでよかったら、いつでも頼ってください。できるかぎり力になりますよ」

握手を求めた。和歌森の自然な笑顔に、オレも表情をほころばせた。ぎゅっと手を握り合う。社会の荒波をくぐってきた手の平は、硬くも温もりがあった。

「和歌森さんとは、今後長いつき合いになりそうな気がします」

「それも勘ですか?」

「はい。勘です。ただの」

「名探偵に必要な素質と素養、それは勘と運と想像力である。以前テレビのインタビューでおっしゃっていましたね。僕はその言葉を信じますよ。勘が当たり、またお会いできることを楽しみにしております。事件以外で、ですが」

和歌森は少年のように一礼した。

「では、失礼いたします」

一時の別れ。オレはコーヒーを飲んだ。喉に温かさが広がる。

「モテモテだな。名探偵さんよ」

オレは漫才のツッコミみたいに竜人の胸を叩いた。

「そんなんじゃないって。からかわないでくれよ」

「モテモテってのはそういう意味じゃなくてだな……」

竜人の声はなぜか苦々しげだ。顔を窺うと、横を見て眉をひそめていた。その視線を追う。

すると、オレも同じように眉をひそめることになった。

小太りの中年男が廊下の向こうからやってくる。警視庁捜査一課の大黒谷《だいこくや》警部補だ。竜人の上司でもある。

すでにオレを発見していたらしい大黒谷は、芝居じみた笑顔を張りつけていた。和歌森の笑顔とは対照的で、不快な笑顔だ。

「これはこれは名探偵様。また凶悪事件に遭われたそうですな」

親しげな呼びかけだが、目の奥には侮蔑《ぶべつ》の光があった。うんざりしながらも、オレは笑顔で応じる。

「ええ。これも名探偵の宿命ですよ」

「いなせですなあ。わたしも宿命とやらを背負ってみたいものですよ」

がはは、と大口を開けて笑う。コーヒーを飲むが、やたらと濃い苦味が喉に絡む。

「まあ、あれですな。宿命もけっこうですが、なるべくなら我々の仕事を増やさないでいただきたいものですな」

その一言に、竜人が一歩踏み出した。大黒谷と対峙する。

「いまの言葉を取り消してください。屋敷さんが事件を起こしているかのような言い方は不適切です」

口ぶりは丁寧に、それでも毅然《きぜん》として抗議する。大黒谷は笑顔を張りつけたまま、背の高い竜人を見上げた。

「お前も警視庁の人間だろ。警察がどれだけ迷惑を被っているかはよ〜くわかってるはずだ。なあ、武富巡査長」

巡査長の部分を強調して発言した。

あんたみたいな昇進と見栄しか興味のない奴に捜査させたくないから、オレが調査しているんだ。

それぐらいのことは言いたくなってくる。当の竜人は気にしたふうでもないし、相手は上司だ。めったな言動はしないが……腹は立つ。

「『個人の生命、身体及び財産の保護に任じ、犯罪の予防、鎮圧及び捜査、被疑者の逮捕、交通の取締その他公共の安全と秩序の維持に当る』。それが警察の責務でしょう。屋敷さんはそのいくつかに貢献してくれています。褒め称えられこそすれ、糾弾される道理はありません」

堂々とオレの肩を持ってくれる。その背中は大きく力強い。オレはそれを頼もしく感じる反面、若干の心苦しさもあった。

なぜなら竜人は警察内で微妙な立場にいて、その責任の一端がオレにあるからだ。それを直接聞いたわけではないが、大黒谷の態度や、先ほどから署員が放ってくる敵意で瞭然としたものだった。

オレが活躍するにつれ、マスコミや世論の一部では警察無能論が囁かれている。それが警察や、そこに属する大黒谷のプライドを傷つけたのは間違いないだろう。

警察には警察の得意分野や役割があり、オレにはオレの得意分野や役割がある。どちらが劣っているとか優れているとかではない。

そう各種メディアで語っているが、無能論は絶えない。おかげでますます警察はプライドを傷つけられ、オレを敵視する。まさに負のスパイラルだ。

そうして警察と対立しているオレに、竜人は協力してくれている。ときには守秘義務違反を覚悟で捜査情報を教えてくれ、ときには捜査本部の指示を無視し、オレの推理に従い行動してくれた。前者は発覚せずにすみ、後者は犯人を逮捕できたおかげで事なきを得た。そういった危険を冒し、仲間から非難を浴びながらも事件解決を最優先する。それが竜人だ。本当に頭が下がる。大黒谷とは天と地の差だ。

その大黒谷はたるんだ頬肉を歪めていた。顔色が赤くなり、垂れ目の奥に怒りが宿っている。

「なにが褒め称えろだ。名探偵なんて持ち上げられてるが、所詮は一般人。事件に首を突っこんでくる暇があったら、浮気調査か人捜しでもやってるのがお似合いだ。そう思わんか、武富巡査長」

いい加減、黙っていられない。竜人は真顔だが、顔面の筋肉が強張っている。思いっきり奥歯を噛みしめているようだ。言われっぱなしも癪《しゃく》だし、軽く反撃してやろう。

「そうですね。オレは探偵です。推理だけが本分じゃない。浮気調査もお手のものです。奥様に浮気の兆候があれば、どうぞ屋敷探偵事務所にご依頼ください。お待ちしております」

大黒谷は指輪をしていない。なくしたんじゃなければ、奥さんとなにかトラブルがあって外すはめになったんだろう。

「なんだとっ！」

「そうそう。それにお言葉ですが、オレが事件を呼んでいるんじゃありませんよ。事件がオレを呼んでいるんです。そんなことは犯人の供述で歴然ですよね。彼や彼女たちは、オレが関わる前から犯行計画を立てていました。もしくは発作的犯行だったり過失だったりです。いずれにせよ、オレがいようがいまいが、犯行は実施されていました。よってオレが事件を呼んでいるというのは、戯言《ざれごと》でしかありません。この程度は論理的に考えられますよね。天下の警視庁の警部補さんなんですから」

大黒谷が憎々しげな呻《うめ》きを垂れ流す。オレは涼しい顔をして受け流した。

「警察に使命があるように、オレにも使命があります。お互いに尊重しあいませんか。これでもオレは、警察への尊敬と感謝を忘れたことはないですよ」

「ふん。我々もお前への忌々しさを忘れたことはない」

「それは残念。ではいずれわかり合えることを祈って」

左手で握手を求めた。左手の握手は敵意の証だ。大黒谷はふんっと鼻を鳴らす。意味をわかっているのかいないのか、突き出た腹で左手にぶつかってきた。

「憶えておくことですな。隆盛というのは長く続かんものですよ。おい、武富巡査長。いつまで休日気分でいるつもりだ」

大黒谷は肩を怒らせてのしのしと去っていく。

「刑事は辛いよってか」

竜人は笑ってため息をついた。禁煙パイプを咥える。

「悪いな」

多様な意味をこめて謝った。オレへの嫌味は耐えられるが、竜人へのいびりは耐えられない。現場を目の当たりにするとなおさらだ。

「悪くもねえのに謝まんな」

肩にパンチを入れられた。軽くやったんだろうが、威力は筋力に比例する。かなり痛い。

「予定があんだろうが。さっさといきやがれ」

前へ押し出すように肩をはたかれた。強い力とは裏腹に、顔には笑顔があった。大黒谷とは比べるべくもない、和歌森に近い笑顔だ。背を向けた竜人は手を振りながら歩いていく。

「ありがとう」

オレはそうつぶやき、敬礼をした。

外に出ると、容赦ない太陽光に出迎えられた。寝不足に聴取、もうへとへとだ。希望としては、マンションに帰ってベッドに潜りこみたい。

「屋敷さん！」

ジャケットにタイトスカートの女性が駆け寄ってきた。見慣れた女性だ。オレは慌ててコーヒーを飲み干した。

屋敷探偵事務所の秘書、七星美紀《ななほしみき》は、ご立腹の様相でオレの前に立った。ショートカットの髪の下から、猫のような形の瞳が睨んでくる。

「だから忠告したんです。旅行は控えてくださいと」

キツイ視線に、自然と後頭部に手がいってしまう。十歳も年下の女性相手に情けないかぎりだが、非があるのはオレだ。手の置き場もなくなるというものだ。

「いつも言っているだろ。人脈作りは探偵には大切なんだ。それに、事件が降りかかるかどうかは、オレにもコントロール不能なところで……」

言い訳を並べ立ててみるが、なかば強行しての旅行だっただけに頭が上がらない。

「コントロール不能だからこそ、時と場合を選んでください。間に合わないんじゃないかってひやひやしたんですよ。テレビの生放送なんですからね、生放送。わかってるんですか」

「わかってるわかってる。ちゃんとこうして間に合ったんだから結果オーライだろ」

「間に合ったのは誰のおかげですか。私が警察に通報しなければ、帰ってこられなかったんですよ」

予定の日までに戻らなかったら警察に通報してくれ、と遠出する際は事務所のスタッフに頼んでいる。

「屋敷さんは、五回旅行すれば一回は事件に遭う星のもとに生まれているんですよ。大事な予定の前に旅行するなんて、それでも名探偵ですか。わざわざ危険な選択しないでください。こっちは毎回心労で倒れそうになるんですからね、まったく」

倒れそうとは大げさな。まあ七星は人一倍心配性だからな。ないとは言い切れないか。

でも、たしかに、危険なことは散々してきた。犯人確保のために囮《おとり》になったこともあるし、犯人の銃撃を受けたこともある。そのたびに七星に心配をかけたのは否めない。島での一件も、利光が降参しなければ窮地に立たされるのはオレだった。

「ごめん、七星。反省している」

拝むように手を合わせて謝罪した。

「それは聞き飽きました。耳にタコができてしまいます」

七星は腕を組んでそっぽを向いた。

「お詫びに夕食奢《おご》るから。料亭でも展望レストランでも。な。このとおり」

深々と頭を垂れる。ちらっと覗き見ると、七星はまだつんとしていた。そう簡単には許してくれないか。

すると、七星もちらっとオレの方を窺った。目が合う。七星は焦ったように目を背ける。顔を赤くしてかわいらしかった。

「ま、まあ、私もいい大人ですから。情状酌量するにやぶさかではありません」

「さすが、七星。話がわかるな」

オレはぱっと顔を上げた。

「その代わり、今後はもう少し行動を自重すること。いいですね」

「努力するよ」

事件解決に必要な場合はそのかぎりじゃないが。

「あと、夕食の件は忘れないでくださいね」

表情は見えないが、どこか恥ずかしげな声色だった。

「もちろん」

オレの声もオクターブ上がった。脳内では勝手にディナーのプランが作成されていく。ダメだダメだ。ちゃんと反省しないと。それでもゆるみそうになる頬を抑えるのは難しい。

「そ、それじゃあもういきますよ。時間がないんです。もたもたしないでください」

七星はさっさと駐車場の方へ歩いていく。オレも置いていかれないようにあとを追う。

……つもりだったのだが。

「すみません。もしかして屋敷探偵ですか!」

黄色い声がうしろから飛んできた。振り返ると、大学生ぐらいの女の子が二人立っていた。

「本物だよ、本物の屋敷探偵だ!」

「嘘でしょ。ほんとに会えちゃった!」

二人は跳ねるようにしながら近づいてきた。どうやらオレのファンらしい。街ではよく声をかけられるが、警察署の敷地内でアプローチされるのは初めてだ。

ほんとに会えちゃった、という言葉からすると、どうやらオレがくるのを待っていたらしい。どこかで事件の情報を得たのか、警察署で張ってればオレに会えると踏んでいたのか。なんにせよ、喜ばれて悪い気はしない。要望に応じて握手をする。

「あ、あと、これにサインをお願いします」

バッグから取り出されたのは、ハードカバーの本だった。タイトルは『名探偵の証明』。

「どこの本屋も売り切れで、何軒も歩き回ってやっと見つけたんですよ。すっごくおもしろかったです。屋敷探偵って作家の才能もあるんですね」

サインペンとともに差し出された本の著者名は『屋敷啓次郎』。オレの自伝小説だ。生い立ちや、遭遇した事件の顚末《てんまつ》などを記している。出版社の方々のアドバイスと各書店の宣伝もあって、発売後一か月で、十万部以上が発行された。百万部を超えそうな勢いで売れているらしい。

「オレに文才なんかないよ。運がいいだけだ」

二人は、そんなことないよね、おもしろかった、とはしゃいでいる。紙の上を走るペンも軽くなるというものだ。もうひとりの子の本も受け取り、サインをした。

「うわぁ。感激です。一生の宝物にします」

二人は、本を抱きしめたり、サインを宝石であるかのように眺めたりしている。頭髪などを送りつけてくるはた迷惑なファンもいるが、こういうファンなら大歓迎だ。

そうしてファンのありがたみを噛みしめているときだった。

ぽんっと、肩に手が置かれた。ものすごい力がこめられている。冷たいものを感じて、恐る恐る振り向いた。

「ずいぶんお楽しみですね」

親の仇《かたき》でも見るような七星がそこにいた。背筋が凍る。なにか弁解しようとするが、舌がもつれてうまくいかない。

「テレビ局へは新しい秘書さんといってくださいね。私はご不要みたいですから、これで失礼いたします」

七星はくるりと反転。さっきの数倍の速度で歩いていってしまう。オレはぽかんとしている女の子たちに別れを言って、必死で七星を追いかけた。

その後、全精力をつかって謝り倒してどうにか赦免された。


生放送を終えたころには日が暮れていた。眠気がピークだったこともあって、フェラーリ・328GTBの運転は七星がやってくれた。熟睡したいが、自宅には帰れない。まだ事務所での仕事が山ほどある。うとうとしているうちに新宿《しんじゅく》の事務所に到着した。エレベーターで七階まで昇り、ガラス製の扉を開ける。

ワンフロアすべてを貸し切った事務所では、スタッフが忙しく仕事をしていた。広報や経理、弟子志望のアルバイトまで含めて総勢十人。みんなのおかげで、オレは探偵業に集中できる。

変装用に被っていたキャスケットを脱ぎ、レイバンのサングラスを外した。

「みんな、あまり根《こん》をつめるなよ。倒れたら元も子もないからな」

労をねぎらうと、一斉に反応が返ってきた。

「それは屋敷さんの方でしょ。まぶたが半分閉じてますよ」「生放送中も船こいでたんじゃないでしょうね」「七星さん。あんま屋敷さんをこきつかっちゃいけないよ」

これに七星が反論する。

「私は粛々と仕事をこなしているだけです。スケジュール圧迫は屋敷さんの自業自得です」

「まあ正論だな」

そう言って、みんなが笑う。オレも一緒になって笑った。

「でもそうですね。依頼人がくるまでまだ一時間あります。仮眠ぐらいとっておいたらどうですか」

七星はつっけんどんな口ぶりながら、気をつかってくれる。みんなもそうした方がいいですよ、と勧めてくれた。

「そうだな。じゃあ、お言葉に甘えて、少しだけ寝させてもらうよ。えっと、依頼内容は例の死神のやつだよな」

「はい。父親が死神に殺されたという件です」

「あれか……」

オレに依頼をする際は、事件の顚末を詳細に書いた手紙を送ってもらうようにしている。それによると、ある日依頼人は、父親の寝室に死神の扮装をした人物が忍びこむのを目撃した。最初はいたずら好きの父親の悪ふざけかと思い、無視しようとしたという。しかし、同伴していたフィアンセの女性の説得もあり、寝室を覗いてみることにした。

そこにいたのは死神ではなかった。いたのは父親だけ。ベッドの上でひとりだった。寝ていたわけではない。なぜなら、胸に大鎌が刺さっていたからだ。凶器は父親が武具としてコレクションしていたらしい。依頼人はフィアンセからすぐに救急車を呼ぶように言われ、電話で一一九番した。その後すぐに戻ったが、父親はすでに息を引き取っていた。

寝室は一階。窓は開いていて、犯人はそこから逃走したとしか考えられなかった。ところが、当夜は家政婦が庭の水道を止め忘れ、窓の下が一面泥と化していた。それなのに足跡がどこにもない。死神の黒いローブが落ちているだけだった。ローブを踏んで逃げた形跡もない。二階の窓は板で打ちつけられているのだが、そこまで上ったような跡もなかった。まさしく煙のように消え失せたとしか思えない状況だ。

そのせいで警察から、本当に死神を見たのか、フィアンセと下手な嘘をついているのではないか、等々と疑われているらしい。

「了解。オレが出向くほどの事件じゃないと思うが、一応詳細を聞いておかないとな」

「出向くほどじゃないって……ひょっとしてもう解けたんですか？」

「解けたとは言えないかな、まだ。仮説があるってだけだ」

依頼人と対話して、仮説の当否をたしかめる。当たっているようなら、現場へはいかずに口頭で推理を述べる。あとは地元警察の捜査に任せるという段取りだ。過去にもアームチェアディテクティブさながらの事件解決例は少なくない。

「どちらにしても、いまはゆっくり寝てください。ほらほら」

みんなのお休みなさいの声を受けながら、七星に背を押される。応接室に入ると、革張りのソファに寝転んだ。体の重みがすっと消えていく。疲れがソファに染みこむようだ。七星がカーテンを閉め、冷房をかけてくれた。

「五十分後に起こしにきますから」

「ああ。ありがとな」

「いえ。これぐらいなんでもありませんよ」

やさしく言って、音も立てずに電気のスイッチを押した。電気が消える。暗さに誘われるようにして、眠気がどっと押し寄せた。まぶたを閉じる。

よいスタッフに恵まれていること。仕事が充実していること。七星と出会えたことなどにぼんやりと感謝しながら、眠りに落ちていった。

1

がくんと頭が落ちた。

一気に目が覚める。視界が斜めだった。一瞬なにが起きたか認識できなかった。

椅子から落下しそうになっている。どうやらうたた寝をしていたようだ。

携帯電話を開いて時計を見る。十八時を回っていた。外は真っ暗だ。冬の太陽は沈むのが早い。

年末の東村山《ひがしむらやま》は賑やかだった。二〇一二年もあとわずか。アベックや親子連れなど、どの顔も楽しげだ。そんななか、窓から年老いた男がオレを見つめていた。額や目元に深い皺が刻まれ、しみも目立つ。頭も白髪に支配されて、全身の皮膚はだらしなくたるんでいる。Tシャツも醜くよれていた。

――これが、いまのオレなのか。

ひび割れた壁に目をそらす。寝たというのに、余計に疲れていた。腰もずきずきと痛む。布団で寝ていても痛むというのに、変な体勢で寝たせいだ。

事務机に手をついて、クッションの固まった椅子から立ち上がる。腰骨が鈍い音を発した。

エアコンを切る。うっかり寝てつかいすぎてしまった。十畳しかない事務所は充分すぎるほど室温が高い。

まだぼやける頭で部屋を見渡す。シートの破れかかったソファに、傷の入った応接机。いずれもリサイクルショップで買ったものだ。手作りの本棚には資料や小説が収められている。あとはスチールラックやFAX電話機、ポットとカップなどがあるだけだ。

目覚ましにインスタントコーヒーでも飲むとするか。腰を叩きつつポットに向かおうとすると、チャイムが鳴った。

もしや依頼人か？　思わず身が縮こまる。

ドアへ近づいていく。くすんだ床が乾いた靴の音を立てた。

ドアの前まで着くと、一呼吸してノブを捻る。

そこにいたのは津嘉山《つかやま》日出子《ひでこ》だった。派手なオレンジの服を着た、小柄な老婆だ。この雑居ビルの大家で、去年卒寿《そつじゅ》を迎えている。封筒を片手に、オレを睨《ね》めつけてきた。

まずいな。寝ている場合ではなかった。なにも見なかったことにしてドアを閉めてしまいたい。

津嘉山はオレの気持ちを知ってか知らずか入室してきた。

「屋敷啓次郎」

しわがれた、しかし迫力のある声。

「は、はい」

思わず気をつけをしてしまう。

「約束の日はとっくにすぎてるよ。家賃はどうなってんだい、家賃は」

「あ、あと二日だけ待ってください。家の家具が全部売れれば払えますから。自宅アパートも引き払いますし」

ぺこぺこと頭を下げて懇願した。

「ほんとに情けない男だね、あんたは」

下げた頭を封筒ではたかれた。

「家具売っぱらう暇があったら仕事しな。若いもんが怠けてんじゃないよ」

「若いもんって……オレはもう赤いちゃんちゃんこが似合う歳もすぎたよ」

「黙らっしゃい。あたしより三十近くも若いくせに。あたしからすりゃあ、あんたなんぞ洟垂れの若造だよ」

毎度むちゃくちゃを言うばあさんだ。そりゃあ九十歳からしたらオレも若いだろう。だが、会社勤めなら一年以上前に定年になっている年齢だ。昨今、希望者は六十五歳まで働けるとはいっても、ほとんどは非正規社員で、新しい血と入れ替えるために古い血は排出されるのが潮流だ。オレは排出される側。若造扱いされたらたまらない。三倍返しは目に見えているから、あえて言い返しはしないが。

とはいえ、怠けているという発言にだけは釈明しておこう。

「津嘉山さん。オレはちゃんと働いているよ。屋敷探偵事務所は年中無休だからな」

途端、津嘉山が深い額の皺を、さらに深くした。

「事務所は年中無休でもあんたは年中休業だろう。日がな一日ここにこもってからに。探偵なら外に出て頭と体をつかいな」

槍のように鋭い指摘が胸に刺さる。喉がぐうと窄《すぼ》まる。

「そ、それは依頼が少ないから……しかたがないことで」

「少ないんならもっと宣伝しないかい。チラシを配るぐらいのことはせんかい。それにね、いまどき電話一台FAX一台じゃ商売なんか成り立ちゃしないよ。ホームページぐらい立ち上げな。パソコンは貸してやるし、わからなきゃあたしが教えてやるから」

「……考えておくよ」

津嘉山はブログから始め、mixi、Twitter、Facebookときて、最近は自身のホームページも立ち上げている。日記や将棋の戦術についての考察、自作の俳句など多岐にわたる内容が受けているとかいないとか。

そんな津嘉山ならスパルタで指導してくれそうだが。

九十歳のばあさんと還暦すぎたじいさんが、パソコンの前でパチパチやっている図を想像して、やめた。

「はっきりしない男だねえ。タマついてんだろう。覇気もなけりゃタマもないのかね。ああ情けない情けない」

やれやれと首を振られる。オレはじっと嵐をやりすごす。なんの反論もできないオレは、たしかに情けないのかもしれない。

「仕事をしな、仕事を。あたしも慈善事業でやってんじゃないんだ。家賃が払えなきゃ出ていってもらうしかないからね」

当然の物言いに、オレは相づちを打つだけだった。ぐうの音も出ない。

説教は五分ほど続いただろうか。津嘉山が思い出したように声を上げた。

「そうだ。忘れるところだったよ。これを渡しとかないとね」

差し出されたのは封筒だ。厚みがある。達筆な文字には見覚えがあった。ドクンッと心臓が鳴る。

オレは礼を述べながら封筒を受け取った。差出人をチェックする。そこには和歌森喜八の五文字。思わず唾を飲みこんだ。

「どうしたんだい。深刻そうな顔して」

「達筆で読みづらかっただけだよ」

津嘉山は疑わしげに見てくる。オレの目は勝手に右へ左へと動いてしまう。これではいかんと目線を強引に引っぱるが、視点は小刻みにゆれた。津嘉山は不動で、探るように凝視してくる。息苦しくなってきたころ、津嘉山が口を動かした。

「なににせよだ。あんたはやるべきことをやりな。わかったね」

そう言い置いたあとは早かった。オレの返事を待たず、ドアを開けて外へ出ていく。津嘉山の姿が消え、ドアが重々しく閉まった。

オレは事務机の椅子に座る。抽斗《ひきだし》からペーパーナイフを出し、開封した。三つ折りにされた便箋が何枚も入っている。机の上の眼鏡ケースを開けた。老眼鏡をかけて手紙を読んでいく。

文面は大方予想していたとおりだ。

オレの近況はどうか。力強い応援メッセージ。そして和歌森の気持ちなどがつづられていた。達筆だが、一字一字が読みやすく丁寧だ。なおかつ文字から高い熱量が感じ取れる。文末には『探偵屋敷啓次郎を応援する会代表　和歌森喜八』と署名されていた。

あの島での事件以来、和歌森とは長いつき合いだ。オレの勘は当たっていたことになる。和歌森はバブル崩壊を乗り越え、会社をさらに成長させた。資産の三分の二をバブルで弾《はじ》けさせたオレとは月とすっぽんだ。当時の週刊誌にも『名探偵、バブル崩壊は推理できず』と書き立てられた。

かたや和歌森は、バブルの災厄を回避し、現在会長職を務めている。いまやアイコウ不動産は業界のトップ企業だ。

そんな人物だからこそ持つ人脈や情報は、幾度も推理の突破口になった。一緒に事件に巻きこまれたことも数回ある。和歌森とは、竜人とはまた違ったパートナー関係だった。現在も定期的に激励の手紙を送ってくれる。

また、同時に依頼の手紙も。

手紙の四分の三は和歌森の筆跡ではなかった。硬い字面は、この新渡戸《にとべ》という依頼者のものだろう。

旧家に伝わるわらべ唄に見立てられた殺人事件。その詳細が明記されている。三人が殺されたのち、犯人と目された弟が薬を服用して自殺。しかし、どうしても弟が犯人だとは思えない。名探偵と謳《うた》われた屋敷啓次郎に是非再調査してもらいたい。そんな内容が何枚にもわたって書き連ねられていた。

和歌森はこうした依頼を約百人いる会員、または会員の友人知人などから募って送付してくれる。十年以上も定期的にだ。ありがたいとしか言いようがない。みんな長いことオレを応援してくれている。そんな人たちからの厚意だ。承諾の返信をするのが常道だろう。

わかっている。

しかし……。

「オレが出向くような事件ではない」

誰にともなくつぶやいた。

手紙を抽斗にしまう。紙同士ががさがさと不協和音を発した。冷えた体を温めるため、エアコンをつけた。両手で顔面を覆う。

「そう。オレが出向く事件では……ない」

もう一度つぶやいた。誰もいない部屋で。オレだけがいる部屋で。

2

携帯電話で観るテレビ音声を音楽代わりに、台紙からシールを剝がした。通販カタログに訂正シールを貼る。なるべく水平になるよう慎重に。完成すると段ボール箱に入れる。脇に積んでいるカタログの山からまた一冊取った。化粧品の金額が間違っている箇所にシールを貼る。

今日は調子がいい。もう段ボール三箱分がはけた。このペースならいつもより稼げそうだ。

昼の帯番組はCMを抜けたところだった。スタジオの観客から拍手が起こる。オレはちらっと観て、またシールを貼っていく。司会者は軽妙な話術で観客の笑いを誘っている。よし。もう一冊完成だ。

段ボールに入れ、リズムよく次のカタログを手に取った。

『では本日のゲスト。蜜柑《みかん》花子《はなこ》さんです』

手がピタリと停止する。

観客が一段と沸く。そのボリュームに、スピーカーの音が割れた。

歓声のなかセットの扉から出てきたのは、若い女の子だ。髪は肩にかからないほどの長さで、白に近い金色に染めている。顔はそれより白く、気だるげな瞳は伏せ気味だった。顔の三分の一はありそうなでかい黒縁眼鏡をかけている。ピンクのスタジアムジャンパーには、彩りを添えるように、いくつかの缶バッジがつけてあった。袖からは指だけが出ており、短めのプリーツスカートが脚の長さを強調していた。脚は細めだが均整がとれていて、ブーツが映えている。

蜜柑は司会者とも観客とも目を合わせず、髪先をいじり出した。司会者はそんな態度にも慣れたもので、つつがなく進行していく。司会者が席へ誘導し、そろって着席した。

『そういや、また事件解決したらしいじゃない。ニュースで見たよ、金塊消失のやつ』

『結婚式、出れなかった』

蜜柑は表情と同じく気だるげな声だ。髪を指で捻じるようにいじっている。ぶっきらぼうな語り口だが、誰も問題にしない。これが蜜柑のスタイルだからだ。

『結婚式いってたんだ。友達の？』

『うん。というより直前で事件があった。終わったときには、結婚式もおしまい。残念』

蜜柑……また事件を解決したのか。

『残念だったねそれは。いく先々で事件に遭ってちゃ大変でしょ』

『別に。一か月に一回ぐらいだし。多くて三回』

『充分多いじゃない』

『……そうだね』

観客がどっと沸いた。

『事件はどう？　全部解決してるの？』

『うん』

『さすが名探偵だね。大学でも成績いいんでしょ』

『ううん。統計学の講義は、さっぱり』

『それでよくアリバイ崩しとかできるねえ』

『勘と運と想像力。名探偵に必要なのは、それ』

びくんっと膝が跳ねた。その言葉は、かつてオレが公言していたものだ。まさか蜜柑の口から出るとは。名探偵は誰しも同じ結論に達するのか？

『そんなことないでしょう。推理力がなきゃ、何十件も事件解決できないでしょう』

『そんなことない。推理小説思い出してみて。あれ、解決編を読んだあと、なるほどとか、そういうことだったのかってなるよね』

『なるね』

『なるなら、がんばれば解けてたってこと。解けない問題は解答聞いてもちんぷんかんぷん。ポアンカレ予想とかが、そう』

ここもオレのロジックと同じだ。答えを聞いてなるほどと思えた問題は、自力でも解けたはずなのだ。

『それこそなるほどだね』

『推理力は人並みでオッケー。重要なのは、勘と運と想像力』

オレは一貫して表情筋を硬化させていた。目は液晶画面に釘づけで、蜜柑の一言一言が重くのしかかってくる。節約にとエアコンを切っていた部屋は、凍えるように寒くなっていた。ぐしゃっと手元で音がする。カタログがいつの間にか握りつぶされていた。

ああ……一円損した。とっさにそう思った自分に嫌気が差した。

……いや、それはいいんだ。それは。

そんなことより、本当に嫌気が差すのが……。

『東京コレクションにも出たんでしょ。どうだった？』

『緊張した。出たくなかったのに。プロデューサーさんがしつこいから』

テレビではトークに花が咲いているようだ。しかし、オレの耳には意味のある言葉として聞こえてはこなかった。ただの音として素通りしていく。

そこへ、チャイムの音が飛びこんできた。

テレビを消し、応対のため腰を上げた。ところが、ドアは自動的に開いた。

「邪魔するぞ」

入ってきたのは大柄の男だ。竜人だった。

警視庁を定年退職して一年以上。たくましかった体型には衰えが見える。筋肉は落ち、往年の身体的威圧感は薄れている。だが、オレと比較したら格段に引き締まった肉体だ。反面、髪は後退していて、長年の刑事仕事のためか眉間の皺が深い。

竜人はコートの胸ポケットを探りながら机の前にきた。カタログやシールを無言で眺める。じわりとした居心地の悪さを覚えた。この瞬間がいたたまれない。そそくさとカタログとシールを片づけた。

竜人も視線を外す。ソファに体を沈めると、胸ポケットから煙草の箱を取り出した。なかからライターと煙草を出し、火をつける。箱を胸ポケットに突っこむと、携帯灰皿を応接机に置いた。煙草の先端が燃えていき、灰に変化していく。

竜人の手には禁煙パイプではなく、煙草が摑まれるようになってしまった。時の流れを感じ、少し憂鬱になる。

と、竜人がいきなり咳きこんだ。

「おい、大丈夫か」

「なんてことねぇよ。二十何年も禁煙してたんだ。血ぃ吐くまで吸うぞ、俺は」

竜人は本気とも冗談ともとれない口調だった。

「あまり吸いすぎるなよ」

竜人は定年後しばらくしてから喫煙を再開した。長年の借りを返すように吸っている。定年後やることがなくなり、その反動がきているのだろう。

まあ、単に煙草の美味さを思い出しただけかもしれないが。

「それで？　昼飯にでも誘いにきてくれたのか？」

「ああ。そのことなんだがな」

携帯灰皿に灰を落とす。手慣れた動作だ。

「長居する気はねえし、まだるっこしい前置きも好きじゃねえ。単刀直入に言わせてもらう」

竜人は窓の外に顔をやったまま語気を強めた。

なんだ？　なにを言い出す気だ？　一瞬で疑問が渦を巻く。

「もう逃げるのはやめねえか？」

シンプルな台詞《せりふ》が、下手な疑問を打ち破った。

「逃げるって……なんのことだ？」

竜人はオレに体を向ける。射抜くような目つきに、オレは作っていた笑顔が凍るのを感じた。

「俺相手に誤魔化しても無駄だ。ここ何年かずっと依頼を突っ返してんだろ。和歌森さん、気を揉んでたぞ」

そう……だよな。親友である竜人に相談がいかないわけがない。竜人には、ただ仕事がうまくいってないだけと思わせたかったのだが。

「それだけならまだしもな。じじいになって引きこもりなんざ、シャレにならねえぞ」

「引きこもりって……オレはちゃんと外に出ているよ」

「家と事務所の往復は外に出てるとは言わねえよ。遠出してせいぜい近所のスーパーだろうが」

即座に切り返される。二の句がつげない。

急にどうしたんだ竜人は。これまでにもオレの仕事や生活への口出しはあったが、今日は辛辣だ。

「すっとんきょうな顔してやがるな」

「い、いや」

「誤魔化すなって。啓次郎並みの頭脳を持ってない俺でもわかる。なんで今日はずけずけとオレに文句を言ってくるんだ、って思ってるんだろ」

「そこまでは思っていないが……」

「どうでもいいさ。なんと思われようが大したことじゃねえ。俺は気をつかいすぎてたんだ。強引にいきゃあよけいに状況を悪化させるんじゃねえかってよ。柄にもなく怖気《おじけ》づいてた。だがもう仕舞いだ。ぼけっと見てんのはやめた。啓次郎のために、やるだけのことをやる」

事務所にさっと日が差した。オレはまぶしさに目が眩《くら》んだ。

「お前の胸中は理解できる。あんなことがあったんだ。依頼を突っ返したくもなるし、外に出たくもなくなるよな」

ずきっ、と背中の古傷が疼《うず》いた。

「だがな、怠けさせてたら脳みそは錆びちまうぞ。あの世へ逝くまでぺたぺたシール貼りしてるつもりか？　ぐずぐずしてたらな、お迎えなんかすぐだぞ。俺は巡査長のまま退職したが、お前はまだまだ昇れんだろ。立ち止まってる場合か？　名探偵、屋敷啓次郎だろ。そろそろ、走り出すべきじゃねえのか」

胸に無数の針が突き刺さる。竜人の台詞の一語一語が心を抉《えぐ》った。身動きができず、汗が全身から染み出す。

おもむろに竜人が腰を上げた。携帯灰皿に煙草を捨てつつ、オレの前までくる。

「その気なら電話してこい。ふぬけたじじいになりたきゃ、それでもかまわねえがな」

用はすんだとばかりに、ドアへ向かっていく。

「俺としてもな、あの若い探偵さんに、もっとすげえ探偵がいるぞって見せつけてやりてえんだ。気が向いたらでいい。電話してきてくれ」

ドアが閉じる瞬間、竜人はぎこちない笑顔になった。最後の最後で変な気づかいをしてくれる。オレもようやく少しだけ笑顔を出せた。

竜人がいたのはほんの二、三分。短くはあったが濃密な時間だった。椅子から再び人を立ち上がらせるには、充分な時間だ。

その時間を竜人が作り出し、演出してくれた。そして、背中を押してくれた。

よくドラマで医者が言う台詞を思い出した。

もう怪我は治っています。立ち上がれるかどうか。あとは気持ちの問題です。

「そうだ。オレの気持ち次第だ」

*

ハワイで撮った集合写真を眺める。新宿に事務所があったころのスタッフたちだ。いまはバラバラになってしまった。たまに連絡はくるが、それだけだ。

変わらないものもあれば、変わるものもある。変わらないのはオレと竜人の関係ぐらいだろうか。

事務机の下の抽斗《ひきだし》を開けた。オレが表紙の雑誌やブロマイド、なにかの間違いで発売した歌のカセットテープなどがつまっている。過去の栄光たちだ。その上に写真を置いて、閉めた。

頬を両手で叩く。気合注入だ。

「よし。いくぞ」

携帯電話を取り、電話帳から目当ての番号を選び出す。その番号と発信先の名前を凝視して、発信ボタンを押した。

信号音が一コール。

出てほしい。出てほしくない。相反する想いで心音が高鳴る。

二コール。まだ話してもいないというのに喉が渇いてきた。

三コール。

四コール目が鳴る前だった。信号音が途切れる。

「久しぶりね、あなた。どうしたの」

二か月ぶりの愛しい声が耳をくすぐった。左手の結婚指輪に目がいく。

妻の美紀だ。ただし、いまは別居中で、もう六年になる。

「……報告とか、いろいろあってな」

「なによ、いろいろって。なにかあったの？」

さすがにいきなりは切り出しにくい。まずは気になることをいくつか訊いて、気持ちを慣らしていこう。

「七瀬《ななせ》はどうだ、留学の方は。勉強にはついていけているか？　学校の子とも仲良くやれているのか？　あとエデルシュタイン夫妻に迷惑もかけてないかな？」

エデルシュタイン夫妻はアメリカの友人だ。サンフランシスコでの連続猟奇殺人事件を調査する過程で親しくなった。日本とアメリカで相互に泊まり合うほどに関係は深い。娘の七瀬の留学では、ホストファミリーとして名乗りを上げてくれた。

「どれも順調よ。あの子はしっかりしているから」

「そうか。よかった」

七瀬には外の世界を体験した方が有意義だとアドバイスしたが、いざアメリカへいったとなると心配になるものだ。

「あなたも私に訊かないで、七瀬に訊きなさいよ」

「最初に電話がかかってきて以来、音沙汰がないんだ。七瀬も十六の女の子だからな。頻繁に男親から連絡ってのは煙たがる時期だろう」

「なにわが子に遠慮しているのよ。父親でしょう。堂々とかければいいのよ」

「そうだな。がんばってトライしてみよう」

苦笑して後頭部を掻く。

「もう。あなたがそんなだから、あの子も気兼ねしてかけられないのよ。しっかりしてよね」

渋面を作っている美紀が目に浮かぶ。

「ああ。しっかり……しようと考えている」

「ごはんはちゃんと食べてる？」

「毎食欠かさないよ」

昼は抜いているし、一食二百円ぐらいでやりくりしている。たまに津嘉山が差し入れしてくれるが、褒められた食生活ではない。だが、美紀には言えない。見栄と意地だ。

「美紀こそどうだ、仕事の方は？　忙しくやっているのか」

「相変わらずよ。明後日《あさって》も空き巣の裁判が控えているわ」

「相変わらずってこともないだろ。前にテレビで観たよ。コメンテーターやっていただろ」

「ちょっと、あれ観たの？」

「たまたまな。あのタレントの女の子と比べても遜色なかったよ」

「もう恥ずかしい！　やめてよ。知り合いの弁護士が急用で出演できなくなったの。それで代わりにって、しかたなく出ただけなのよ」

「そんなに恥ずかしがるなよ。初めてにしては立派なものだった。オレが初めてテレビに出たときを覚えているだろ。それはもう酷かった」

「あれは忘れられないわ。あなたずっとカメラ目線で、動きもロボットみたいなんだもの」

美紀の笑い声に、オレもつられて笑顔になる。

「笑いすぎだろ」

「ごめんなさい。だって、思い出しちゃったら……あはは」

オレが解決した事件のなかには、同情の余地のある犯人が数多くいた。凄惨な事件と、その裏にいる哀しき犯人。美紀は秘書としてそれらに直接的、あるいは間接的に接しているうちに、弁護士になるという目標を持った。同情の余地のある犯人の力になりたい。そんな想いからだ。仕事のあいまに勉強に励み、二度目の受験で、司法試験に合格した。後に事務所を設立し、いまではなかなかに名前が売れている。

「あなたは一刻も早く、私の映像を忘れてよね」

「難しい注文だな。もう脳内録画されているからな」

「やっぱり出るんじゃなかったわ」

「そう言うなよ。様になっていたぞ。今後は新境地にも挑戦していったらどうだ？」

「ひやかさないで。私は弁護士の仕事を精一杯やりたいの。いまのままで満足しているし、テレビの仕事は必要ありません」

昔のような口調で窘《たしな》められた。いい雰囲気だ。これを壊すのは忍びないが、チャンスを逃すわけにはいかない。あまり延ばしすぎると切り出しづらくなるだけだ。

「いまの仕事を精一杯やりたいのか」

「そうよ。これが私の本業だから」

「オレも同じだ。精一杯やりたい。自分の仕事を」

語調の変化に気づいたのだろう。美紀の声が途絶えた。

「オレは、探偵として再スタートするよ」

美紀は無言だった。息づかいすら聞こえない。反対に、オレの心音は太鼓のように大きく聞こえた。携帯を握る手にも力がこもる。時間が闇に溶けていくようで、無限にも思える空白があった。

「どうして、私にそれを言うの？」

ナイフのような声音だ。覚悟はしていたが、堪《こた》える。

「わかってないの？　ねえ。わかっているわよね。私はあなたに、探偵をやめてもらいたいの。なのにどうして、私にそれを言うのよ！」

糾弾の弾幕を受け止める。怒るのは当然だ。オレは受け止めて、はっきりと自分の意思を示すしかない。

「美紀には伝えたくてな。知っておいてほしかった」

「私は知りたくもないのよ。また胃を痛めろっていうの？」

「そういうつもりじゃない」

「つもりじゃなくても！」

怒号一閃。総毛立つほどの気魄だった。強烈な言霊の拳で脳がゆれる。

しかし。刹那の間を置き、

「痛くなるのよ。わかるでしょ」

語気を降下させた。

「あなたになにかあったらと思うと……私……」

十年前だ。オレはそのとき追っていた神隠し事件の犯人に襲撃された。肩口を鉄パイプで一撃。転倒したところをさらに殴打された。死を覚悟しながらも、一か八かで急斜面の崖から転がり落ちて逃げた。

不幸中の幸いで、転落でのダメージは軽微だった。一命を取りとめたものの、両脚を複雑骨折、脊椎損傷寸前だった。医者からは半身不随にならなくて幸運だったと言われた。無意識に守った頭部以外は、ほぼ破壊されているありさまだ。リハビリに一年という膨大な時間が費やされた。

あらゆる人の助けや運によって、オレは五体満足で退院することができた。

ただ、美紀には色濃いしこりが根づいていた。

「何度でも言うから。よく聞いて、よく考えて。あなたは名探偵と謳《うた》われた男よ。関わった事件はほぼ百パーセント解決してきた。そんな人が事件に介入してきたら、犯人はどんな心境になる？　百パーセント犯行を暴かれるなら、リスクを負ってでも探偵を亡きものにしてしまおう。そんな極論に達する人がいてもおかしくないでしょう。現に、あいつはそう企んで、あなたに酷いことをしたじゃない。殺人事件の調査は特に危険なの。同情すべき犯人だって、犯行の過程では鬼になるんだから。あの事件が起きるまで平穏無事だったのが不思議なぐらいなのよ」

抑制の利いた声音だったが、熱情はオレの身体を焦がした。

美紀は数えきれないぐらいオレに懇願した。もう探偵をやめてくれ。事件と遭遇しても関わらないでくれと。オレはことごとく突っぱねた。

そして。

ある日、美紀は七瀬をつれて家を出た。

「正直に言うわ。いまのあなたの状態、私は好ましく思っているの。表舞台に出ず、ほとんど仕事をしていないことをね。あなたは怒るでしょうけど」

ほとんどどころか、ここ五年は零《ゼロ》だ。だが、いまだに仕事をしているていを装っている。半引きこもり状態だなどとは、とても言えない。

「怒ったりなんかしない。美紀がオレの身を案じてくれているのは、素直にうれしいんだ」

偽りのない本音だった。

「でも、やめてはくれないのね」

諦めと失望が混じったような声。それでいてすがりつくような。

決意が蠟燭《ろうそく》の炎のようにゆらぐ。

しっかりしろ。決意の炎だけは消すな。オレは探偵として再起するんだ。

「すまない」

しゃくり上げるような音が聞こえた。泣かせてしまったかと年甲斐もなく狼狽《うろた》える。何歳になっても、女性の涙には弱い。

またも美紀の懇願を突っぱねたオレが、慰めを口にするのは厚かましい。あ、う、と口を開閉するだけだった。

だが、電話口から聞こえてきたのは美紀の気丈な声だった。

「あなたが探偵をしている姿を好きになったのにね。いまじゃなんとかやめさせようとしている。声を張り上げて怒鳴って。娘をつれて別居までして、卑怯よね。なんかおかしくなってきちゃった」

哀しげに笑う。

美紀が別居に踏み切った理由は主にふたつだ。

同居していれば、オレの活動を否応なく知ってしまう。美紀は極度の心配性だ。オレが調査に赴くたびに胃を痛めることになる。それならオレの情報が入らないように離れてしまえば、負担は軽くなる。

もうひとつは強制のためだ。家族で暮らしたかったら、探偵をやめなさい。

理不尽さに腹が立ったりもしたが、いまでは咎《とが》める気はない。それどころか、美紀の行動には感謝したいぐらいだ。

もし同居していてみろ。こんなおちぶれたオレを、美紀と七瀬に毎日さらすことになるのだ。想像するだけでもゾッとする。

だからオレは、伝えないといけない。

「美紀は気に病むようなことはしていない。オレは本当に、心の底から美紀に感謝しているんだ。だが……だがもう一度だけ、我がままを言わせてくれ」

空気を吸いこむ。美紀への決断を、オレへの決断を、吐き出す。

「もう一度だけ、事件を調査させてくれ。それで謎を解くことができなければ、きっぱりと諦

「諦める……それって」

「探偵をやめる」

「本当に？　いいの？」

恐る恐る問いかけてきた。

オレは長年、探偵という職業にしがみついてきた。信じられないのも無理はない。

「オレも還暦を超えたじいさんだからな。引退するのが遅すぎたぐらいだ。ダメなら、年寄りでも雇ってくれる仕事を見つけて、専念するのも悪くはない」

　竜人に発破をかけられ、再起を図ると同時に、引退も視野に入れていた。だらだらと色あせた生活を続けるぐらいなら、一発勝負にすべてを賭ける。それがオレの決断だ。

「ごめんなさい。あなたには申し訳ないけれど……うれしい」

　声には涙の響きがこもっていた。オレは苦笑いするしかない。

「待て待て。まだ引退すると決まったわけじゃない。謎が解けなかったらの話だ」

「わかってる。わかってるけれど……」

　その『わかってる』には、様々な意味が含まれているように感じた。

　美紀に決意表明をした。取り消しは不可だ。次の事件が引退を賭けての勝負になる。どんな難事件が降りかかってこようとも、全力で解明するのみだ。

## 3

あれから二日。

オレは竜人の運転するセダンで静岡へと向かっていた。秋葉原《あきはばら》を出発したあと、高速道路をひた走る。暖房の効いた車内は暖かい。オレはジャケットの前を開け、シャツのボタンもふたつ外していた。竜人のロングコートは後部座席だ。カーステレオからは、こぶしの利いた演歌が流れる。演歌が耳に心地よくなったのはいつごろからだろうか。

竜人がメロディに乗って、軽快にハンドルを操る。その横で、オレは脅迫状を読み返していた。雑誌を切り抜いているらしく、不揃いな字が並ぶ。

『蜜柑花子を別荘に呼べ。呼ばなければ災難が降りかかる。日にちは十二月二十九日だ』

簡潔な内容だ。

「やはり、警察には通報しないと?」

老眼鏡を外して、ケースに収納する。

「あいつは強情っぱりだからな。それに攻撃的だ。くるならこいって息巻いてやがったよ」

「最大限の譲歩が、オレと蜜柑か」

探偵がいることで、事件を抑止する効果はあるはずだ。オレなら、十中八九捕まることがわかっている状況で犯罪はしない。

それでもオレの周りで事件があとを絶たないのは、それなりに理由がある。時期をずらせばトリックが実行不能になる、突発的な事件だった、そもそもオレが名探偵だと知らなかった、などやむにやまれぬ事情があるからだ。

もっとも、今回は脅迫状の差出人が蜜柑を呼べと指定している。抑止にならない可能性は大いにある。

「千佳《ちか》さんの懸念を軽減するためにはな。それに息子が蜜柑花子のファンらしくてよ。一挙両得だとさ」

蜜柑のファンか。

オレの同行も伝えられているはずだ。それなのにオレへの言及はなかったようだ。若い人にとって、オレは過去の人でしかないのだ。いや、過去の人ですらない。存在していないのと同様だ。

「それにしても啓次郎、もってこいのタイミングで決意したな。もう少し遅かったら、蜜柑との直接対決はなかったぞ」

「対決って……別にそんなつもりはないさ」

「屋敷啓次郎ここにありってのを見せつけてやれよ。蜜柑をぎゃふんと言わせてな」

ヒートアップして煽ってくる。だが、オレは乗れない。

「事件が起こると決まったわけじゃないだろ」

竜人は気まずそうに喉を鳴らした。

「あ〜……だな。不謹慎《ふきんしん》だったか」

「応援してくれるのはうれしいがな」

後押ししようとしてくれる気持ちは、ひしひしと伝わってくる。だが、それがオレによりすぎているきらいがある。

そうさせてしまったのは、オレの不甲斐なさだ。

「そりゃあ事件が起きねえのが一番だ。けどよ、啓次郎の活躍も見てえんだよ、俺は」

竜人は前方を正視している。竜人の複雑な感情は車内に溜まって、オレの胸に沁みた。

事件は願わない。なにもないなら、その方がいい。

だが、なにかが起こったならば。

そのときは。

全身全霊をかけて、調査に挑む。

オレのためにも。応援してくれる竜人、和歌森、応援する会の会員のためにも。

＊

セダンは林の奥を突き進んでいく。

枝だけを広げた裸の木々が乱立している。背景は一面の闇だ。冬の日はもう力尽きている。

十九時前だというのに、ヘッドライトが全力で稼働中だ。町から遠く離れているせいか、林に入る前から人っ子一人見かけなかった。

東京から約四時間。別荘はもうすぐらしい。ほぼ予定していた時刻に到着できそうだが、予定外のことがあった。

まさか、こんなにも腰が痛くなるとはな。

休憩を挟みながらでも、腰には鈍痛が蓄積していた。腰をずらしたり揉んだりしていないと辛い。

そうこうしていると、竜人が顎をしゃくった。

「あれを渡れば別荘だ」

行く先には吊り橋がかかっていた。トラックでもとおれるぐらいの幅がある。

補強された木製の床板の上をセダンが進んでいく。ケーブルや主塔は年季が入っているが、造りは頑丈そうだ。谷は眩暈《めまい》がするほど深い。高所恐怖症でなくとも、下半身が縮み上がる。

下からは絶え間ない轟音《ごうおん》。急流が岩に砕け、渦を巻いているようだ。

「この吊り橋が、別荘へいく唯一の行路か」

「前にも言ったが、この崖と川が別荘を取り囲むみたいになってんだ」

「万が一橋が壊れたら、陸の孤島になるわけか」

「なるわけだ」

「不吉な予感しかしないな」

「俺もあんまりいい思い出はねえな。こういう立地にはよ」

橋。

あるときは天災で破壊された。その筆頭は嵐に洪水だ。老朽化で崩れ落ちたこともある。またあるときは人為的に排除された。焼き払われたり、木端微塵《こっぱみじん》に爆破されたり。実行犯の思惑は様々だが、善行のために行われたためしはない。彼、彼女らなりの論理で、犯行現場は陸の孤島にされるのだ。

橋から別荘は目視できた。吊り橋を抜け直進すると、一分もしないうちに到着した。

別荘は裸の木々が作る円の中心部に、でんと建っていた。外観は大きなログハウスだ。橋と同じく、つかわれている木材には年季が入っている。別荘だけが周囲から浮き上がるような異質さがあった。田舎のさらに奥地という立地がそう感じさせるのだろう。

スポーツカーのとなりにセダンを停車させた。エンジンを切って外に出る。竜人は後部座席からロングコートを取り、羽織った。ボストンバッグを肩にかける。

オレは座席からの解放感に浸りながら、何年ぶりかの遠出で酷使された腰を叩いて労《いた》わる。暖房の守りがなくなり、空気は刺すように冷たい。スーツのボタンを留めた。息が白く立ち昇る。まるで息が凍っているかのようだ。

竜人は肩を押さえて首を回しながら、別荘に向かう。オレも旅行鞄を手にしてあとへ続く。竜人がドア横にある呼び鈴を押した。すると足音が聞こえてきた。

たったそれだけのことで、心臓が暴れる。上下する胸骨が目視できそうなぐらいだ。愛用の旅行鞄を握る手にも力が入る。

カチャと音がして、ドアが開く。

そこに立っていたのは、うしろ髪をまとめ上げた中年女性だ。カーディガンとロングスカートを身にまとっていた。竜人によると歳は四十三。落ち着いた雰囲気があり、笑顔が魅力的だ。

「ようこそいらっしゃいました、屋敷さん、武富さん。どうぞどうぞ。中へお入りください」

歓迎の笑顔で、なかへ招かれる。

「しばらくだな。千佳さん」

竜人が親しさのこもった挨拶をする。羽織っていただけのコートを脱いだ。

「屋敷啓次郎です。お邪魔します」

頭を下げて、玄関へ踏み入る。千佳は破顔一笑。太陽のような笑顔で丁寧にオレを招き入れてくれた。暖かい空気に乗り、芳ばしい香りがした。夕食を作っているところだろうか。千佳はスリッパを二足用意してくれた。

「よくいらっしゃいました。寒かったでしょう。すみませんね、こんな場所までご足労をおかけして」

千佳はホテルマンのように機敏な動作で、オレのジャケットを預かってくれようとした。オレは寒かったこともあって辞した。では、と竜人のコートを預かった。

ロビーは吹き抜けになっていた。正面にはＹ字形の階段がある。二階は各々の寝室だろう。一階は左側が大部屋でテレビや椅子、観葉植物などがそろっていた。あそこはリビングのようだ。右側のドアは閉じているが、食堂といったところか。トイレか風呂と思われるドアもある。

リビングには中年の男性がいた。全体的に肉づきはいいが、太っているわけではない。見た目から感じるのはだらしなさではなく、たくましさだ。セーターを着た腕を広げながらやってくる。

「待ちかねたよ武富さん。そちらが屋敷さんですね」

この別荘の主、桝蔵《ますくら》敏夫《としお》だ。東京在住の資産家で、父親のあとを継いで建設会社社長を務めている。

竜人とは東京ドームの巨人戦で意気投合して以来、家族ぐるみの交流をしているらしい。ただし、竜人は独身だが。

「名探偵登場だぞ」

竜人がオレの背中を押して前へ出す。

「屋敷啓次郎です。この度はお世話になります」

桝蔵と、千佳にも改めて挨拶をした。

「かしこまらないでください。私たちは屋敷さんより十以上も年下ですよ」

飾り気のない物腰で相好を崩した。ざっくばらんな人づき合いをしているのだろう。そんな印象を持つ。

「そう言ってもらえると助かります。お言葉に甘えて、多少崩させてもらうかな」

「そうしてくださいよ。私らも屋敷さんにかしこまられちゃ、座りが悪いですよ。なにせ、よくテレビで観ていた人なんですからね」

桝蔵が大口を開けて笑壺《えつぼ》に入った。

「いや、恥ずかしい限りで」

後頭部に手がいく。当時の視聴者から直に話を振られるのは久しぶりだ。いまや街に出ても、声をかけられることはほとんどない。もっとも、行動範囲の狭さにも要因があるのだろうが。

「ブロマイドとか写真集とかも見てました。恰好よかったですよ、屋敷さん」

千佳が花開くような笑顔になった。両手で握手をされる。

「それはまた……ますます恥ずかしいな」

面と向かって言われると赤面してしまう。思わず顔を隠したくなった。変貌してしまった容姿にどんな感想を持っているのか。変な色気が羞恥心を助長する。

「それより、蜜柑花子はどこにいるんだ？」

場違いな硬質の声がして、なごやかさが霧散した。竜人が声と比肩する硬い表情で、桝蔵を見据えていた。千佳にもその視線を向けた。千佳は小さくなって目を伏せた。

運転中……いや、事務所にきたときからそうだったが、竜人の方が蜜柑に対抗意識を燃やしている気がする。オレへの力添えの気持ちがエスカレートして、妙な方向に転がっているのかもしれない。

「竜人、失礼だろ」

竜人の二の腕を叩いて窘《たしな》めた。

「わかってるよ」

まったくわかっていなそうだった。もっと言ってやらないとダメだな。なごやかだった空気が淀んでしまった。若者のようにKYだなどと言うつもりはないが、気持ちが先走りすぎて、いらぬ緊張を強いている。

一方で、オレを擁護するために、かつて大黒谷と衝突してくれたことを思い出す。竜人が気を張っているのも、大本はそんな気性ゆえか。オレのためにという気持ちが前面に出すぎているだけなのだろう。

しかし。そもそも竜人にそうさせているのは、オレの不甲斐なさが発端だ。昔のようにオレに余裕があれば、竜人も余裕をもってふるまえるだろう。オレがふぬけになったばっかりに、竜人にまで負担をかけている。

それでも、言うべきことは言っておかねばならない。

「草太《そうた》と和奏《わかな》ちゃんが迎えにいってます」

オレがさらに窘めようとした直前、桝蔵が答えた。銀の光沢を放つ腕時計を見ている。オレは口を開くタイミングを逸してしまった。

「もう二時間たっているのか。遅いな。そろそろ帰ってくるころだと思いますが……」

言った直後だった。遠くからエンジン音が近づいてきた。ひとつではない。ふたつだ。

「おいでなすったか」

竜人が窓の外を見る。ワゴン車と軽自動車が駐車しようとしていた。

ワゴン車から二十代なかばくらいの男女が降りてきた。茶髪の男性は桝蔵の息子、草太だろう。痩身にダウンジャケットを着用している。女性の素姓は不明だが、和奏と呼ばれていた女性だろう。ロングの髪で、長めのコートを着こみ、バックルの大きなベルトをしめたパンツスタイルだ。

竜人からは、桝蔵家の者のことしか聞いていない。彼女は草太の恋人か友達か。はたまた桝蔵の部下なのか。いずれにしても、オレにとってはイレギュラーな登場人物だ。だが、そんなことは大した問題ではない。

蜜柑花子。若き名探偵がいた。

テレビで観たときと服装は変わっていない。缶バッジのついたピンクのスタジアムジャンパーに、プリーツスカート、ブーツ、でかい黒縁眼鏡。金色の髪も相変わらずだった。ただ、視線が定まっていないというか、どこか落ち着きがない。繁華街にいたら職務質問されそうだ。テレビでは超然とした趣があっただけに、この変化には注意を引かれる。

三人が窓から見える範囲から消え、千佳が先んじてドアを開けた。

草太、コートの女性、蜜柑の順で入ってきた。

「おかえり、草太。和奏ちゃん。ようこそいらっしゃいました、蜜柑さん」

千佳が穏やかに話しかけた。会釈してスリッパを用意する。蜜柑は自分のつま先を凝視して、

「どうも」

と小声で答えた。旅行鞄を持った左手に、袖から出た右手の指をもじもじとすり合わせてい

る。

「なになに。みんなでお出迎え？」

草太がもの珍しそうにオレたちを見回した。全員の出迎えに虚を衝かれたようで、顔は半笑いだ。

「くるのが遅いからだ」

桝蔵が腕を組んだ。竜人が凄んだせいか、渋面になっている。

「ごめんなさーい。でも遊んでたわけじゃないんですよ。蜜柑ちゃんがまた大活躍で、そのぶん遅れちゃいました～」

両手を合わせた和奏が、草太の前に躍り出た。やたらと明るい子だ。場違いなほどの明るさだな。

だが、眉毛をハの字にしてスマイルする姿は、淀んだ空気を少しだけ中和してくれた。

「そうそう。いったらちょうど事件解決した直後でさ。事情聴取かなんかで蜜柑ちゃんがソッコー警察行き。ここ固定電話ないし、携帯つうじないじゃん。連絡できないから終わるまで待ってたわけよ。そんなこんなで時間食ってこんな遅くなったんだよ」

草太が身振り手振りを交えて補足した。

「ぎりぎりまで事件を？」

一瞬だったが、桝蔵が不快感を表情に表した。遅れたらどうするつもりだったんだ、と言いたげだ。

しかし、オレも経験があるが、見た瞬間に真相を看破できる事件は少なくない。そんな難易度の事件を、蜜柑は解決してきたのではないだろうか。何十件も事件を解決していれば、警察での拘束時間は大体計算できる。だから大幅な遅刻はないと踏んで事件を解決したのだ。オレはそう思う。

「はぁ……まぁ」

蜜柑は言い訳もせず、毛の先ほども動じず、まるっきり上の空だ。意識が彼方に吹っ飛んでいるようで、顔もいまだに下を向いている。

「おいおい親父。こんな辺境の地までくだらないことで呼んでんだぞ。きてもらっただけでもありがたいと思えよ」

「だがなあ」

「蜜柑ちゃん天才だもんね。ぱぱっと解決して間に合うってわかってたんだよねえ」

和奏が腰を折って、蜜柑の顔を覗きこんだ。

「あの……その……そんなことより、ここに……」

「ん？　なに。どうしたの？」

和奏が耳を近づける。

「ここに、や」

そこで初めて、蜜柑が顔を上げた。和奏に言葉を伝えようとして、ほんのわずかに。

上向いた黒曜石のような黒目が、オレの目とぶつかった。視認できるほどに黒目が膨張した。

色白の肌がみるみる紅潮していく。

オレが呆気に取られていると、

「ひぁあ！」

奇妙な音声が発せられた。

発生源である蜜柑は、『黒ひげ危機一発』の人形のように跳び上がった。和奏が驚いてのけ反り、オレたちも一歩引いた。休火山が噴火したような衝撃だった。なにがどうなっているんだ？

蜜柑は歯の根が合わないほどがたがたと震え、それでもどうにか言葉を絞り出そうとしている。穴が開くほどオレは凝視されている。オレはなにかしただろうか？

「あ、あの……」

どうやら蜜柑の異状の原因はオレらしい。だが、心当たりがない。そこで、理由を尋ねようとすると、

「あ、あたし！　ずっと屋敷さんに憧れてたっ！」

別荘を振動させるほどの大声。想定外の告白だ。オレのみならず、竜人や桝蔵まで唖然としていた。

「『名探偵の証明』を読んでから、ずっと、ずっと憧れてて。高校のときから目標になった。あ、と、特に天空城事件はほんとすごい」

天空城事件。昭和史に残る大事件と言われている。オレが解決したが、若い子で知る者はか

ぎりなく零《ゼロ》に近いだろう。それを知っているとは驚きだ。

「あんな事件、あたしじゃ推理無理。こ、この鞄も屋敷さんと同じので。あー！　そんなのどうでもいいか。それより。それよりぃ。せっかく会えたんだ。えーと」

蜜柑はあたふたと饒舌《じょうぜつ》に語る。

物静かで、なにがあっても慌てず騒がず対応する。それが蜜柑のイメージだった。オレはライバル心さえ持っていた。

それなのにどうだ。蜜柑は、オレへの好意を伝えようと必死だ。胸のうちに形容しがたい感情が生まれる。その正体を摑むことはできないが、不快なものではない。それはたしかだった。

「あ、握手……握手を！」

旅行鞄を置き、両手を差し出してきた。手が震えている。断る理由はなにもない。手は自然と前に出た。

「ああ。こちらからもお願いするよ」

両手で蜜柑の手を握る。握手。

とたんに。

「うきゅう」

また奇妙な音声が出たかと思うと、蜜柑の手がふにゃふにゃになった。握力がなくなる。麻酔銃を撃たれたかのように蜜柑の体が弛緩した。

「気絶したぞ！」

誰ともなく叫び、玄関先で介護劇が始まったのだった。

## 4

蜜柑はつつがなく回復した。目覚めてからは、打って変わってオレに興味を示さなくなった。いや、興味はあるが、気絶して気まずくなったのか、意識しないようにしているようだった。草太と和奏が煽っていたが、のれんに腕押しだ。

オレは草太と和奏とも自己紹介しあった。和奏のフルネームは本尾《もとお》和奏というそうだ。草太とは四か月前、蜜柑のファンサイトで出会い、交際にまで発展したらしい。

蜜柑の回復後、まずは夕食でもという運びになった。蜜柑はパスタやカルパッチョなどを元気に平らげていた。醜態をさらしたと恥じているのか、草太や和奏が話しかけても、応答は「ああ」とか「うん」などの短いものだけだった。

竜人は蜜柑に敵意を表すこともなく、あれ以来ずっと周囲の動向を監視しながらもニュートラルにすごしていた。ひょっとしたら一悶着あるのではないかと懸念したが、杞憂《きゆう》だったようだ。たとえ敵意を持っていたとしても、竜人もいい大人だ。本人を前に感情を剝き出しにはしないということだろう。

それとも、蜜柑の姿を目の当たりにして、毒気を抜かれたのかもしれない。オレも蜜柑には得体の知れない緊張感を持っていた。それがいまはすっかり抜けている。なにを緊張していたんだと過去の自分に呆れるぐらいだ。

オレは手のこんだイタリアンを腹八分に収め、そろそろだなと腹を決めていた。

食卓は片づけられ、エアポケットのような時間ができていた。蜜柑を挟んで草太と和奏がはしゃぎ、桝蔵はビールジョッキを傾けていた。千佳は硬い表情でダイニングテーブルを拭いている。やはり脅迫状の件が気がかりなのだろう。竜人は小用だった。

脅迫状について、切り出すのならいい頃合いだ。桝蔵たちはここに残るだろうが、草太や和奏は自室に戻ってしまうかもしれない。全員集まり、夕食も終えたいまが最適のタイミングだろう。放っておいても桝蔵なり千佳なりが切り出すとは思うが、オレから積極的に行動したいないと、いけないのだ。

「蜜柑ちゃんB型なんだ。ぽいよねえ。やっぱ天才ってB型が多いんだね」

オレの気を知る由もない和奏は大はしゃぎだ。脅迫状のことなど気にも留めていないのだろう。

「イチローとか松本人志《まつもとひとし》とか、天才はたしかにB型だもんな」

草太も楽しげだ。蜜柑を囲む会、のような気分なのだろう。

「おれ完全にO型だよ。名探偵にはなれないのかあ」

「わたしはAB。そうだ。啓次郎さんは何型なんですか？　わたしの予想はB型です」

ふいに和奏から水を向けられた。

「それ予想じゃねえじゃん」

「いいの。で、どうなんですか？」

「予想に違わず、B型だよ」

「ほら、やっぱ当たってる」

和奏が我が意を得たりと手を打った。

「でも和奏ちゃん。血液型性格診断というのは科学的根拠がなにも……」

「千佳さんは何型ですか？」

和奏はふいと千佳に水を向けた。

オレの言葉は空しく宙を舞った。咳払いをして誤魔化す。しかし、蜜柑とはぴったりと目が合ってしまった。すさまじく気まずかった。

「わたしはA型だったかしら」

「親父はOだっけ」

「そうだ。王様のOだぞ」

「親父ギャグはいいんだよ」

ささやかな笑いが起こった。そこへ竜人が戻ってきた。気を取り直す。今度は無視されないように、

「例の脅迫状について、少し話を聞きたいんだ。みんな、五分か十分でいい。時間をもらえないかな？」

静かに告げた。預かっていた手紙をテーブルに載せる。

長い間深刻な面持ちだった千佳が、布巾を置いて着席した。桝蔵が腕を組んで大きく息を吐いた。草太と和奏も、蜜柑との会話を打ち切った。竜人はオレの向かいに座る。

胸ポケットから手帳とペンを取り出した。

胃袋が疼《うず》く。頭頂から指、足先までがぴりぴりと痺れた。こんなに緊張するのは、中学生のとき、初めて殺人事件の調査をして以来だ。ここからが本当の再スタートになる。気合を入れていかなければならない。

「再度確認するが、脅迫状を書くような人物に心当たりは？」

「ないですね。そりゃあ気性が荒いのは自覚してますがね。その分フォローも忘れてないつもりです。他社の奴にしたって友人連中にしたって、あんな手紙を送りつけられる道理はありませんよ」

桝蔵が不機嫌そうに返答した。

視界の隅で竜人を垣間見る。じっと桝蔵の表情を観察していた。微妙な表情の変化をチェックするのが竜人の役割だ。オレが質問を投げ、竜人が目を光らせる。ブランクがあっても、これは阿吽《あうん》の呼吸で行える。何百件と取り調べをこなしてきた竜人が一人二役でもいいが、竜人曰く「俺の面《つら》は一般人にゃ刺激が強い」のだそうだ。

「といっても、他人の心のうちなんて読めないもんですからね。私のやり口が腹に据えかねている奴もいるかもしれません。しかしねえ。部下にしたってこんな一文の得にもならないようなまねをする奴がいるとは、やっぱり思えないですよ。　私をやりこめるんなら、仕事でやってやる。そんな連中ばかりですよ」

「なるほど」

オレは桝蔵を見てうなずいた。

手紙の宛先は桝蔵だった。犯人候補の名前が挙がるとしたら桝蔵から、と予想していたのだが当てが外れたな。もっとも、そんな人物がいれば事前に報告してくれただろうか。

まあいい。これはいわばウォームアップ。全盛期の感覚を取り戻していく過程だ。もちろん目的はそれだけではない。竜人が、相手の表情や仕草からなんらかのヒントを摑むことも期待している。また、改まって話すことで、重要情報をぽろっと思い出したりすることもある。

「千佳さんはどうかな？　心当たりはないか？」

ゆるゆると首が振られた。

「いいえ。なにもないです。それだけに怖くて。わたしたちの知らないところで、変な恨みを買っているんじゃないかと」

暖かな室内で、千佳が腕をさする。その表情には強い不安が見受けられるが、竜人はどう受け取っているだろうか。

「よくわかりますよ」

オレは恨みどころか、邪魔な存在だと見なされて殺されかけたのだから。

「あなたも、相手の言いなりになって別荘ですごさなくたって」

千佳が桝蔵に恨めしげな目を投げた。

「こんなふざけた脅しをかけてくる奴から逃げ回るのは桝蔵の名折れだ。敵対的買収だろうが脅迫状だろうが受けて立つ。それが桝蔵だ」

「はいはい。もうわかってるわよ」

千佳が煩《わずら》わしそうに手を振った。桝蔵は厳めしい面持ちで腕を組み直す。

夫の主義に振り回される妻は大変だな、とふと思った。

……いや。オレも似たようなものか。妻に別居された男がなにを言っているのか。

「申し訳ございません。お見苦しいところを」

千佳に深く頭を下げられた。

「いや。気にしないで」

気をつかわせないように明るく言った。

ちょうどいい流れだ。疑問点を解消しておこう。

「ところでひとつ疑問があるんだ」

桝蔵に質問を振った。

「なんでしょうか?」

「なんでまたこんな土地に別荘を建てたんだ? 別荘地からも町からも遠い。利便性にも欠ける。スーパーまで車で三十分もかかるらしいじゃないか。桝蔵さんほどの人なら、他にもっと環境が整ったところに建てられたんじゃないか? 失礼だとは思うが、差出人が別荘を指定していることが気になるのでね」

桝蔵は気分を害した様子もなく、ああ、と言って笑った。

「いま屋敷さんがおっしゃったような条件だからこそ、ここを選んだんですよ」

「というと？」

「会社のトップなんかやっているとね、たまには逃れたくなるんだ。やれ会議だ、やれトラブルだという喧騒から……と親父が言っていたんですよ」

「なるほど。共感するよ」

オレも最盛期には、なにもかも放棄して自由にすごしたくなるときがあった。

「携帯が出回り始めたころだったんでね。電波からも逃れられるように、こんな奥地に別荘を構えたんですよ。願いどおり、いまも圏外です。まあその親父はすでに亡くなりましたが」

「どおりで固定電話すらないわけだ」

徹底しているな。いよいよ陸の孤島が現実味を帯びてきた。橋がなくなれば、脱出も通報も無理になる。差出人はその状況を欲している可能性がある。

「私もいまじゃ社長ですからね、親父の考えに乗っかっているわけです。せっかくの静かな空間ですからね、無粋なベル音は排除しないと。ベル音は呼び鈴だけで充分ですよ」

「つき合わされるおれたちは堪んないけどな」

頬杖をついた草太がぼやいた。

「やかましい。年末ぐらいは家族で集まるもんだ」

「へえへえ。でも正月はぜってえダチとニューヨークいくからな。チケット無駄にさせないでくれよ」

草太がオレの方に顔を向けてごてた。返事が投げやりだ。こんな閑散とした場所に押しこまれるのは、若者にとっては苦痛なのだろう。

「こらっ、言葉は慎め」

桝蔵が強めに叱責した。草太はばつが悪そうに鼻の頭をつまんだ。

「わーてるって」

なんだかんだ言いながら家族とともにすごしている辺りは、良好な関係を思わせる。桝蔵は強引なところはあるが、暴君というほどではない。千佳にしろ草太にしろ、きたくなければこないという選択肢も採り得ただろう。なのにふたりとも別荘に滞在している。不仲の家族ではこうはいかない。ただ草太の場合、蜜柑会いたさにきた、とも考えられるが。

「草太君はどうかな？　思い当たることならなんでも言ってくれると助かるんだが」

「お、ついにおれですか。そうですね～」

顎をつまみながら中空を睨む。

「そんな暇人、おれの周りにはいないですかねえ。親父の周りと違って、うちの部署はおとなしめなのが多いんで。ダチもなあ。ゆかいな仲間たちばっかですからねえ……」

記憶を探るように黒目を右へ左へ動かす。

「ああ！　そういやひとりいたな」

「となりの席の鈴木《すずき》って男なんですけど、推理小説めちゃ読んでるんですよ。なんとか殺人事件とかってやつを昼飯のときもずっと。こいつ怪しくないですかね？」

「ほお。それは？」

短絡的だな。推理小説を読む人が脅迫状を送るのなら、世の中ひっきりなしに脅迫状が飛び交っている。小説やドラマ、漫画などを犯罪と結びつけるのは感心しない。ごく少数影響を受ける輩がいたとしても、全体を犯罪者のように見るのは短絡的としか言いようがない。『罪と罰』のラスコーリニコフに感銘を受けて悪を裁こうとする者がいるかもしれないし、『人間失格』を読んで心中する男女がいるかもしれない。それらの可能性を否定はしないが、悪書追放運動のような行為をしていけばきりがない。その末路は、すべての表現、芸術を規制するしかなくなるだろう。結局は受け手本人の問題であり、書籍や芸術の責任ではない。

かつて受けたバッシングの記憶が蘇り、うんざりとした。あのときにも推理小説と犯罪を結びつける論調が少なくなかった。

「草太。それ偏見」

唇をつんと突き出した和奏が意見した。

「そうかあ？　人殺しを売りにしてる小説が好きなんだぞ。ゲーム感覚で脅迫状送ってくるかもしれないだろ」

「草太、知らないの？　いまミステリ小説ブームがきてるんだよ。うちの職場にも好きな人たくさんいるよ」

「そうなのか？　ちらっと耳にした気もするけど」

「しかもブームのきっかけって、蜜柑ちゃんだよ」

「え、マジで？」

話題が飛んでいるが、静観しておく。切迫した状況でなければ、会話の流れには乗った方がいい。雑談から思わぬ情報が出てくることは、ままあるからだ。

「勉強不足だよ。蜜柑ちゃんの外見にしか興味ないから知らないんだよ」

「そんなことねえよ」

ファンもいろいろだ。オレの個人情報を調べ上げる者もいれば、オレの容姿にのみ熱を上げる者もいた。

「ね、ブームのきっかけって蜜柑ちゃんだもんね？」

和奏がフレンドリーに話題を投げた。出会って数時間だろうに、まるで竹馬の友だ。当の蜜柑は「はぁ」と気のない返事だ。オレと対面したときの興奮はなりを潜めている。

「そんな噂もちらほらだけど」

蜜柑は前髪をいじりながら答えた。

歴史は繰り返すというが、蜜柑もその例に漏れないらしい。オレが第一線にいた時代も、空前の推理小説ブームがあった。

オレの活躍で世間が推理小説に興味を持ち、ブームが起こったのだ。それが若き作家たちを刺激した。その作家たちが書いた小説が人気を得て、さらなるブームへと昇華された。いわゆる新本格ブームと称されるものだ。

同時にこんな論理も吹聴された。

屋敷啓次郎が扱う事件には、密室殺人やアリバイトリックを弄したものが多い。それは犯人が推理小説を模倣したからだ。推理小説ブームの根本は屋敷啓次郎だ。つまり、屋敷啓次郎の活躍が犯罪を助長していると。

とんでもない論理だ。新本格ブーム以前から、オレは密室殺人やアリバイトリックと闘ってきた。マスコミはオレの報道ならなんでもよかったのだろう。蜜柑も負の報道に巻きこまれていないことを願う。

様子を見るかぎりは大丈夫そうだ。ポーカーフェイスだから、表に出していないだけかもしれないが。

「あ〜ん。蜜柑ちゃん謙虚〜」

和奏が肩をすくめた。さらに掘り下げるつもりはなさそうだ。この機に軌道を修正するとしよう。

「一応、和奏ちゃんにも訊いておこうか。手紙について、心当たりとか引っかかることとかないかな?」

「え〜。なんかあるかなぁ?」

和奏が顎に人差し指を当て、首をかしげた。

「重大ごとじゃなくてかまわないよ。些細なことでもなんでもいい」

「って言われてもなぁ。草太とつき合いだしてまだ三か月だし……ごめんなさい。なんにも出てこないです」

「謝ることはない。なにもなければないで、かまわないのだから。ないということも情報のうちだ」

さて。これで主要な人物には質問したな。手帳の記述を見返す。

現時点では脅迫状を送った人物に目星はついていない。密かに私怨《しえん》を募らせているとか、ただの愉快犯の線もある。内部犯の可能性も小さくはない。目的は不明だが、文面からすると、蜜柑に対する挑戦のように受け取れる。それともそうミスリードする罠なのか。

思考を働かせるには情報不足、か。情報が足りなければ、推理の幅は広大になってしまう。情報によって幅を狭めなければ、推理の純度は高まらない。ある程度事が進まないと力が発揮しづらいのは、探偵の弱みだ。

それでも一定の推理をしておく必要はある。事件発生の可能性があるからには、丸腰ではいられない。

そのために、最後の質問をしておくとしよう。返答は、予見できているが。

「蜜柑……さん。差出人はキミを指名している。この件で、キミは外せないファクターのようだ。名探偵と謳《うた》われるキミを招来したのには、確固とした意思があるはずだ。それはストーカーのように一方的な思慕かもしれない。しかし、なにかしらの面識があったからこそかもしれない。何者かから恨みを買ったとか、思い当たることはないか？」

蜜柑はちらとオレを見た。すぐさま伏せる。そして言った。

「いっぱいいる……と思う。誰かと訊かれたら、答えられないけど」

探偵の存在と犯罪の発生に因果関係はない。少し考えればわかることだ。オレや蜜柑のような存在が市民権を獲得しているのは、その道理が浸透しているおかげだ。

しかし、一部の人間にはその道理がわからない。いや、わかっていても無視する。探偵なんかがいるから殺人が起こるんだ。そう主張して譲らない。

その一部は、歪んだ正義感の持ち主。もしくは探偵が解決した事件で、肉親や恋人を殺害された人たちだ。怒りや悲しみのあまり、論理が飛躍してしまうのだ。

探偵がいるから、私の大事な人が殺された、と。

事件を解決したからといって、必ずしも感謝はされない。殺人者を見るような目で睨まれながら退場することもある。

そんな名探偵を――蜜柑花子を逆恨みして手紙を送りつける。それはありうるシナリオだ。名探偵に害意を持つのは、逮捕された犯人だけではない。桝蔵を巻きこんだのは、他者に危害を加える可能性を示したほうが蜜柑を苦しめられると考えたからかもしれない。

蜜柑は無表情に座っている。オレはその様子から、蜜柑の抱えるやりきれなさがすくい取れた。

「ありがとう。参考になった」

「いえ」

ぼそっとした一言で、この場は幕を閉じた。

オレはこれまでにないほど、深くて重い息をついたのだった。

5

時刻は二十三時を回っている。

いましがた解散になったところだった。各人、まだ活動している時間帯だ。差出人がなにか事を起こすなら、もっと夜がふけてからだろうか。こちらが事を起こすなら、その前にやるしかない。別荘周辺は調査済みで、不審なものは皆無だった。

オレは玄関の外にいて、竜人は内側にいた。

「気をつけろよ」

「ああ。用心するよ。骨身に沁みているからな」

オレは右手に持ったスタンガンを掲げた。ジャケットのポケットには催涙スプレーも入っている。胸ポケットには防犯ブザー。シャツの下には防刃チョッキも着こんでいる。

あの襲撃事件以降、特に夜間に単独行動する際は欠かせないアイテムだ。身体能力に乏しくとも、瞬時に相手の自由を奪える武器。そして刃物で襲われても、ダメージを最小に食い止める防具、万一のときにＳＯＳを発する機器。重装備にすぎるかもしれないが、用心しすぎることはない。美紀に認めてもらうためにも、自助努力をしておく必要がある。

「身の危険を感じたら躊躇《ためら》うなよ。一発でやれ。警戒も怠るな」

元刑事としてあるまじきアドバイスをくれた。屋外でのスタンガンや催涙スプレーの持ち歩きは、軽犯罪法に抵触する可能性がある。元刑事としては注意すべきだろうが、これぐらいの融通が利くからこそ、竜人とはパートナーでいられるのだ。

「肝に銘じているさ。もうリハビリはこりごりだからな」

死んだらそれまでだ。こんなところで死ぬわけにはいかない。

「よっしゃ。外は任せたぞ。なかは俺に任せとけ」

「そっちは心配いらなそうだからな。安心して任せる」

竜人なら拳ひとつで暴漢を撃退できるだろう。

「おう。襲ってきやがったら返り討ちにしてやるよ」

竜人は笑顔で、オレの胸を拳で突いた。大きくて力強い。闘魂を注入された気分だ。

「じゃあな。しっかりやってこいよ。俺もちょっくら見回ってくるわ」

竜人がドアを閉じ、鍵をかける音がした。

内と外で分断される。暖房の効いた別荘とは違い、身を切るような寒風が吹く。べったりと塗られたような闇は、光を消し去っている。降水確率は零《ゼロ》パーセントだが、まだらな雲が月を汚していた。悪人がいるのなら、この闇は絶好の隠れ蓑だろう。オレに危害を加えるつもりだとすれば、これほどおあつらえ向きのシチュエーションはない。

それでも、オレは外に出なければならない。オレの考えを汲《く》んだ竜人は引き止めたりしなかった。

ポケットから新品の監視カメラを取り出す。サイズは新書判に近い。これは赤外線ＬＥＤで人には見えない光を発し、夜間撮影も可能だ。動作感知ができ、人の動きがあったときに録画される。これならば、でかくて重い蓄電池を持って歩かなくてもいい。モニターつきなので、パソコンがなくても映像確認ができる。ためし撮りしてみたが、問題なく使用できた。

カメラがここまで進化しているとは、店員に説明されるまで知らなかった。

外付けバッテリーというものもある。万が一にも電池切れになったときの備えだ。固定用のバンドも買った。

秋葉原で、オレは清水《きよみず》の舞台から飛び降りた。資金的にも、これでいよいよあとがない。失敗、即引退だ。

監視カメラとバッテリーをポケットに収めた。地面に置いていた懐中電灯を持ち、スイッチを入れる。橋を目指して歩き出した。

ドクン。ドクン。

心臓が打つ。速く、大きく。冷静を装おうとしても、心臓の活動までは誤魔化せない。早速、神経が昂《たかぶ》っているようだ。不可視の圧力が全身にまとわりついてくる。産毛も静電気に接しているかのように疼《うず》く。

しきりに周囲を窺《うかが》って、不審なものがないかを探索する。足音とは別の音がないか神経を研ぎ澄ます。

歩数が増えると、呼吸音がでかくなる。耳障りだ。だが、どうしようもない。オレはまぎれもなく緊張し、また襲われやしないかと怯えているのだから。襲撃事件のトラウマは消えていない。

オレが別荘を見回り、竜人が外に出れば怯えることもないだろう。しかし、それでは意味がないのだ。探偵として完全復活するには、この恐怖心に打ち勝たねばならない。それは必須条件だ。常に竜人といられるわけではない。ひとりで事件と対峙したとき、恐怖心に囚われていたら調査できない。なんとしても克服する。

たかだか橋までいって戻るだけだ。それなのに。くそっ。情けない。これじゃ、トイレにいくのを怖がる子供ではないか。

そう気力を奮い立たせた直後だった。

「……っ！」

ピタッ、と足が凍りついた。反射的に懐中電灯のスイッチを切る。

橋のたもとから少し外れた地点。そこに光の輪があった。動いている。人だ。人がいる。しゃがんでなにかしているようだ。こんな時間になにを？　光が照らしているのはオレとは反対側だ。まだ気づかれてはいない。よかった。なにをしているのかはわからないが、ここは引き返して竜人に……。

待て。落ち着け。

人がいるとわかっていれば、怖がることはない。一番怖いのは死角からの攻撃だ。見えていれば、どうとでも対処できる。仮にあれが危険人物だったとしても、分があるのはオレの方だ。理性と冷静さをもって、正体を見極めればいい。竜人に報告するのは、それからでも遅くはない。むしろいい機会だ。荒療治だと思おう。これしきのトラブルに立ち向かえないで、なにが完全復活だ。

まずは正体を見極める。すべてはそれからだ。

一歩一歩、慎重に前進する。音を立てないように。呼吸もゆっくりと。

雲間からの月明かりのおかげで、懐中電灯がなくともどうにか歩ける。

一歩分。数十センチずつ橋に近づく。スタンガンを握る手に力がこもる。ちらりとポケットの位置を確認する。大丈夫だ。なにかあれば即座に催涙スプレーを取り出せる。

あと五メートル。月が明るく林を浮かび上がらせている。

オレは思わず足を止めた。

危機感ゆえではない。あまりにも予想外の人物が木々の狭間にいたからだ。危機感も恐怖感も雲散霧消した。

そして、いまだくすぶっていたライバル心さえも。

オレは心が沸き立つような、駆け寄っていきたいような、形容しがたい感覚に包みこまれた。

双子の片割れと巡り合ったなら、こんな心持ちになるのだろうか。

「蜜柑花子」

夜の静寂に、オレの声は一際大きく響く。蜜柑が肩を跳ねさせた。時間が止まったかのような静寂が流れる。

しかし、それはコンマ何秒かだった。

機敏に振り向くとともに、時間も蜜柑の体も慌ただしく動き出す。弾《はじ》かれたように蜜柑が起立する。彼女はファイティングポーズのような構えをとった。懐中電灯を握ったままだが、構えは堂に入っている。ひょっとしたら格闘技を習っているのかもしれない。

しかし、すぐさまオレだと認識したようで、一転してあわあわ言い出した。端整な顔が福笑いのごとく崩れているのが見て取れた。懐中電灯は接触が悪いのかついたり消えたりしている。突然光の輪が現れたのはそのせいのようだ。

「驚かせてすまなかったな。その、なんと言うか……」

かくいうオレも、すぐに言葉が出てこない。意味なく手をぶらぶらさせてしまう。

「こんなシンクロがあるものかと、つい声が大きくなってしまった。オレの方が驚いてしまったみたいだな」

蜜柑はまぶたをぎゅっと閉じて、ごくりと唾を飲みこんだ。

「シンクロ?」

「キミは監視カメラを設置していたのだろう。違うか?」

蜜柑の足元にある物体を指差した。オレのものと形は違うが、新書判サイズのカメラだった。しゃがんでなにかしていたのは、カメラの設置場所の調整だろう。

それはまさしく、オレがやろうとしていたことだった。

「せ、正解」

蜜柑は三回頭を上げ下げした。やはりそうだったか。

「監視のためだろう。唯一の通路から何者かが侵入してこないか。または誰かが出ていかないか」

「正解」

蜜柑はいくぶんクールダウンしたようで、一度だけうなずいた。

「実は、オレも同じことをやりにきた」

オレも安易に声をかけたわけではない。蜜柑が自分で脅迫状を送った可能性もあるのだから、気軽に声をかけるのは危険もあった。

しかし、ちらりと見えた監視カメラがオレに確信させた。蜜柑とオレは同じ目的でここにきたのだと。

「屋敷さんも？」

「ああ。蜜柑のとは外形が違うがな」

カメラを少し持ち上げてみせた。蜜柑は初めて気づいたようで、あっと小さく漏らした。

「カメラを仕掛けるなら、この辺りだよな」

「う、うん」

もしも事件が発生するのなら、この橋は重要な意味を持つ。

外部と接続されているのはこの橋だけだ。何者かが外からこようが、すでに内部に潜んでいて事後に出ていこうが、橋の通行は不可避。破壊するにしても、たもとまではこなくてはならない。カメラをここに仕掛けておけば、そうした動向を録画できる。運がよければ即時事件解決だ。なにも写っていなければいないで、内部犯説が現実味を帯び、推理の材料になる。カメラを仕掛けない手はない。

事件が予期できる場合は、これぐらいの対応策は採らなければいけない。特にオレや蜜柑は難儀な星のもとに生まれている。打てる手は打っておくべきだろう。

事件を未然に防ぐ。防げなければ被害を最小に収める。それが至上命令だ。

もっとも、そううまくはいかないのが現実だ。狡猾な犯人はこちらの手をときに巧みに、ときに悪運強く逃れる。

それでも、ただ手をこまねいているわけにはいかない。だからこうして、オレたちは行動するのだろう。

「オレも手伝おう」

蜜柑もオレと同じ思いでここにいる。冬の寒空にも負けず、ひとりでここまでやってきた。

そんな蜜柑を傍観はできない、という気持ちだったのだが、

「いやいやいや。滅相もない」

蜜柑はぶんぶんと首を振り、すぐさまカメラに向き直った。猫のようなスピードで、止める間もない。バンドでカメラを木に留める。

蜜柑のスカートが視界に入った。側面が膨れている。それがなにかはすぐに察せられた。スタンガンだろう。探偵であり、オレのファンだというのなら、今回のように危険が予想される状況の場合、所持しているべきアイテムだ。探偵に危険がつきものなのは、オレが身をもって証明したのだから。

オレはこのシンクロもうれしく思った。

「橋は調べたのか?」

「うん。無傷。頑丈でぴんぴんしてる」

「そうか。手持ち無沙汰だし、自分の目でも点検してこよう」

「は、はい。気をつけていってらっしゃい」

声を裏返す蜜柑に笑って手を振った。

橋の全長は十メートルぐらいだ。橋向こうからは、かなりの距離がある。谷も深く、川は激流と呼べるほどだ。橋をつかわなければ、渡ってこられはしないだろう。なんらかの方法で渡れるのかもしれないが、現時点で計算に入れてもしようがない。そこまで計算していたら、カメラがいくつあっても足りない。オレは個人経営の探偵で、蜜柑は大学生だ。対処できる範囲には限界がある。蓋然性の高い方に注力するのが最適だ。

ケーブルに切れ目などはなく、なにかが仕掛けられてもいない。いたって平和に橋はかかっている。

向かい側に着き、周辺を調べる。不審なものはなかった。

折り返すと、蜜柑がいる辺りで懐中電灯の明かりが見えた。

ふっと考える。なぜこうも蜜柑に親近感を持っているのか。

当初はライバル心も持っていた。かつてのオレの地位が蜜柑に取って代わられたと、勝手に嫉妬していた。オレの没落と蜜柑にはなんの関係もないのにだ。推理小説と犯罪を結びつけたマスコミと同じ穴のムジナだった。

いまではライバル心は消えた。蜜柑がオレに憧れていると言ったから。それがきっかけではあった。あの純粋な好意にすっかり毒気を抜かれた。

とどめを刺されたのはつい先ほどだ。

オレが監視カメラなどで犯罪の予防措置を講じているのは、インタビューでも書籍でも言及していない。犯罪者に対策をされないためだ。だから桝蔵たちには、外の見回りだとしか伝えていない。

それなのに、蜜柑はオレに先んじて行動していた。その手段まで同じだった。

そのときに実感したのだろう。

蜜柑は敵でもライバルでもない。仲間なんだ。

世界でふたりだけの、名探偵という名の仲間。

戻ると、蜜柑はまだ作業中だった。カメラを微調整している。

LEDの照射距離の関係で、橋からの位置は近い。しかし、枝と枝の間に設置されていて、うまいこと存在をカモフラージュしている。意思を持って探すか、偶然付近をとおりかかりでもしなければ発見されはしないだろう。

「できた。これでおしまい。寒いし早く帰ろう」

白い吐息とは裏腹に、蜜柑の肌は紅潮していた。

「そんなに急ぐことはない。ゆっくり帰ろう」

オレを気づかっているだろう蜜柑にそう言った。寒くはないと笑顔で腕まくりをしてみる。

……やはり寒い。

「この歳で走って転びでもしたら大事だからな」

またなにか気づかわれないように、先導して歩き出した。

「は、はいっ！」

ぱたぱたと蜜柑の足音がした。遠慮ぎみにオレとの距離をつめてくる。肩がガチガチに固まっていた。

「あぁ……こんな接近してる。屋敷さんと」

一時は冷静だったが、まだオレには慣れないようだ。こんな対応は数えきれないぐらいされてきたのに、どうもくすぐったい。

「本当にオレのファンなんだな、蜜柑は」

「もちろんっ！」

即答だった。

「屋敷さんは、あたしの命の恩人だから」

嚙み締めるような言葉とその意味に、思わず彼女を見返した。

命の恩人？

事件を未然に防いだり、奪われるはずの命を守り抜いたことはある。しかし、そのなかに蜜柑の面影を持つ少女はいなかった。関係者までさかのぼっても記憶にない。

「オレが解決した事件に関わっていたのか？」

蜜柑は首を横に振った。

「あたしも、中学のときからずっと事件に巻きこまれてた。推理して、事件を解決してたの。最初はすごいねって。頭いいねってみんな言ってくれた。でも、何回も事件に関わるうちに、態度が変わった。花子には死神がついてる。近づいたら殺されるぞって。みんな、みんなあたしを避けるようになった」

蜜柑の声は夜の静寂と同化していた。たんたんと語り、感情のほどは窺えない。

「それでも事件が起こるから、あたしは推理した。知らんぷりできなかったから。でもそうすると、また人が離れてく。でも、一方で信じてくれた人がいたから」

蜜柑の境遇は、痛いほどに実感できた。オレもとおった道だからだ。化け物を見るような目。目。目。

「高校一年のとき、もういいかなって思った」

なにをもういいと思ったか。言葉にされなくても想像はついた。蜜柑は、人生を手放そうとしたのだろう。

賞賛が批判に変貌するとき、味わうことになる。探偵としての資質を持つ者の過酷さを。望むと望まざるとに拘《かかわ》らず、事件は降りかかる。オレたちはそこから生み出される謎を解き明かす。すると賞賛される。

だが、一度や二度までだ。三度、四度と続くとどうだ。一転して死神扱いされる。果ては、名声のためにお前が事件を起こしているのではないかと疑われる。竜人の話によると、オレは公安に見張られていたこともあるらしい。

「でも、その前に古い文庫本と出合った。なんの感情もなく読んだ。それが、あたしを変えてくれた。小さいけど、大きな本だった。あたしにとっては、すごく」

「『名探偵の証明』か」

「うん。心がふわってなった。あたしだけじゃなかったんだって。屋敷さんも、辛いときがあったんだって。ううん。あたしより、もっと酷かった。それなのに負けなかった。あたしもがんばろうって、思えた」

「あの本がひとりの人間の人生に影響を与えていたんだな。望外の喜びだ、本当に」

『名探偵の証明』は、半ばルーティンのようにこなした仕事だった。次から次へと舞いこむ仕事の一環だった。それが、こんなにも蜜柑の心を打っていたとは。世の中なにが誰に影響するのかわからないものだ。そう思うと同時に、もっと気合を入れて書いておくのだったと後悔もする。書いた内容に嘘偽りはないが……心残りだ。

「あたしが外に出られるのも、屋敷さんのおかげ。お礼がありすぎて、言い切るのに百年かかるかも」

「それは光栄だな。オレはただ本を書いただけなのに」

「それが、あたしの命になってる」

蜜柑は握った拳を、胸にそっと添えた。

探偵の仕事をしていると、依頼人や事件関係者、犯人にまで感謝の意を伝えられることがある。それぞれ望外の喜びがあった。

だが、この喜びは格別だ。

「あたしも屋敷さんみたいな探偵になりたい。いつか」

「もうとっくに、オレなんか追い抜かれているさ」

「謙遜？」

蜜柑が頭をちょこんと傾けた。

「謙遜なものか。だってそうだろ。警察の科学捜査はずっと進歩している。たとえばオレらの時代など、ＤＮＡ型鑑定の精度はいまと比べものにならないほど低かったんだ。だから論理は強力な武器になりえた。だがいまではどうだ。ちょっとした体液や組織片から個人が特定できるほど、鑑定は正確になった。探偵が論理を組み立てている間に警察が犯人を逮捕……」

オレは咳払いをして言葉を切った。

いけないな。つい愚痴っぽい口調になっていた。慎まないと。

「まあ、つまりはだ。昔といまを比べると、いまの方が探偵として活躍するのは困難ってことだ。それなのに蜜柑は探偵として大いに活躍している。テレビでも雑誌でもな。オレなんか追い抜かれているって意味がわかるだろ」

「わからない」

蜜柑は口を結んで首を振った。

「科学捜査は進歩した。言うとおり。でも、それは犯人も知ってること。DNAを残さないように対策してる。いたちごっこ。体液も組織片もなかったら、DNA型鑑定もないのと一緒。条件は昔と変わってない」

「そういう見方もできる、か」

蜜柑の視線が、じわりと沁みこんでくる。

「テレビや雑誌に出られるのも、屋敷さんの功績。前例があったから、あたしは受け入れられた。じゃなきゃ、あたしなんか客席のすみっこのひとり」

「またえらいところに自分を持っていくな。脚光を浴びているのは、蜜柑に魅力があるからだろう。オレの耕《たがや》した土壌なんて、とっくに荒れ果てているんだからな」

蜜柑が激しく首を振った。

「そんなことない。屋敷さんのおかげ、絶対。あたしみたいなの、ダメダメ」

オレの主張――探偵の存在と事件の発生に因果関係はない――を世間一般に理解させ、浸透させるには十年を超える歳月がかかった。丁寧にマスコミへ対応し、論理的な説明を発信し、依頼されればどこへでもいった。

その甲斐あって、徐々に賛同者やファンが増えた。公共の場でも忌避されなくなったのは、三十歳になってからだった。

努力の名残で、年配者にはオレの主張が浸透している。年配者でオレを死神扱いする人はほとんどいない。それがトップダウンで若い人に伝わり、蜜柑への忌避感が全体的に薄まっているのだろう。零から信用を勝ち取ったオレと比べたら、蜜柑は苦労が少ない環境だったかもしれない。

しかし。

「ダメなものか。蜜柑こそ、謙遜しているな」

「してない」

真顔で首を振られるが、蜜柑は自己分析できていないか卑下しているだけだ。

「なんらかの魅力がなければ、有名にはなれないさ。手前味噌だがな」

「いやいや。あたしは……」

うつむいてふるふると金糸の髪をゆらした。

「なんかモデルとしてショーにも出ているそうじゃないか。モデル業はオレでもやったことがないのに」

ブロマイドや歌のカセットならあるが。

「あ、あれは義理人情。客寄せパンダで……恥ずかしい」

蜜柑は耳まで真っ赤だ。暗くてもよくわかる。発言は支離滅裂だが、頼まれて集客のために出るしかなかったんだ、というような意味を訴えたいのだろう。

「あ、そ、そだ！ ずっと訊きたかったことがある」

蜜柑は無理やり話題を変えるように、声を張って顔を上げた。

「いいよ。なんでも訊いてくれ」

気前よくうなずいた。

つもりだったが、蜜柑は夢から覚めたように目を見開いた。喉からも小さく、あっという声が漏れてきた。あからさまなまでに不自然な反応だ。秘密の暴露を指摘された犯人でもこんな顔はしない。

なにをそんなに戸惑うことがあるのか。質問ぐらい気軽にすればいいのに。別居理由だって問われれば答えられる。

そこで、はたと思い当たった。

蜜柑はオレを慕ってくれている。その子が訊きたいことで、かつ、こんな表情をしてしまう質問とは。

「オレが今日までなにをしていたのか。訊きたいのはそれじゃないのか？」

蜜柑は申し訳なげに首肯《しゅこう》した。

そうだろうな。初対面で失神するほど、蜜柑はオレを慕っているんだ。好きなアイドルの動向を追いかけるように、オレについての情報を集めていたことだろう。それなのに、ある時期からオレの情報は途絶えていた。なにかあったのではないかと気にもなるだろう。

「こんな勢いじゃなくて、もっと、あたし……」

蜜柑としては、もっと厳粛《げんしゅく》に問うべき質問だったのだろう。気恥ずかしさから逃れるためにする質問ではなかったようだ。

「謝らなくていい。気になってしかるべきだ。メディアでの露出がなくなったどころか、探偵業でさえも実質しなくなっているのだから」

オレが開店休業状態になった理由。それをはっきりと言葉にしたことは一度としてない。美紀や七瀬、竜人に対してもだ。

「理由はいくつかあるが」

最愛の人や、最強のパートナーにも言わなかったことを、

「五十をすぎたぐらいだったか」

出会って数時間の女の子に、若き探偵に、

「人間には避けられない定めに、襲われたんだ」

告白していることに驚いていた。

「普通に推理できているつもりだった。だが、あるときふと気づいたんだ。明らかに思考能力が低下している、とな。謎を解き、後日事件を俯瞰《ふかん》してみて愕然とした。この程度の事件で、なぜこんなにも時間を食ったのか」

あの気持ちをどう表現すればいいのだろうか。

絶望、と陳腐な表現しか出てこない。

「オレは気のせいだと自分を納得させた。それで忘れるようにしたんだ。まったく。振り返れば、どうしようもなく愚かな行為だ」

オレも蜜柑も、歩みは止めなかった。だが歩幅は狭く、歩調は重くなっていた。

「それでも、事件は解決していけた。設問を解くのに時間がかかっても、百点は取れるような感じでな。そうやって誤魔化し誤魔化しやっていたある日のことだった。神隠し事件の犯人に襲撃されたのは」

背骨が疼いた。ジャケットを首元までかけ直す。

「あれはオレの人生で、最大の転換期だった。このとおり一命は取りとめたし、リハビリも成功した。だが、その代償にオレは失ったんだ。名探偵、屋敷啓次郎をな」

間近になってきた別荘の灯火が、目に沁みた。

「入院している間に、警察は大捜査を敢行した。不慮のリタイアとはいえ、屋敷啓次郎が初めて事件を解決できなかったんだからな。それを是が非でも解決してやろうと、警察は躍起になっていた。結果、警察の執念は成就するが、そのプロセスがまた皮肉だ」

大黒谷の勝ち誇った高笑いが脳内で再生された。オレの拳がみしりと鳴る。

「殺意を持って襲撃しておきながら、犯人は崖下のオレを殺さなかった。オレは半死半生で、身動きできなかったのにも拘らずな。蜜柑はなぜだかわかるか？」

軽いクイズのような感覚で尋ねたが、蜜柑は不意を衝かれたように言い淀んだ。蜜柑も探偵だ、オレの告白に同情してくれているのだろう。

「……高所恐怖症」

端的な受け答え。オレまで暗くならないように明るくふるまう。

「ご名答。警察もそう当たりをつけた。オレを襲った犯人、イコール、神隠し事件の犯人である可能性が高い。被疑者リストのなかから、高所恐怖症の人物をピックアップすれば、犯人はかなり絞られる。結果として、高所恐怖症の女がすぐに見つかった。その後の捜査で、そいつが犯人だと確定した。スピーディーな逮捕だったよ」

表向きはありふれた捜査活動をしていたが、実際は最先端の科学捜査を駆使し、捜査員も大量に動員されたと聞く。神隠し事件は、警察にとってはよくある失踪や家出でしかなかったはずだ。それなのに総力を結集した捜査が行われた。オレに一泡吹かせるという執念には脱帽だ。

「皮肉だろ。オレが襲われたことで、犯人を指し示す状況証拠が生まれたのだからな」

笑うオレと、笑わない蜜柑。別荘は目と鼻の先に迫っていた。オレの独白ももうすぐ終わる。

「屋敷啓次郎はみっつの事象によって、探偵生命を閉ざされた。第一に、襲撃されたことで植えつけられたトラウマ。事件に首を突っこめば次は本当に殺されるかもしれない、そう怯えてしまい、外出もままならなくなった」

だいぶ克服したが、完治はしていない。ここまでの道のりでさらした醜態を想起すれば明らかだ。

「第二に能力の衰えだ。トラウマとは別種の恐怖だったよ。いつか事件を解けなくなるのではないか。依頼人の期待を裏切り、未解決のまま尻尾を巻いて逃げ帰るはめになりはしないか。ネガティブな想像はきりがなかった。それがいつしか、外出さえも恐怖の対象にさせた」

事件は、オレの意思など無関係でやってくる。名探偵の宿命だ。しかし、自宅に閉じこもり、近所にしか出歩かなければ安全だ。事件の種がないところに、事件は発生しようがない。

「第三は、探偵など不要ではないかという諦観だ。警察が本気になれば、探偵の出る幕はないと見せつけられたからな。警察がいれば探偵はいらない、そう思って気力が萎えてきたんだ」

「それは違う」

囁《ささや》くような声音だったが、蜜柑は叫んでいた。オレは作りうるかぎり最高の笑顔で、うなずき返した。

「わかっている。探偵でしか解きえない事件、探偵にしかできない仕事はたしかにある。探偵の存在意義は、決して失われやしない」

閉鎖空間での事件などは、オレたちの領域と言っても過言ではない。

また、オレたちは組織のルールにも縛られない。警察が捜査すらしない事件もオレたちは扱う。

探偵にしかできないことがあり、警察にしかできないことがある。それだけのことだ。だからこそ、オレと竜人は最強のパートナーなのだ。

「Calling《コーリング》。意味は使命。オレたちはなぜ事件と縁が切れないのか。それは使命だからだ。オレにしか、探偵にしか解けない事件がある。そんな事件を解決する使命を、オレたちは与えられているんだ」

依頼を抜きにすれば、何十もの事件に個人が遭遇することなどありえない。天文学的な確率だ。

しかし、現実にオレや蜜柑は遭遇している。その原因は、論理でも科学でも解き明かせない。だから、こう思う。これは神から与えられた使命なのだと。

なにもかも吐露した。抱えている悩み。考え抜いた結論。蜜柑はそのすべてに共感し、共有してくれている。そう感じた。

その逢瀬を打ち切る大声が聞こえた。別荘のなかからだ。

そう認識してからの行動は迅速だった。ブランクはあっても、体に染みついた反射神経は健在だった。

ポケットから鍵を取り出し、ドアの鍵穴に差した。自由に動けるよう、オレと竜人、蜜柑には合鍵が渡されている。

ドアを押し開けて飛びこむ。声は二階からだった。見上げる。姿は見えないが、和奏の大声とドアを叩くような音。それに交じって竜人の声もした。

嫌な予感がじわじわと現実化してくる。蜜柑とすぐさま階段を駆け上がった。右折し、奥から二番目の部屋へ向かう。草太の部屋の前には、やはりドアを叩く和奏と竜人がいた。

「竜人。なにがあったんだ?」

「何度呼んでも返事がねえんだとさ」

厳しい顔つきだった。事態は切迫している。

「寝ているんじゃないのか?」

草太は解散する前から眠そうだった。単に寝ているだけではないか。

だが、これだけ騒いでいるのに寝たままなのはおかしい。

「俺もそう思ってたんだけどよ。和奏の部屋にあったんだとさ。俺の部屋にこいって、草太からの手紙が」

「寝てそうにはないな」

恋人を部屋に呼び出しておいて、寝ているとは考えにくい。嫌な予感の結末は、もう目前に姿を現していた。

「和奏ちゃん、まずは落ち着こう」

オレはロングベストを着こんだ和奏の二の腕に手をそえ、落ち着かせようとする。冬とは思えないほど、下のシャツは汗でべっとりと湿っていた。極限の緊張状態にあるようだ。オレでさえ緊張しているんだ。一般の生活をしている女性ならなおさらだろう。

「落ち着いてなんかいられないですよ。こんなの変ですもん」

オレも同意するが、それを表現することはできない。パニックを助長させるだけだ。

「どうしたんですか!」

桝蔵と千佳も駆けつけてきた。広くはない廊下が人でいっぱいになる。

「ま、まさか、草太になにか」

千佳は青ざめていた。

「縁起でもないことを言うな！」

桝蔵が怒鳴り、オレに目を転じた。

「そうですよね。屋敷さん」

オレはなんとも答えられない。状況は不幸な結末を予感させるものだ。

ドアノブを下げて押してみる。抵抗があり開かない。鍵がかかっている感触だ。何者かが内側で押さえているということはなさそうだ。

蜜柑もドアを押し引きする。だが開かない。ドアは内側からしか鍵の開閉はできず、マスターキーもない。蜜柑はうしろに下がった。

こうなってしまったら、やるべきことはひとつ。

「ドアを蹴破ろう」

竜人の毅然《きぜん》とした一声。

「それしかないだろうな」

臆測を述べ合っていても始まらない。

「どいてろ」

竜人が手を広げて、スペースを空けるように指示した。波紋のようにオレたちはドアから距離を置いた。

ドアにかじりつくようにして叫んでいた和奏も、蜜柑がそっと肩を抱いて引き離す。

「いくぞ」

竜人はぐっと足を上げた。空手で鍛えた前蹴りを一気に放つ。足はドアノブの下に命中した。衝撃でドアに隙間ができる。デッドボルトが変形したようだ。二度三度と蹴ると、さらに隙間が広がる。

数度目の蹴りを放ったときだった。ドアが大音響を轟かせ、百八十度開け放たれた。耳障りなドアと壁の接触音が響く。

ちらりと見えた室内は、オレの部屋と大差なかった。十畳ほどの広さで、右の壁寄りに脚の長いパイプベッド。左側にはクローゼットが備えつけられている。簡素な内装だ。

竜人は蹴った勢いそのままに、部屋へ足を踏み入れた。間髪を容れず、和奏が飛びこむ。勢い余ってたたらを踏む竜人を押しのけるようにして、一目散にベッドへと駆けた。やや遅れて竜人が走り、桝蔵が猛然と続く。千佳も必死の形相で追う。入りこむ隙もなく、オレと蜜柑はしんがりについた。

「な、なによこれ？　なんなのよこれは！　草太！　草太っ！」

ベッドの手前に竜人たちが集まっている。その中心で悲痛な叫びが上がった。オレは竜人の肩越しにベッドを覗き見る。

和奏はベッドに乗っていた。布団からは草太のものらしき足が出ている。これだけ騒いでいいるのにぴくりともしない。頭側の布団がわずかにめくれていて、まぶたを下ろした草太が見えた。うつ伏せだった。この状態の写真だけ見せられたら、寝ているものだと思っただろう。

しかし、布団に突き立っているものが最悪の事態を暗示していた。なにかの柄だ。おそらく、ナイフ。首の辺りに深く突き刺さっていた。それだけではない。文章が書かれた紙もナイフが刺し貫いていた。

「その辺にしとけ！」

竜人が錯乱する和奏を抱え、ベッドから下ろした。和奏はいやいやと暴れ、やがて泣き出した。千佳の悲鳴が響き、桝蔵が抱きとめる。オレはかける言葉もなく、その光景を傍観するしかなかった。数多《あまた》経験しても、この状況にだけは慣れない。心苦しく、無力感に苛まれる。

蜜柑がすっとオレの横にきた。

少しだけめくれていた布団を豪快にめくり上げる。同時に左手を伸ばす。脈を取るつもりなのだろう。

「勝手にふれんじゃねえっ！」

竜人が大喝した。

蜜柑は布団を落とす。叱責されたせいではなく、脈を取るまでもないと悟ったためだろう。ナイフが突き刺さっているのは、草太のうなじだった。即死なのは明らかだ。

オレは桝蔵夫妻を見た。桝蔵が千佳を抱いて慰めていた。和奏も両手で顔を覆っている。どうやら、うなじにナイフが突き立っているという惨状を見ずにすんだようだ。

視線を転じると、蜜柑がナイフの柄にふれたところだった。その瞬間、体がうしろへ飛んだ。鬼のような顔をした竜人が蜜柑の首根っこを摑んでいた。

「耳ついてんのか？　ふれんじゃねえって言ったろ。お前は素人か。現場保存は常識だろうが。なんかあったら静岡県警に顔向けできねえだろ。名探偵ならなんでもやっていいと思うな」

竜人には元警察官としての立場がある。元だからこそ、現場保存には神経質になっているのだ。竜人の現役時代でも、オレは許可なく現場を荒らしたことはない。蜜柑の行動は不用意と断ずるしかないだろう。

「竜人。蜜柑も懸命だっただけだ。ここは収めてやってくれ」

「ごめん」

蜜柑は素直に謝った。竜人は舌打ちして手を離す。蜜柑は首をさわってこほっと咳をした。ずれた眼鏡を直し、草太の遺体を呆然と見つめる。

「あたし、ついていたのに……」

口を結んで爪を嚙む。蜜柑も無力感に打ちひしがれているようだった。カチカチと歯と爪が不協和音を奏でている。

たとえ最善をつくしていたとしても、結果が最善である保証はない。あらゆる災厄に対処するのは不可能だ。だからこれはしかたのないことだ……と慰めることもできる。

だが、オレは蜜柑のとなりに立ち、同じ苦しみを共有することしかできない。

ナイフで布団に留められた紙を睨む。そこには雑誌から切り抜いたらしい字でこう書かれていた。

『蜜柑花子。この最高峰の密室トリックが解けるかな？』

差出人の狙いはやはりこれだったのか。蜜柑花子という名探偵への挑戦。なんて最低な動機だろうか。遊戯のための殺人は、オレがもっとも嫌悪するものだ。

ただし、この文章がカモフラージュという線もある。裏に真の目的が潜んでいる可能性はなきにしもあらずだ。感情的になってはならない。

「悪《わり》ぃが啓次郎。ここを頼んでいいか？」

竜人が和奏をなだめながら尋ねてきた。

「どうする気だ？」

「なにはともあれ、まずは警察に通報しねえとな」

「そうだな」

別荘から広範囲にわたって携帯は圏外だ。電話もない。通報するには、車で電波圏内へいくのがベストだろう。橋は健在だった。この短時間で落とされはしないだろうが、急ぐに越したことはない。

「ならオレと蜜柑は……」

「待ってくれ！」

オレの声は咆哮に呑みこまれた。そこには、仁王立ちした桝蔵がいた。

「通報はしないでくれ。いいや。通報なんかさせるか」

「させるかってのはどういうことだ？　てめえの息子が殺されたんだぞ」

竜人がドスを利かせて迫った。

「だからこそだ」

桝蔵は微塵《みじん》も怯まない。

「はぁ？　意味わかんねえぞ」

竜人が眉をひそめた。

「草太にこんなことしたクソ野郎は、蜜柑さんに挑戦している。違いますか」

もはや丁寧な口調はどこにもない。怒りで我を忘れているようだ。それなのに、目には理性の色が宿っていた。

「あの紙見るかぎりは、そうみてえだな」

「ってことはだ。この野郎はどっかで成り行きを見てるに違いない。ご自慢のトリックとやらで蜜柑さんが四苦八苦する様子をな」

額面どおりの人物像だとするなら、的確な推測だろう。絶対の自信がある密室トリックに、名探偵を跪《ひざまず》かせたい。その意志が文面からは読み取れる。

「そうなるとどういうことかわかるか？　犯人はこのなかにいる可能性が高いってことになるんだよ」

誰かの喉がひっ、と鳴った。糸を張りつめたような独特の緊張感が部屋中に充満する。桝蔵は妻をも疑いの眼差しで見ている。本気で犯人は五人のうちの誰かだと考えているようだ。

「なくはねえだろうが。高《たけ》えってほどじゃねえだろ」

場慣れした竜人は、部屋の雰囲気に臆することはない。極めて落ち着いていた。

「そのとおりだ、桝蔵さん。早とちりは禁物だ。あの文章は罠の可能性もある。オレたちをミスリードするためのな」

オレも竜人を援護した。しかし、桝蔵は納得しない。

「これはミスリードじゃない。そのまんまの意味だ。この密室トリックは絶対解かれない。だから逃げ隠れの必要もない。そう高くくって犯人は堂々とこの場にいるんだよ。だいたい、この密室には意味がないだろうが。マスターキーはないんだから、草太以外にこの部屋に鍵をかけられる者はいない。つまり、罪を着せる奴がいないってことだ」

密室殺人は、密室を開けられる特定の人物に罪を着せようとして実行されることがある。その観点から言えば、この密室に意味はない。草太以外に鍵はかけられないのだから。

「どんなアホでも、これが自殺だって言う奴はいない。自殺に見せかけてるわけじゃないってことだ。密室を作る手間隙ばっかかかって、プラスがないだろうが。ただ一個のプラスが、トリックで探偵の鼻を明かすことなんだよ。違いますか？　屋敷さん」

唾をまき散らしながらの主張には、一理あった。さすが現役社長だ。この短い間で、説得力のある論理を組み立てている。

現時点で、蜜柑を挑発する手紙が罠であると裏づける証拠はない。桝蔵が自らの論理に傾倒するのも無理からぬことだ。

しかし、警察を介入させないのは賛成しかねる。

オレは、そう思っていたのだが、

「うん。それがいい」

蜜柑がつぶやいた。

「おい、蜜柑」

予想外の発言に、少なからず動揺した。とても蜜柑が口にする台詞《せりふ》とは思えなかったからだ。すぐに通報しないことはモラルに欠ける。ということ以上に、桝蔵が犯人に私刑を下そうとしていることが問題だ。明言していないが、顔つきから明らかだ。犯人を挙げることが、悲劇の連鎖につながる危険性がある。

蜜柑も重々理解しているはずなのに、どうしてだ。

佇む蜜柑。そこに、先ほどまでの表情豊かだった彼女はいなかった。テレビで馴染みの、気だるげな表情だ。感情や思考を解読する情報はどこにもない。これが事件と相対するときの蜜柑なのか。

それともクールに見えて、犯人の挑発に熱くなっているのかもしれない。

「そりゃそうだよな。蜜柑花子さん。あんたが反対する権利はないもんな」

強烈な悪感情が桝蔵から蜜柑に放たれた。

「あんたの責任だぞ。草太が殺されたのは。きっちり落とし前つけてもらうからな」

責任なんて、ありはしない。あるとすれば、それは犯人が負うべきものだけだ。落とし前をつけろなどと、理不尽にもほどがある。ましてや蜜柑は素人探偵だ。プロのオレならまだしも、蜜柑はボランティアと変わりない。責任を追及するのは筋違いだ。

蜜柑も、頭ではわかっているはずだ。

そうでありながら桝蔵に反論しないのは、感情では草太の死に責任を感じているからなのかもしれない。だから桝蔵の意向を尊重しているのだろうか？

「いくらなんでも口がすぎるんじゃないか。反対を振りきってこの集まりを強行したのはどこの誰だ。よく思い出してみるんだな」

酷な一言なのは自覚していた。しかし、どんなに悲しんでいても、蜜柑を事件の元凶であるかのように罵っていい理由にはならない。厳《いか》つかった桝蔵の顔が瞬時に歪む。

「ありがと、屋敷さん。でも平気」

嫌悪感も動揺も怒りもない。蜜柑は平静だった。

人によっては無機質なロボットのようだと思うだろう。だが、本質は違う。蜜柑は感情や思考を、自己の世界で凝縮しているのだ。それによって、常に冷静沈着に事件へ挑める。元来のものであろう性格を最高に活かした形だ。

「犯人を捕まえる」

蜜柑に迷いはない。犯人は密室トリックに絶対の自信があるようだが、蜜柑も真相にたどりつく絶対の自信があるようだ。

「ね、屋敷さん」

ゆるぎない志と信頼の眼差しが向けられた。剣のようにまっすぐに突きつけられる。

これが、蜜柑の探偵としての選択か。

オレはどうする?

決まっている。

こうなったら、オレも乗ってやろう。桝蔵は頭に血が上っている。強引に通報しようとすれば、暴挙に出て二次被害が起こる危険がある。安全性の面からいっても、通報はしばらく控えた方が賢明だ。

「よし。わかった。オレも腕をふるうとしよう」

この卑劣な犯人を必ず暴き出してやる。再起をかけて。

「なんとしても、真相を推理する」

自らに。そして蜜柑や竜人、桝蔵などへも宣言するように気を吐いた。

「そうこなくっちゃな。これで百人力だ」

桝蔵が手の平と拳をぶつけて歓喜した。竜人はお前がそう決めたなら、というふうにうなずいた。千佳は始終顔を手で覆っていて、和奏も泣きっぱなしだが、反対意見はない。

「あのっ……」

蜜柑がなぜかオレに腕を伸ばしていた。なにごとかと驚いたが、すぐにうつむかれてしまった。腕もだらんと下がる。

「なんでもない」

なんでもなくはないだろう。これでもかというぐらいに不自然な挙動だった。

気にはなったが、追求はあとでもできる。それよりも事件へどう対処するか決めることが先決だ。

「では、これからについてだが……」

6

動かさせないためだろう。サムターンには何重にも透明な粘着テープが貼りつけられていた。ドアのデッドボルトは変形し、デッドボルトが入る凹部は砕けている。

オレはゆっくりと腰を上げた。窓を見ると、クレセント錠にも粘着テープが貼られている。

じわり。じわり。

熱いのに冷たい。そんな感覚がある。時計の針に従い、巨大に成長していく。桝蔵とは、事件を解決できなくとも明日の朝には、警察へ通報すると約束している。警察へ与える影響や心証を考えるに、それが限度だ。それまでにこの謎が、オレに解けるだろうか……。

「くそっ。なんもなさそうだな」

竜人がぐるりと部屋を見渡した。犯行現場はあらかた調査した。もちろん現場保存の法則にのっとって、細心の注意を払ってだ。結果から言えばめぼしい手がかりはなかった。

橋に設置した監視カメラにも、不審人物は写っていなかった。桝蔵の内部犯説が現実味を帯びてきたわけだ。手分けして別荘中を大捜索したが、犯人も不審物も秘密の地下室も見当たらなかった。

そして草太の部屋に戻ってきた。この日、二度目の調査になる。事件直後に検分したが不審点はなし。不審物もなし。改めてオレと竜人と蜜柑の三人で再捜索中だ。

窓にはがっちりとクレセント錠がはまっている。それも粘着テープつきだ。ドアに小細工が施された痕跡はない。遺留品は粘着テープのロールだけだった。他には輪ゴムひとつ落ちていない。あるのはベッドとクローゼットだけだ。クローゼットのなかも、着替えやゲーム機などが入ったボストンバッグしかない。きれいで簡素な部屋。それだけに完全な密室だった。くやしいが、現状では完全なる密室と評さざるをえないだろう。

「最大の証拠はこれか」

竜人がナイフと、ナイフが突き刺す紙を見やった。写真撮影はしてあるが抜きはせず、目視だけだ。ここが閉鎖空間であれば、緊急避難的に抜いて調べる。だが、橋に異変はなかった。抜く口実がない。

竜人の現役時代は、刑事権限で——特に警視庁の管轄では——いくらか自由にやらせてもらった。しかし、竜人が一線を退いて一年以上。警察ＯＢとはいえ、一般人となった竜人に無茶はできないし、させられない。

「サバイバルナイフ」

蜜柑がつぶやいた。アルミニウムの柄の無骨さから、そう推定するのが妥当だ。

「販売ルートからたどれるか?」

「たどれるけどよ、蜜柑にちょっかいかけてくる奴だぞ。そこら辺は織りこんで入手してるだろうよ」

「だよな。ちなみに筆跡鑑定は? 信頼性はけっこう高いと聞くが」

台所にあったゴム手袋をはめた手で、手紙を持ち上げた。和奏の部屋にあったという手紙だ。『夜中おれの部屋にこいよ。草太』と手書きされていた。これを読んで和奏は草太の部屋にきた。手書きなのは、草太が書いたと思いこませるためだろう。

「だいぶ精度は上がってるけどな。DNA型鑑定ほどの信頼性はねえよ。それに手書きするからには、自分の書き癖は排除してるだろう。それでも鑑定はするだろうが、当分は関係ねえ話だ」

「そうだな。普段の筆跡で書いてくれていれば、推理するまでもなく即解決なんだが」

「そんなまぬけ野郎なら、俺たちはいまごろビールが飲めてるぜ」

「オレはコーヒーにしとくよ」

草太は盆の窪を一突きされているようだった。即死だったろう。睡眠中だったのか、やすらかな顔をしている。家族や和奏には、わずかながらの慰めだ。

「見事に盆の窪を刺してやがるな。薬を盛られて、寝てるところをぶっすりやられたのかねえ」

「不可能じゃないだろうが、薬を盛るのはかなり難しいだろう。食事や飲み物には、神経質なぐらい気を配っていたからな。その警戒網のなか、草太君にだけ薬を盛るのは至難の業だ」

「寝てたのは、偶然か？」

「寝ていたと断定はできないな。立っているところを、背後から刺されたのかもしれないからな。まあ、布団の上から刺されていたわけだから、可能性は低いだろうが一応な。もっとも、寝ているときに刺すのが安全で確実ではある。寝ていたとしたら、寝るまで虎視眈々《こしたんたん》と待ち続けていたか、偶然寝ていたか、そんなところだろう」

　布団をめくる。草太はうつ伏せで、気をつけのような姿勢だった。

「監視カメラにはなにも写っていなかったから、外部犯の可能性はかなり低い。内部犯なら薬を盛らなくても、部屋に入るぐらいは簡単だ。滞在者は家族と彼女、それに探偵と元刑事だからな。警戒心も薄かっただろう。隙をついて騒がれずに刺すのは充分に可能だ。だがそれは、警戒網のなかで薬を盛るのと同じぐらいにリスキーだ。狙いを外して叫ばれでもしたら、一巻の終わりだ。凄腕の殺し屋が犯人でなければ、眠るのを待つか、絞め技やスタンガンで気絶させるのが無難だろう」

「なるほどな」

「しかし、なんにしても問題がある。寝るのを待つにしても気絶させるにしても、脱出時に鍵をかけなくてはならない。ところがマスターキーの類はない。そもそもドアに鍵穴がない。内側から開けないと、なかには入れないんだ。それなのに犯人は不在だった。外側から鍵を開ける方法があるんじゃないだろうか」

「敏夫たちをそれぞれの部屋に待機させとくのは、かえって危ねえかもってことか」

「可能性だがな。桝蔵さんたちにはロビーに集まっていてもらうのが安全だろう。相互監視していれば、めったなことでは襲えない」

「なんだなんだ、啓次郎。お前ちゃんと推理できてるじゃねえかよ」

竜人がオレの背中を叩いた。

「これぐらいできないと、探偵は名乗れないだろう」

よし。いいぞ。ちゃんと考えられている。この調子で推理していけばいい。怖れることなどなにもない。

と、そのときだった。

「目をつぶってるとき、刺されたのかも」

遠慮がちに蜜柑が言った。

「ん？　眠る直前だったかもってことか？」

「……そんな方向な感じ」

たしかに入眠する直前に刺されたのかもしれないが……取り立てて発言するようなことではないと思うが。

いや。一見意味がなさそうなことでも、後々重要な意味を持つことがある。蜜柑はそれを見逃さないように、細かい可能性でも拾っていく、そんなスタイルなのではないだろうか。

「ありがとう、蜜柑。参考にさせてもらおう」

「うん。有効活用で」

蜜柑はこくんとうなずいた。

「じゃあ一旦切り上げて、聴取といこうか。長々と待たせるのも悪い」

オレは胸ポケットの手帳に、そっと手をふれた。

*

時刻は二時を回った。

とっくに寝ている時間だ。繰り返す日常であれば。

ここは日常とはほど遠い、混沌の異空間だ。正体不明の犯罪者の影がつきまとい、出口が開放された牢獄からは出られない。

混沌に秩序を与えないと、出ることは叶わないのだ。

それにはピースがいる。謎というパズルを解く、情報というピースが。

そのために、オレと蜜柑は並んでリビングに座っていた。他の四人はロビーで待機してもらっている。

「それはｉＰａｄか？」

「うん。これで録音する」

蜜柑は両膝を抱えるようにして座り、慣れた手つきでｉＰａｄを操作していた。クリアな画面にクリアな画像が表示されていく。

「録音か。そんなこともできるのか」

津嘉山にも推奨されたが、たしかに機能は豊富そうだ。

「オレはアナログ人間だからな。ボイスレコーダーもつかったことがない」

テーブルの上のペンと手帳に目をやった。

「秘密の暴露が、証拠になることあるから」

秘密の暴露か。犯人にしか知りえない事実。それは犯人特定の証拠になる。

「言った言わないで揉めたことあるの、裁判で。だから、二の舞防止に」

そういえば、オレもやられたことがあるな。裁判の段になって、俺はそんなことは言っていない、と犯人に言い出された。あれは焦る。なにせ、証拠が蒸発したも同然だからな。

「屋敷さんは、すごい」

「急にどうした？」

「あたしは、失敗しないように録音することにした。屋敷さんは、失敗しないように確実な論理や証拠を見つけるようにしてる。ね、屋敷さんはすごい」

「出典は『名探偵の証明』か？」

「ぴんぽん」

「買い被りだ。かさばるから持ち歩きたくなかっただけだ」

「それでも、すごい。あたしは無理。尊敬が二乗になった」

「ずいぶんと跳ね上がったな」

「正当な倍率」

「その評価はありがたくいただいておくとしよう」

そこへノックの音がした。千佳だった。リビングにはドアがないので、壁をノックしていた。最初は千佳か。カメラ映像のチェック、別荘の捜索、現場検証。そのあとに聴取を持ってきた。時間を置いて、各人を落ち着かせるためだ。

「失礼します」

「どうぞ、こちらへ」

オレと蜜柑の前に座ってもらう。

気分がすぐれないようだ。口に当てたハンカチが手放せないでいる。いくらか正気を取り戻しているが、普段の状態まで回復するには多大な時間が必要だろう。

「もし辛ければ、無理をしないで休んでいてくれても……」

「いえ。お気づかいなく。わたしも、早く犯人を捕まえてほしいですから」

見るからに辛そうなのに、気丈だな。

その気持ちに全力で応えなければならない。

そう気合を入れるものの、やはりと言うべきか心臓の鼓動が大きい。本格的な聴取は本当に久しぶりだ。変にどもらないか、証言に矛盾があれば見抜けるか、心配の種が次々に浮かんでくる。情けないことこの上ないが、乗り越えなければ探偵としての未来はない。

「とはいえ、お話しするようなことはほとんどないのですけど」

千佳は斜め下に視線をやったまま、語り出した。

「アリバイ、というものをお調べになるのですよね」

「ええ。ロビーで別れてから事件が起こるまで、どこでなにをしていたか、それを聞かせてほしい」

淀みなく話すことができた。出足は問題ない。

「お風呂のお湯を溜めている間、部屋で読みかけの本を読んでいました……それだけです。他になにか特別なことをしたとか、そういうのはありません」

アリバイはなし、か。シンプルすぎて掘り下げようがないな。矛盾もなにもない。

「なにか不自然な物音がしたとか、怪しいなにかを見たとか、気づいた点はないかな」

「お役に立てそうにないです。物音どころか、静かな夜だと思ってすごしていましたから。ごめんなさい」

気まずそうに頭を下げた。

「謝らなくていい。なにもないならないで、それも重要な証言だ」

決まり文句を口にした。

「はい。すみません……あ、そういえば」

「なにか思い出したことでも？」

「武富さんが訪ねてきました。戸締りだけは怠らないようにと」

ああ、竜人の見回りか。

「そのあとは、特になにも？」

「はい。言われたとおり窓の鍵もたしかめて、また本を読んでいました」

証言を手帳に書き留める。蜜柑が録音してはいるが、自分のスタイルはキープする。

「これは答えに躊躇《ためら》うかもしれないが、よければ答えてくれ」

「はい、なんでも答えます」

「では偏見などを取っ払って答えてくれ。草太君と和奏ちゃんの関係はどうだった？」

「どうかと言われても、良好だったとしか」

「互いを好いている恋人同士に見えた？」

「わたしには、そう見えました。特段揉めるようなこともなかったように思います」

「草太君と桝蔵さんの関係も良好だったのかな？」

「はい。たまにぼやいてはいましたが、どこの家庭にもあるぐらいのものです。殴るとか罵るとか、そういう激しいのはありません」

「では草太君がトラブルに巻きこまれている様子は？　なにか悩んでいたとかそんなレベルでもいい」

千佳はしばし黙考してから、

「いいえ。わたしの知る範囲では……なにも」

大っぴらな動機はないようだな。

「あの……それだけなんですけど」

千佳は上目づかいに伺いを立ててきた。

「いや、こっちこそありがとう。ぶっしけな質問ですまなかった」

「お気づかいなさらないでください。お役に立てれば本望ですから」

千佳が慌てたように声を上げた。そこまでかしこまることはないのだが、どこまでも腰の低い人だ。

「オレからはこんなところか。蜜柑から、なにかあるか?」

「なしで」

横に首を振った。

「なら、ひとまずはこれぐらいにしよう。お疲れ様。向こうで休んでいてくれ」

「いえ。お役に立てればなによりです。では、失礼しました」

千佳は丁寧にお辞儀をして、リビングを辞した。足取りは思ったよりはしっかりとしている。

この調子で回復してくれたらいいが。

オレはうしろ姿を見送り、一息ついた。

どうにか無難にこなせたな。これぐらいこなせなくては、それこそ引退ものだ。

それにしても、なにかにつけて不安になってしまう。現場検証は共同作業だったから、そのぶん緊張感は軽微だった。だが、竜人はいまみんなの安全のためロビーにいて、蜜柑は聴取をオレに一任するといったスタンスだ。ここはオレが独力で回すしかない。必然として、緊張感も高まる。

蜜柑も証言の矛盾には目を光らせている。無表情で座ってはいるが、脳内は活潑に稼働していることだろう。その意味では、オレ単独で聴取しているのではない。

しかしだ。

オレは後塵を拝するわけにはいかない。なにがなんでも、先に解決する。これは蜜柑に抱いている親近感とは別の感情だ。普段親しい間柄でも、試合となればボクサーは殴り合う。それに近い。

その意味では、オレはやはり単独で戦いを挑んでいることになる。

もっとも、蜜柑に競う意思は微塵《みじん》もないだろう。純粋に事件を解決しようと尽力しているに違いない。

だが、オレにとっては引退を賭けた現場だ。久しぶりの聴取による緊張。おくれをとれないプレッシャー。それらがまだしばらくは心臓に負担をかけそうだ。

そこへ、次の人物がやってきた。和奏だ。すっかり元気をなくしている。はつらつとしていた姿はいまは見る影もない。音もさせず椅子に腰かけた。

「何度も協力してもらってすまない。だがよければ、もう一度だけ力を貸してもらえるかな。もちろん体調がすぐれなければ、拒否してくれてもいい」

きてくれたということは、協力できるコンディションではあるのだろう。しかし、無理強いはしない。草太の名をかたった手紙のこともあって、調査に移ってすぐ、和奏からはおおまかな事情を聞いた。詳細はあとからでもかまわない。

「いいですけど……」

弱々しいながら、和奏はそう言った。

「けど、もう知ってることは全部言いました。絞ってもなにも出ないですよ」

「再確認したいだけだ。難しく考えなくていい。手紙のこととか、アリバイ、それとなにか気になることがなかったか。憶えている範囲で話してくれると助かる」

オレが嚙み砕くように説明すると、和奏は小さくうなずいてくれた。

「部屋に戻ったら、ベッドの上に手紙があったんです。『夜中おれの部屋にこいよ』って書いてありました」

「文字が他人のものだとは思わなかったのか？」

桝蔵と千佳は、草太の筆跡ではないと断言した。証言を信じれば、手紙は第三者が書いたことになる。

「草太の字なんて、ほとんど見たことなかったから」

最近の文書はパソコンで作成されている。手書きの文字を目にする機会がなくても不思議ではない。犯人はそれを見越していたのだろう。

「お化粧直したりとかしてたら、竜人さんがきて……なにかあったのはそれぐらいです。草太の部屋となりだったけど、変な音がしたとかなかったです」

和奏にもアリバイはなく、物音もせず、怪しい人物もいなかった。ないないづくしだな。抜け目がない犯人なのか、ただ運がいいだけか。

「草太の部屋いったら、鍵がかかってて……ノックしても返事がないんです。なんでかなって思ってたら、脅迫状のことが頭よぎって。そしたら、いてもたってもいられなくて。叫んだりドア叩いたり、わけわかんなくなってました。気づいたら竜人さんがいて……あとはあんな感じです」

すでに聞いた内容と相違ない。違うのは表現のしかたぐらいだ。

「これは答えにくい質問だろうが、客観的に見て、草太君の家族仲はどうだっただろうか？」

「たまに喧嘩してたけど、仲のいい親子でしたよ。ああ見えて草太は真面目だから、このドラ息子が、みたいなのもなかったし」

「家族以外のトラブルはどうだろう？　些細なことでもいい。ぴんとくるものがあれば教えてくれ」

「え、と」

額に手を当て、記憶を掘り起こすようにまぶたを下ろした。

「ない……です。平和そのものでした」

これといった動機もない、か。

「よく答えてくれたね。ありがとう。参考になった」

オレは終了の意味で手帳を閉じた。

「またいつでも声かけてください。なんでも協力します。だから、犯人を捕まえて。わたし、許せないです。あんな酷いことするなんて、信じられない」

目尻に涙を滲《にじ》ませる。テーブルに乗せた両手は、血管が浮くほど強く握られていた。

「ふたりも名探偵がいるんだ。いかに犯人が狡猾でも、逃れられやしないさ。約束するよ。必ず犯人は捕まえる」

それは和奏を安心させるためであり、自身への誓約でもあった。ビッグマウスで自分を追いこみ、限界以上の力を引き出す。

それに、あながちビッグマウスでもない。確率だけなら、オレの事件解決率はほぼ十割だ。マイナスは中途離脱した神隠し事件のみ。そこへ蜜柑が加われば、「必ず」と言い切るのにためらいはない。

「蜜柑からはなにかあるか?」

またなしかと思っていたが、おもむろに手が挙げられた。

「じゃ、ひとつだけ」

「なに?」

「草太さんとは、あたしのファンサイトで知り合ったって。これほんと?」

「ほんとだけど」

それで意気投合して交際まで発展したと、自己紹介をしたときに言っていたな。

「ふ〜ん。実家がお金持ちはプラス材料?」

直球を投じるな。ぶしつけの極みだが、ストップはかけない。これが蜜柑のスタイルなのだろうから。

「そんなわけないでしょ」

和奏が激昂した。

「でも、別荘持ちって知ったから会おうとした。違う？」

蜜柑は打っても響かない太鼓のようだ。一ミリも感情の増減がない。

「いじわるな見方しないで。お金とか別荘とか関係ない。貧乏でもわたしは草太を好きになってる」

椅子を倒して立ち上がった。親の仇《かたき》のように蜜柑を睨みつける。

「そっか。だったらいいや。ごめん」

蜜柑はあっさりと退いた。和奏も開いた口が塞《ふさ》がらないようだ。

「すまないな、和奏ちゃん。蜜柑も悪気があるわけじゃないんだ。大目に見てやってくれないかな」

仲裁に入ると、和奏は不承不承といったように矛を収めてくれた。

「もうわたしはいいですよね。帰ります」

「ああ、ご苦労様」

足早に去っていく。悲しみが怒りに置き換えられ、足取りが荒々しくなっている。

蜜柑はなにごともなかったかのようにｉＰａｄをいじっていた。

なぜあんな一触即発になるような問いをぶつけたのか。気にならないと言ったら嘘になる。

だが、訊いたら負けだ。

一瞬そう考えたが、最優先なのは事件解決だと思い直す。

ここは恥を忍ぼう。

「あんなことを言ったら、誰でも激怒する。それがわからなかったわけじゃないだろ」

「……一応」

「だったらなんで、挑発するようなことを言ったんだ？」

蜜柑は沈黙していたが、しばらくして、

「ふたりはつき合って、まだ日が浅い。その間に、桝蔵さんに脅迫状がきた。これは怪しいタイミング。裏があるんじゃないかと」

「裏、ねえ」

「そこのとこは不明。だから、ほんとに好きだったか探りをぐさっと」

「和奏ちゃんは本気で憤慨しているように見えたが……怒りや泣きの演技がうまいのはごまんといるからな」

殺人を犯した人間にとっては、一世一代の芝居となる。たとえ素人でも、真に迫った演技ができるものだ。よって見た印象はあまり当てにはならない。

「でも、ま、参考にはなった」

蜜柑が疑いを持っているのは和奏か……いや。

頭を小さく振る。

偏向した思考は最大の敵だ。先入観や偏見に囚われていては、インスピレーションは舞い降りない。思考はフェアであるべきだ。少なくとも、確証が得られるまでは。

最後に訪れたのは桝蔵だった。厳めしい表情で肩を怒らせている。だいぶ時間を置いたんだがな。効果はほとんどなかったようだ。

桝蔵はどかりと椅子に座ると、開口一番、

「で、どうなんですか、進展の方は？　もう犯人の尻尾ぐらいは摑んだんでしょうね」

口調は丁寧だが、苛立ちが言葉の端々に滲み出ている。

「期待にそえず悪いが、まだ材料集めの段階だ。真相が組み上がるには、それなりの手順がいる。だから、質問には包み隠さず答えてもらいたい」

オレは平静な口調で受けた。興奮に興奮で応戦するのは愚の骨頂だ。それは推理披露のときだけの法則ではない。聴取であっても、平静で応じるのが肝要だ。

桝蔵は嚙みついてはこなかったが、唸りながら腕を組んだ。

「隠すもなにもありゃしませんよ。私はなにも見ちゃいないし、聞いちゃいないんですからね。話したくても話すことがないですよ」

なにもなし。またそれか。これで全員だな。珍しくはないが、幸先は悪い。

「具体的にはなにをしていたんだ？」

「せっかく仕事から解放されてますからね。気のすむまで寝るつもりでしたよ」

「竜人は訪ねてこなかったか?」

「生返事した記憶はありますけどねえ。はっきりとは憶えてないですよ」

竜人の報告と一致しているようだな。

「ほぼ一貫して、例の騒ぎがあるまで寝ていたということかな?」

「そう、そのとおりです……くそったれ。なに私はバカみたいに寝てたんだ。くそっ。そもそも、私が……くそっ」

桝蔵がテーブルを殴りつける。むざむざ息子を殺されたんだ。無念さは計り知れない。こんなときに下手な慰めは、神経を逆なでするだけだ。

それでも、オレは声をかけずにはいられなかった。

「その怒りも悲しみも、なにもかも事件解決に注ごう。自分を責め、怒りをぶちまけても前進はしない。草太君の部屋では酷なことを言ったが、桝蔵さんに事件の責任はない。もちろん蜜柑にも。まずは冷静になって、事件にケリをつけよう。すべては、そこからだ」

未解決事件など、あってはならない。なぜなら、遺族の時間が凍ってしまうからだ。心は事件発生日に置き去りとなり、時を経てもなお痛みを残す。その救済のためには事件を解決することだ。それが前に進む一番の妙薬となる。

「ったく。見苦しいところを見せてしまいましたね。冷静にってのは百も承知なんですけど。はらわたが煮えくり返って収まりがつかないんですよ、これが」

「怒りは自然な感情だ。冷静になれと言われてなれるものではない。ただ、冷静な判断だけは失わないでくれ。怒りに任せた行動は不幸を招く。己にも周囲にも」

犯人に報復はしないように。軽率に犯人と決めつけないように。さりげなく釘を刺した。

「わかってますよ。だからこそ、ふたりにゆだねてるんです。警察に適当な捜査をされちゃ、たまったもんじゃありませんからね。助力は惜しまないつもりです。犯人の野郎はどうあってもふん捕まえてください」

桝蔵はまたボルテージを上げている。爆発しないうちに、軌道修正を図る。

「では、そのために、少々ぶしつけな質問をしなくてはいけない」

「なんでも訊いてください。遠慮はいりません」

「千佳さんと、それから和奏ちゃん。ふたりと草太君の関係はどうだったかな?」

なんだそんなことかとばかりに、桝蔵は体を引いた。

「一言で言えば、問題なし、ですね。うちのは過保護なぐらいで、草太も口喧嘩ひとつしたことないですよ。彼女の方ともよろしくやってました。目くじら立てるようないざこざも、ありませんね」

「なにかトラブルを抱えてたとかはあるか?　なんでもかまわない」

「それもさっぱりですね」

迷いすらしない。

「そりゃ四六時中一緒にいるわけじゃありませんから。見落としはあるかもしれませんよ。ですが、サラ金に追われてるだの昔の女につきまとわれてるだのとは無縁でしたよ。私の認識ではね」

「小さなトラブルもないか？」

「小さいのなら、気に留めなかったでしょうね。なんでもかんでも目ぇ光らせて干渉するなんて、バカ親のやることですよ」

動機の芽はまたも発見できずか。

「そうか。ありがとう。推理の材料はたしかにいただいた」

桝蔵は身を乗り出し、祈るようにして手を組み合わせた。

「頼みます。草太の無念を晴らせるのは、屋敷さんだけです。あなたならやれる。信じてますからね」

熱っぽく期待の言葉をかけられた。励みになるが、蜜柑は眼中にないようだ。あの挑戦状が尾を引いているせいだろうか。無言で座しているのも桝蔵にしてみれば悪印象なのかもしれない。

「蜜柑は確認事項はないのか？　さっきみたいな鋭い切り口があるんじゃないか？」

水を向けるが、蜜柑は首を振った。

「なしということで」

桝蔵はふんっと鼻から息を出して、席を立った。オレには頭を下げ、蜜柑は無視した。やれやれ。また一方的な言いがかりをつけなければいいが。

とりあえず、これで一仕事は終えた。まだまだ難問は山積だが、一区切りはついた。

しかし、聴取ぐらいなら、やろうと思えば近所のじいさんにもできる。ここまでは肩慣らしにすぎない。このあとに控えているのが本番だ。

その前に肩を揉み、椅子に背を預けた。

肩こりが象徴するように、肩に力が入りすぎているのかもな。だが、それは如何《いかん》ともしがたい。名探偵屋敷啓次郎健在と世に、そしてオレ自身に示せなければ、待っているのは引退だ。

「どんなぐあいだ？　推理は順調か」

リビングに竜人がきた。オレは両手を挙げて返答する。

「成果にはとぼしいな。蜜柑はどうだった？」

「右に同じく」

蜜柑も両手を挙げたが、それはうさぎの耳のようだった。

「まあ焦るこたあねえ。検証し始めてからがお前らの本領発揮だ」

そうであればいいが、と心のなかでつぶやいた。

怖いのはここからだ。適宜思考を働かせてきたが、まだ手ごたえはない。

果たして、オレの脳は狼の鋭さを保っているのか。それとも老いた駄犬になっているのか。いよいよ真価が問われる。

これまでにないほど、体温が上昇し、じわっと背中に汗が滲む。それでも、表情だけは平静を装う。

竜人がリビングとロビーの境目に椅子を持っていき、座った。三人が見えるポジションだ。

三人はロビーで固まってもらっている。ボディチェックをしているし、ロビーから武器になりそうなものも取っ払っている。内部犯だとしても再犯は厳しいだろう。

平等にオレたちもボディチェックはされている。仲間だとしても、そう易々《やすやす》と被疑者圏外には置けない。警官や死人が犯人だったケースも絶無ではないのだから。

「アリバイに関してだが、これは全員にない。オレたちも含めてな。それぞれひとりきりになるタイミングがあった。動機も有力なものはない。ただし、動機に関しては蜜柑には引っかかりがあるそうだ」

「んと……取り上げるほどでも」

気のない返事。

「あれが世に言う世迷言。歴史から消去希望」

和奏に固執はしていないようだ。唯一した質問だったから、多少はこだわっていると思ったが……と、いかん。また蜜柑の考えに引きずられそうになっている。よけいな先入観を持つな、オレ。

「まああれだろ。動機から犯人の面《つら》を拝むのはしんどいってことだな」

竜人は普段から三段階ほど声量を落としている。桝蔵たちに聞かれない配慮だ。

「そうなるな。暫定的に有力な動機は、蜜柑への挑戦だが」

蜜柑を窺《うかが》うが、表情に変化はない。動揺するのではないかと心配したが、大丈夫そうだ。たとえ動揺していたとしても、この話題は避けられないし、蜜柑も覚悟の上だろう。

「蜜柑への挑戦が動機だと、被疑者は何十万人にもなるな」

現場で関係した者は言うに及ばず、蜜柑の活躍をテレビや新聞で知った者でも被疑者に含まれてしまう。

「こりゃ動機は棚上げしといた方がよさそうだな」

竜人が胸ポケットからライターと煙草を取り出した。

「アリバイも全員にないときてる。和奏ちゃんをおびき寄せる手紙も、全員置く機会があった。集いの最中、一度は席を外しているからな」

「つうことは」

ライターで煙草に火をつける。

「ああ。犯人ご自慢の密室をこじ開けるしかない」

トリックは諸刃の剣だ。欺きとおせれば罰から逃れられる。しかし犯人には、看破されたが最後、芋づる式に正体まで迫られるリスクもある。

トリックの壁を壊せば、そこにいるのは犯人、かもしれない。

「それしかねえな」

竜人は苦笑し、煙草を咥《くわ》えた。

竜人とのディスカッションは最強の武器だ。何度解決へのひらめきを獲得したことか。単純に神経細胞の結びつきを生むだけではない。運をも招き寄せることがある。

お膳立ては整った。もし、これで真相に到達できなければ……。

「まずは状況を整理しよう」

オレは手帳を開いた。

「ドアには鍵がかかっていた。これはオレも竜人も、蜜柑も確認している。ロックの手ごたえがあったから、内側でなにかが押さえつけていた可能性は除外される。その鍵だが、部屋のなかからでないとかけられない。外に鍵穴がないからだ。窓にもクレセント錠がかかっていて、他に侵入経路はない。どこかが壊されていて、あとで修繕された形跡も皆無だった。これらの事実だけ鑑《かんが》みれば、完全なる密室だ」

原因と結果は共生している。種のないマジックはない。いかに完全と見えようが、トリックを解明する方策は必ずあるものだ。

そう。解ける。現象や証拠を吟味し、想像力を巡らせれば、おのずと真相は導かれる。オレにはそれができるはずだ。

「ドアと窓以外の侵入経路はない。バカ正直にいけば、どちらかに細工が施されていたことになる。それらしき痕跡はあっただろうか？」

「ねえな。窓はきれいなもんだった。ドアも俺が蹴破った跡があるぐれえだ」

「鍵はどこにでもあるサムターン錠とクレセント錠だったが、粘着テープで厳重に固められていた。ドアの隙間から糸かなにかで、というのは実現が厳しそうだな」

「状況だけで言やあ、草太が自分で封鎖したとしか考えられねえんだよな」

「そうだな。癪《しゃく》だが、よくできた密室だ。なぜ自殺に偽装しなかったか不思議なぐらいだ」

「そりゃあ、この犯行が蜜柑への挑戦だからだろうよ」

「だが決めつけるのは……」

待て。そこにこだわりすぎてないか？

先入観を持たないことは大切だ。だが、状況は犯人の動機が、蜜柑への挑戦と示唆している。

真相はどうあれ、現状では竜人の指摘が的を射ているのだ。

とりあえずは、これが動機だと仮定しておくべきなのでは……。

「……」

「おい啓次郎、どうしたんだ。ぼけっとしやがって」

竜人の叱責が耳朶《じだ》を打った。オレは迷いを一時切り離した。

「なんでもない。たまに幽体離脱する体質なんだ」

「そのままぽっくりいくなよ、ったく」

竜人は灰色の煙を吐き出した。

「解決するまでは死ぬに死ねないさ」

なんでもないふうに返したが、心臓は乱打していた。

さっそくつまずいている。なにをやっているんだオレは。

とりあえず動機は棚上げだ。密室トリック解明に集中しよう。

「機械的なトリックはどうだ？　部屋にあるもんを駆使して殺す、とかよ」

「ベッドはいたってノーマルだったし、クローゼットのなかも、あるのはボストンバッグだけで、入っていたのは衣服や携帯式のゲームぐらいだ。それ以外は粘着テープのロールだけだった。これらで盆の窪を狙いナイフを刺すほどの工作ができるかどうか……」

顎を手でなでながら考えてみる。

しかし、まっ白いスクリーンが展開するだけだった。

現場検証のときのように脳が機能しない。あれは論理性がものを言う場面だったが、トリックの解明では想像力がものを言う。その差異だ。論理は事実をつき合わせて考えれば、おのずとひとつの結論に至る。しかし、想像力は無限に枝を広げられ、解答もひとつとはかぎらない。

思わず、蜜柑の顔色を窺ってしまう。

そんな自分に嫌気が差した。オレはなにをやっているんだ。

無様さを振り払うべく、間髪を容れずに持論を展開する。

「なにかが部屋に仕込まれていて、あとから抜き取られた。それなら機械的なトリックを作れたかもしれない」

「抜き取るって、一体全体どっから抜き取ったんだ？　隙間はあったが、ドアの下にこれっぽっちだぞ」

人差し指と親指で二、三ミリほどの隙間を表した。

「それに、なにかってのはなんなんだ？　盆の窪なんつう狭いところをぶっ刺してんだぞ。ちゃちな仕掛けでどうにかできんのか？」

「そ、それをこれから検討していくんだろ」

ついぶっきらぼうな口ぶりになってしまう。また自己嫌悪に陥る。焦って発言し、反論され、また焦る。泥沼だ。

昔はこうではなかった。反論されても余裕を持って応じていた。

そうだ、オレには余裕がない。余裕を持たなければいけない。それはずいぶんと前からの課題であるのに、この体《てい》たらくだ。余裕を持ちたいのに、その余裕がない。

だが。

ここで膝を折ることはできない。困難は承知の上だろう。諦めたらそこでおしまいだ。リタイアなどするものか。

「すまない、竜人。落ち着いて、じっくりと検討していこう」

「そうだな。風穴を開けてやろうぜ」

竜人が力強くうなずいた。

オレも思考を一時リセットする。頭がこんなに混乱していたら、お子様用の推理クイズだって解けやしないだろう。

「人がとおれるスペースでなくてもいいんだ。機械的なトリックだったとして、その仕掛けがとおり抜けられる隙間があれば、あとで回収できる。それは最大でもドアの隙間より小さいということになるが……さもなくば蝶番《ちょうつがい》を取り除いてドアごと外すとか」

「蝶番は内側だったからなあ。外そうにも外しようがねえぞ」

「そうだな。だから蝶番の件は除外される。蝶番は一例だが、そんなふうにして隙間をこじ開けられないか……」

「挑戦状を叩きつけやがるぐらいだからな。最先端技術を用いてるとか、うまいこと心理の盲点を衝いた方法とかじゃねえか？」

「最先端技術か。映画の『ザ・フライ』であったように、転送装置でもあれば、難なくやってのけられるんだがな。殺して転送装置に入れ、密室に転送する。それだけで密室殺人完成だ」

「そんなものがあったら、密室殺人だらけだな」

「密室という概念すらなくなるだろうな。どこで殺害したって、密室に入れられるんだ。鍵のかかった部屋で人が死んでいても、転送装置で送りこめる。そうなると密室だが、密室とは言えないさ」

よし。雑談ができている。いい兆候じゃないか。余裕が生まれている証拠だ。

それに、雑談は一見遠回りだが、ここからアイディアがひらめくパターンも少なくない。

「機械的なトリックでなくとも、遺体を密室に入れるという方法もありだな」

「バラした死体を入れるって事件もあったな」

「それなら頭がとおる隙間があればいいんだが……」

「拳ほどの隙間もねえときてっからなあ」

部屋は徹底的に調べたが、壁や床板に細工したような痕跡はなかった。隠し扉はもちろん、拳大の隙間もない。となればブレイクスルーは二、三ミリの隙間か？

だが、二、三ミリでは凶器のナイフすらとおらない。動物ならくぐり抜けられそうだが、そんな小さい動物がナイフを刺せやしないしな。

「仮に機械的なトリックだったとしても、その前に解消すべき問題がある。一度そっちに着手しよう」

「テープか?」

「そうだ。トリックの痕跡を事後処理できたとして、じゃあ粘着テープは誰が貼ったんだ、ということになる」

粘着テープが事件をややこしくしている。何重にもなった貼り方から、人が貼ったとしか思えない。しかしそうすると、その人物はどこへ消えたのか。

結局のところ、人が通過できる経路が必要になってしまう。ところがその痕跡がない。それこそ転送装置などという荒唐無稽な戯言《ざれごと》が現実味を醸し出しそうだ。

「貼ってから閉めた、はないよな」

「そんなこけおどしじゃなかったぞ。間違いなく、鍵がかけられてから、テープを貼ってた」

警察は顔をしかめるだろうが、密室か否かを確認するのに、テープを一時的にはがした。鍵は完璧にかかっていた。

「閉める、貼る、の順序は不可逆か」

「貼るのに機械的なトリックをつかったのかもしんねえな」

「錠にテープを貼りたくっているからな。ある意味、自動殺人装置より難しいかもな」

機械的なトリックでテープを貼ったとすると、そのトリックの痕跡はどこに消えた、となる。

堂々巡りだ。あちらを立てればこちらが立たず。結局は抜け穴なり隙間なりがいる。その隙間が発見できていないだけか。根本的に違った方法論で密室が作られているのか。

「はい」

一瞬、その声の主が判然としなかった。

すぐに蜜柑だとわかったが、突然の発言に脳が認識できなかったようだ。

蜜柑は控えめに手を挙げていた。

まさか、謎を解いたのか？　呼吸が重いなにかにせき止められ、苦しくなる。

「……なにかいい案でも浮かんだのか？」

蜜柑が解明したのなら、それはよろこぶべきことだ。遺族はなにより事件解決を切望しているのだから。

そう理解はしているのに、どうしても相反する感情が芽吹く。

「ん。テープは草太さんが貼った。それでオールオッケー」

蜜柑がオーケーサインを作る。竜人が咳きこみながら煙を噴き出した。

「なんだそりゃ」

これまで抑えていた声のボリュームが上がったが、二言目はぎゅっと絞った。

「じゃあどこのどいつが草太を殺したってんだ？」

「殺されてない。草太さんは自殺した。それだけのこと」

こともなげに言ってのけた。ほっ、とオレの喉から息が漏れた。内心、どんな推理が飛び出すかと思ったのだが……。

「蜜柑。それは的を外しているんじゃないか」

「なんで？」

「第一に、自殺だとして、蜜柑を呼び寄せたり挑戦状を残した意味はなんだ？」

「密室トリックを、あたしに見せつけたかった。どうだ、俺様が考案した最高のトリックは、って感じで」

「一理はある。だが、自殺したら意味がないだろ。死んでしまったら勝敗がわからないのだからな。草太君はトリックを見せつけるだけで満足だったのか？　挑戦をするからには、勝敗を知りたいのが人情じゃないか？」

「死ないと密室ができない。だからしかたなく」

「文字どおりトリックに命をかけたと？」

「そう。ファン感情が暴走で、あたしに歪んだ敵意爆発で、行き着いた先が密室トリック自殺」

自殺説はないという自信がオレにはあるが、現時点での推理は矛盾なくよくできている。複雑にこねくり回さず、シンプルな出来だ。

「わかった。そこまでは正しいとしよう。テープを貼れる人物は草太君しかいない。ならば錠をテープで封印したのも草太君だ。なるほどシンプルで辻褄《つじつま》も合っているな。だが、草太君の姿勢が自殺説を否定している」

「姿勢……どんなだったっけ?」

「気をつけのような姿勢だ。自殺説だと、草太君は盆の窪を自ら刺したことになるよな?」

「うん」

「盆の窪を刺せば即死だ。一度刺してしまえば、手は動かせなくなる。布団のなかへ手をしまう暇はない。何度も言及したように、機械的なトリックの痕跡はなかったから、機械的なトリックによる自殺も不可能だろう」

「う〜ん。そっか。あたしの推理ミスだ」

蜜柑はあっさりと引き下がった。反証されるのではないかと思ったが、肩すかしを食った。自殺説自体は感心していただけに、気持ちが前につんのめる。

それを受け止めるかのように、蜜柑は次の仮説を繰り出した。

「じゃ、ドアのうしろに犯人が隠れてたとかだ」

ぽんっと手を打った。これには竜人が食ってかかる。

「俺がそんなまぬけに見えんのか。ドアの裏に隠れてやがったら一発で見つけてるってんだ」

「そうだな。ドアは全開だった。中途半端に跳ね返ったり止まったりしたら勘づく。蜜柑は最後に入ったよな。人が潜んでいるような開き方だったか?　オレは不自然さを覚えなかったが」

蜜柑は唸りながら目をつぶった。

「言われると……なかったような気が……」

「おい、頼むぞ若いの。俺でさえばっちり記憶してんだぞ。なんだそのあいまいなのはよ」

竜人は大げさな手振りで失望を表現した。オレはなんとも表現しがたい、複雑な感情にのしかかられていた。

これがオレに憧れ、道を同じくする蜜柑花子なのか？　いまのオレが言えた義理ではないが、もっと快刀乱麻を断つごとく事件の謎へ切りこんでいくものだと想像していたのに。推理がザルだというわけではないが、どこか抜けているような……いや、断じるのは早計だ。

ブレインストーミングのように、優劣つけず意見を出す。そこから推理のヒントやひらめきを抽出する。それが蜜柑のスタイルなだけかもしれない。こうしているうちに蜜柑の推理は着着とゴールに向かっているのではないだろうか。

「じゃ、これはどう？　自信作」

蜜柑はくじけず、推理を連発する。

「ドアのうしろじゃなかった。犯人はベッドの下に隠れてたんだ」

竜人ががっくりと脱力した。

「テープ貼って密室にして、廊下が騒がしくなったらベッドの下へ隠れる。あたしたちがいなくなってから脱出。それで密室コンプリート」

蜜柑は自信満々のようだ。竜人は長く長く煙を吐いた。

「あのなあ。現場をちゃんと見てねえのか？」

「見たけど」

「なら憶えてるだろうが。あの背の高《たけ》えベッドをよ。裏にひっついてりゃ丸見えだ。だいの大人が六人、そろいもそろって見逃すわけがねえだろうが」

「……見逃さない？」

「見逃さねえよ！」

「う〜ん。じゃあ……」

「もう黙っとけ」

竜人は携帯灰皿で煙草をにじり消した。ずいぶんと苛立っているようだ。オレもいまだキレある推理をしていないが、竜人は元から蜜柑に敵対心を持っていた。それが噴出しているのだろう。

蜜柑は例によってなに食わぬ顔だ。顎に人差し指を当て、思考に耽っている。鉄の心臓だな。わが道をいっている。

また煙草を吸い出す竜人を横目に、オレは困窮していた。

推理を連発できるだけ、蜜柑はマシだ。否定ばかりしていたが、オレの推理は打ち止めとなっている。あれこれ想像力を巡らせてみるが、雷が落ちるようなあの感覚はない。

全盛期はこうではなかった。もっとこう……なんと言うのだろうか……呼吸するように。

そう、呼吸するかのごとく推理ができていた。先入観がどうだの、論理と想像力は別物だのと意識してはいなかった。自然とそうしてきただけで、意識して推理したためしはない。

呼吸するのに肺をどう動かしていたか、空気をどう吸いこんでいたかなどと考え出せば、かえって呼吸がしづらくなるだけだ。

オレは呼吸のしかたを忘れたも同然。待ち受けているのは窒息だ。果てにあるのは探偵としての、死。

頭を振って不吉な考えを追い払う。

呼吸ができようができなかろうが、関係ない。オレはこのコンディションで謎を解くしかない。そうしなければ生き残れないのだから。

「ちょっと休憩しない?」

ふわりとした声が耳にふれた。蜜柑が伸びをするように腕を広げていた。

「ああ? そんな暇あるかよ」

竜人は吐き捨てた。

「座りっぱなしだと頭も凝る。煮詰まらない。こんなときこそリフレッシュ」

スタジアムジャンパーのポケットから小袋に入った飴を出す。

「だからよ……」

「いいじゃないか。実際、膝を突き合わせていてもこれ以上煮詰まらない。ここらで休憩を挟むのも悪くないだろう」

考えるだけ考えたら、一度離れてみる。和歌森がアイディアを案出するときのコツだそうだ。オレも身に覚えがある。考えに考えたすえ、風呂やトイレで一息つく。そのときにパッとひらめくのだ。トリックのからくりや見すごしていた証拠、犯人の正体を。休憩して損はないだろう。

オレも椅子から離れて腰を捻った。腰がボキボキと悲鳴を上げる。短い間だったが、負担はけっこうなものだったようだ。一心不乱のあまり、痛みは感じなかったが。

「啓次郎がいいんだったら、俺もかまわねえけどよ」

竜人も煙草を咥え、体から力を抜いた。

「どうぞ」

蜜柑から飴を渡された。ありがたくいただくことにする。竜人はいらねえと断った。

メロンの甘さは、凝り固まった肉体と思考を溶かしていくようだった。ロビーを見ると、三人は険悪なムードもなく待機してくれていた。

事件のこと。推理のこと。このひと時だけは、頭の片隅へと追いやった。ころころと飴を転がして楽しむ。

「あたし、感動してる」

蜜柑の声音は弾《はず》んでいた。

「藪から棒にどうしたんだ？」

「だって、伝説のコンビがあたしの目の前にいる。感動せずにいられない」

「伝説って……」

竜人と顔を見合わせた。竜人は肩をすくめた。

「それはずいぶんと高みまで祭り上げられたものだな」

オレは気恥ずかしさに口端を上げた。たしかに『探偵屋敷啓次郎と刑事武富竜人の最強コンビ』などと雑誌で特集を組まれたこともある。だが二十年以上も前のおとぎ話だ。現代になって掘り起こされると、うれしさ半分恥ずかしさ半分だ。

「ファンの間じゃ、幻。大尊敬してるふたりが推理するのを見れた。これは大変なこと」

尻の辺りがむずむずする。褒められ弱くなったものだ。

「そう言う蜜柑はどうなんだ。竜人みたいに協力してくれる刑事はいないのか？」

「それは……」

口をもごもごさせ言い淀む。

「いると言えばいる……いないと言えばいない……みたいな感じ」

「要領をえないな」

「いろいろ訳あり」

珍しく作り笑いをしている。好奇心を激しく刺激された。

訊きたくはあるが、訳ありらしい。他人の事情に大した理由もなく踏み入るのはマナー違反だ。掘り下げたいところだが、好奇心は大人しくさせておこう。

「もし警察に協力者がいないのなら、どうにかして作っておくといい。個人だと、どうしたって収集できる情報に制限がある。マスコミに流れるぐらいの情報じゃ解けない事件は、ごまんとあるからな。竜人がいなければ、オレの解決率は半減していたかもしれない」

竜人はやめろよというように手を払う。だが誇張はしていない。竜人の協力がなければ、謎が解けていたとしても相当に長い時間を要しただろう。

「そんなに減る？」

「いまは上手く回っていても、いずれは警察の持つスキルを頼るしかない事件が出てくる。とりわけ、科学捜査はオレたちのころとは雲泥の差だ。恩恵は何倍にも増していると思うな」

「勉強になる」

蜜柑は殊勝にうなずいた。

「蜜柑には釈迦に説法じゃないのか」

「ううん。これであたしも探偵レベルアップ」

蜜柑がぐっと両拳を握る。

「協力は不可欠。それ了解。だけど屋敷さんって、ひとりでもたくさん解決してる。アームチェアディテクティブは匠の技」

「それも『名探偵の証明』かインターネットが出典か？」

「『名探偵の証明』。弐の方」

『名探偵の証明　弐』。オレが書いた二冊目の本だ。和歌森との出会いから、バブル崩壊前までの出来事で構成されている。

「匠ってほどではないさ。探偵事務所なんかやっていると、依頼もピンからキリまでだ。概要だけで推理可能な依頼は何通もくる。それらを解いていれば、正答率は跳ね上がる仕組みさ。天空城事件クラスの依頼ばかりだったら、アームチェアディテクティブなんてやりたくてもできないだろう」

「でもでも。あれすごかった。死神の」

「死神、死神……ああ、あれか」

死神が絡む事件は一件しかない。

「そう。あれあれ。いたずら好きおじさんの寝室に死神が入った。なのに覗いてみたらいなかった。いたのは鎌を突き刺された遺体だけだった、ってあれ」

「よくそんなのを憶えているな」

あの事件は一ページぐらいしか割いていないはずなのだが。

「あれは手紙だけでは解けない事件」

「そうでもないさ。演出過剰なだけでノーマルな事件だった。蜜柑にだって解けていたさ」

「そうかな……」

蜜柑は納得いかずといったふうだ。

「あの事件、狂言だったよね」

「そうだな。なんのことはない。依頼者のフィアンセが狂言を利用して殺人を犯した、それが真相だった」

依頼者の父親はいたずら好きだった。フィアンセは父親に、死神に殺されたふりをして息子を驚かさないかと提案した。父親は提案に乗り死神役兼被害者役を引き受け、フィアンセは誘導役となった。

当夜、予定どおりに父親は死神の恰好で依頼者の前に現れた。自分の寝室に入ると、急いでローブを脱ぐ。布団には偽物の鎌が刺してある。布団を被れば、胸に刺さっているように見える。あとは息子がフィアンセと入ってきて、驚けば成功だ。

父親はそういう計画だと信じ、忠実に行動していた。

一方で、フィアンセは息子に父親の死を認識させると、通報するように命じて追い払った。警察への通報は計画に入っていない。父親は異変を感じたことだろう。しかし、時すでに遅し。フィアンセは部屋に用意していた本物の鎌で父親を殺害した。

計画はパーフェクトに進行していた。しかし、誤算があった。庭にある水道の止め忘れで、地面が泥と化していたのだ。これでは死神の恰好をした第三者を犯人に仕立てあげられない。自分の足跡は残せないからだ。かといってもう後戻りはできない。進退窮まれり、とにかくローブだけは庭に捨てた。

それが死神事件の真相だ。

オレは依頼者と会ったとき、フィアンセとの上下関係に注目した。フィアンセが依頼者に通報を命じたとき、それが百パーセント確実に了承されなければ計画は頓挫する。フィアンセが依頼者に対して主導権を握っていないといけない。

結果は言わずもがな。依頼者はフィアンセの尻に敷かれていた。

オレは推理を依頼者に伝え、のちの警察による捜査で裏づけが取られた。

「文章だと難解そうに見えたのかもしれないが、真相はシンプルだった。装飾に惑わされなければ、複雑なトリックなどないと看破できる」

「なるほど。装飾に惑わされたらダメってことだ。教訓になった」

「そう。装飾の目くらましに惑わされていては……」

その瞬間だ。

脳天に雷が炸裂した。飴が嚙み砕かれる。一瞬呼吸が止まる。指先、足先、毛先にまで痺れが伝播した。

忘却しかけていたこの感覚。まだ痺れがある。鳥肌が全身に広がっていく。

これだ。忘れようとしても忘れられない、この感覚。これを待っていたんだ。目指していたんだ。ついに、ついにきた。オレの脳みそは錆びついていなかった。いける。いけるぞ。オレはまだまだやれる。

だが先走るな。最後の一手が肝心だ。詰めを誤れば、恥をかくことになりかねない。

「啓次郎。また幽体離脱しちまったのか?」

「竜人!」

竜人に体を向けた。オレの勢いに押されたのか、竜人が上体を引いた。

「草太君の部屋に突入したときのことは憶えているよな」

「まだボケちゃいねえよ」

煙草を処分しながら肯定してくれた。さすが頼りになるパートナーだ。

「和奏ちゃんは、なにかを隠すようなそぶりをしていなかったか? 草太君にすがりついてい

# 編集部◎PICKUP

舞台『TERROR -テロ-』
東京公演：2018年1月16日(火)～1月28日(日)
紀伊國屋サザンシアターTAKASHIMAYA
兵庫公演：2月17日(土)～18日(日) 兵庫県立芸術文化センター 阪急 中ホール
ほか名古屋、広島、福岡公演あり
出演：橋爪 功、今井朋彦、神野三鈴 他

**原作 テロ**
**F・V・シーラッハ 酒寄進一=訳** 四六判上製・1600円

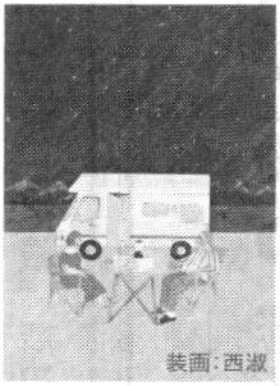
装画：西淑

映画『The Leisure Seeker(原題)』
2018年1月よりTOHOシネマズ日本橋ほか全国順次公開
監督：パオロ・ヴィルズィ
出演：ヘレン・ミレン、ドナルド・サザーランド 他

**原作 旅の終わりに**
**マイケル・ザドゥリアン 小梨 直=訳** 四六判並製・2000円

映画『ホペイロの憂鬱』
2018年1月13日(土)より角川シネマ新宿ほか全国順次公開
1月6日(土)よりMOVIX橋本にて先行ロードショー
出演：白石隼也、水川あさみ 他

**原作 ホペイロの憂鬱 JFL篇**
**井上尚登** 創元推理文庫・620円

スペシャルコント『志村けんin探偵佐平60歳』
放送予定：2018年1月2日(火)21時～22時　NHK総合
出演：志村けん、高橋惠子、岸本加世子、伊藤沙莉 他

**原作 木野塚探偵事務所だ**
**樋口有介** 創元推理文庫・720円

### “日常の謎”の名手が贈る
### 奇妙な味のショートストーリー集

# 何が困るかって

Sakaki Tsukasa
**坂木 司**

創元推理文庫・680円

## いつも通りの毎日こそ、こわい。

嫉妬から始められた「いじわるゲーム」の行方。
雨降る深夜のバーで語られる「怖い話」。
あなたの日常を見守る「洗面台」の独白。
「鍵のかからない部屋」から出たくてたまらない私の物語——
名手が日常／非日常のあわいを鮮やかに描く。

『堆塵館』『穢れの町』に続く三部作、驚天動地の完結

# 肺都

## アイアマンガー三部作3

**エドワード・ケアリー**　古屋美登里＝訳　四六判上製・3800円

穢れの町は炎に包まれ堆塵館は崩壊、生き延びたアイアマンガー一族は、命からがらロンドンに逃れた。アイアマンガー一族に反発するクロッド、そしてひとり難を逃れたルーシー。物語はいかなる想像も凌駕する驚天動地の結末を迎える。アイアマンガー三部作ついに完結。

装画：エドワード・ケアリー

美貌の修道女探偵、日本オリジナル短編集第四弾

# 修道女フィデルマの挑戦

**ピーター・トレメイン**　甲斐萬里江＝訳　創元推理文庫・980円

法廷弁護士にして裁判官の資格を持つ美貌の修道女フィデルマ。学問所時代に遭遇した事件「化粧ポウチ」「痣」の他、修道女になってからの事件では、ローマ第九ヒスパニア軍団の謎に挑む「消えた鷲」など、全六編を収録。大人気シリーズの日本オリジナル短編集第四弾！

装画：八木美穂子

■創元推理文庫

## 蝶のいた庭

ドット・ハチソン／辻 早苗 訳　1200円

拉致事件の被害者女性が語る、犯人の〈庭師〉が作りあげた〈ガーデン〉とは。恐ろしい真実を知りたくないのに、ページをめくる手が止まらない。一気読み必至のサスペンス！

## 書店猫ハムレットのうたた寝

アリ・ブランドン／越智 睦 訳　1100円

ニューヨークの書店の経営者ダーラが主催した地域のお祭り。もうすぐ無事に終わるところで事件が起きて……。気ままな黒猫探偵の推理が冴える、楽しいコージー・ミステリ！

## ワニの町へ来たスパイ

ジャナ・デリオン／島村浩子 訳　940円

わけあって南部の小さな町に隠れることになった女性秘密工作員は、うっかり人骨を見つけてしまい、身分を偽ったまま地元婦人会のパワフルな老女たちと真相を追うはめに！

## 名探偵の証明

市川哲也　840円

好評既刊■単行本

## ツノハズ・ホーム賃貸二課におまかせを

内山 純　四六判並製・1600円

うだつの上がらない賃貸営業マンの澤村は、美人で気の強い神崎くららにこき使われ、大家と店子の間を飛び回るはめに。けれど二人の担当物件には謎が?! 本格不動産ミステリ。

## 皇帝と拳銃と

倉知 淳　四六判仮フランス装・1900円

犯罪計画は、完璧なはずだったのに――彼らはどこでミスを犯したのか? 殺人者の前に立ち塞がる、死神めいた風貌の警部の鋭利な推理。倉知淳初の倒叙シリーズ、四編を収録。

好評既刊■創元推理文庫

## 雪の夜は小さなホテルで謎解きを

ケイト・ミルフォード／山田久美子 訳　1300円

丘の上の小さなホテル〈緑色のガラスの家《グリーングラス・ハウス》〉。十二歳のマイロは突然訪れた五人の奇妙な宿泊客の謎と、ホテルに隠された秘密に挑む。MWA賞受賞、ほっこりあたたか聖夜の物語。

るときだ」

「してなかったな。草太の服を握ってゆさぶってただけだ」

「蜜柑、キミはナイフの柄にさわっていたよな」

「うん」

「柄は微妙にでも濡れていなかったか？」

「そういえば……濡れてた」

「竜人、お前の血液型はなんだった？」

「Aだよ。知ってるだろ。それがどうしたってんだ？」

これで決まったな。復活のお膳立ては整った。

「ちょい待て、啓次郎」

手の平を前に出して、ストップを示した。

「お前、まさか……」

竜人の目には期待の色が表れていた。三分前なら目をそらしていただろう。

しかしいまのオレは、この期待に応えられる。

「そのまさかだ。事件の謎は、解き明かした」

7

夜の闇をバックにしたガラスは、鏡代わりになる。

オレは自室でガラスを見ていた。正確には、窓ガラスに映ったオレを見ていた。跳ねていた髪の毛を手櫛《てぐし》でなでる。顎を上下左右に動かし、眉間に皺を寄せたり弛緩させたりし、顔の筋肉をほぐす。

「さて、皆さん」

喉を震わせる。咳も二回。

「さて、皆さん」

声帯に異状なし。よく声が出ている。

ネクタイの位置を調整。色は冷静さの象徴、青だ。

ジャケットにゆっくりと袖をとおす。クリーニングは無駄ではなかった。皺ひとつない衣装は、新たな船出にふさわしい。

身だしなみは整った。自画自賛だが、精悍《せいかん》な顔つきをしている。くたびれた面持ちだったオレはどこにもいない。顔の肉は垂れ、白髪も皺も増えたが、それも味に思える。こんなにも物事の見え方が一変するなんてな。

外は暗いが、オレの見とおしは明るい。

最盛期には及ばないが、自分の力に納得がいった。オレはまだ、引退するほど落ちぶれてはいない。

たしかに、加齢による能力の低下は認めざるをえなかった。解明まで時間を要した。頭の歯車もスムーズには回らなかった。

だがしかし。

それは致命的な衰えではない。時間はかかったが、許容範囲。復帰戦としては上出来だ。少少時間がかかろうが、オレは謎を解ける。大事なのはそこだと気づいた。

なぜこんなにも簡単なことに気づけなかったのか、それが不思議なぐらいだ。

思うに、オレは頂点に慣れすぎていたのだろう。だから、わずかな能力の低下をも恐れていたのだ。

なにより、あの蜜柑より先に真相を看破した。運も絡んでのことだろうが、現役でやっていける自信を持てた。まだまだ若い者には負けていない。今日最高の収穫だ。

窓ガラスに背を向け、ドアへと進む。

場数を踏めば、オレはさらに息を吹き返すことだろう。今日はその門出だ。

ドアを開け、廊下に出た。

ロビーには関係者が勢ぞろいしている。竜人には心配をかけた。蜜柑には恰好悪いところを見せた。桝蔵、千佳、和奏には長いこと気を揉ませた。それをすべて払拭する。

完全復活へと向かい、一歩、また一歩進んでいく。足運びも冷静沈着に。急がず、遅すぎず。階段を下り、ロビーに下り立った。注目が一身に集まる。視線が肌を熱くさせる。

「さて、皆さん」

推理の第一声。つっかかりはない。順調な出だしだ。

「予告したように、これから事件の真相を明らかにしていきます」

「待ちに待ってましたよ、屋敷さん。早く犯人の名前を！」

桝蔵は気忙しそうだ。溜めに溜めた鬱憤をようやく発散できるんだ。無理もないだろう。

「屋敷さん、お願いします」

千佳は椅子から立ち上がり、丁重に頭を下げる。

「犯人を、教えてください」

和奏も気忙しそうなふりをしている。いや、これはふりではないか。犯人としては、早く結果を確認したいことだろう。オレの推理が的中しているか、それとも外れているか。

「焦らないでください。すぐに犯人は白日の下にさらされます。入り組んだ謎でも推理でもありませんから、十分もあれば終わりますよ」

複雑な事件だと推理の披露に小一時間はかかる。しかし、今回の事件にそんな濃厚さはない。

「推理なんざいりませんよ。犯人の名前だけずばっと言ってくれたら」

残された者の胸中は察するに余りある。一刻も早く犯人の名を知りたいだろう。しかし、探偵として順序を踏まなければならない。

「心情はお察しします。ですが、推理には順序があります。犯人の名前だけ発表しても意味はありません。推理の過程がなければ、犯人の嘲笑を浴びるだけです。自白にも逮捕にも、当然起訴にも至りません」

探偵の評価も地に落ちる。得はなにもない。

「それに推理の披露は再検証の場でもあります。推理が間違っている可能性は零《ゼロ》ではありません。事件の関係者に披露することで、誤認逮捕の危険を極力減らすのです。私の推理が妥当なものであるか、皆さんが判断してください。ほころびがあれば指摘していただいてけっこうです。いえ、積極的にしてください。なので申し訳ありませんが、いましばらく堪《こら》えてください」

渋い顔をしていた桝蔵だったが、リビングから持ってきた椅子に腰を落とすと、

「なら早く始めてください」

目を閉じて、腕と足を組んだ。千佳は反論もなく座っている。和奏も大人しくしていた。そのうしろには竜人が控えている。蜜柑は座らず、姿勢よく立って傾聴の構えだ。

機は熟した。あとは推理を決めるのみ。

「では事件を振り返りながら、推理を述べていきましょう」

声質も年齢とともに変わっている。自らの耳へ響く声に、かつての流麗さはない。それでも洗練された味があった。酒も煙草もやらなかった賜物だ。

「発端は、蜜柑を別荘に呼べと記された手紙でした。桝蔵さんはこれを受けて立ち、蜜柑に来

訪を依頼しました。それに奥さんの意向もあり、私と竜人も招かれました」

桝蔵が固唾を呑んで行く末を見守っている。

「すべての元凶となった脅迫状。これはストレートに、蜜柑に挑戦してやるという意思によるものでしょう。しかし、狡猾な伏線でもあったのです」

千佳は指を組み、祈るようにして静聴している。

「全員がそろってからは、食事に歓談にとなにごともなくすごしました。災いが訪れたのは解散後です」

和奏は硬い表情でオレを凝視している。ほころびがあれば容赦なく突いてやろうと構えているのだろう。

「和奏ちゃんの部屋に、草太君の名前がつかわれた置手紙がありました。文面は簡潔。草太君の部屋にきてくれというものです」

和奏のポジションは、さりげなく桝蔵から遠くしてあった。強襲されても、竜人なら慌てず騒がず対応が可能な距離だ。

「和奏ちゃんは部屋へ向かいましたが、返事がありません。鍵もかかっていました。脅迫状のことがあったので、不安になり必死に叫びました。それでも返事がありません。叫び声を聞きつけ、全員が部屋の前に集合しました」

蜜柑は穏やかな表情で推理に耳を傾けている。一言一句聞き逃すまいとしているかのようだ。今後の活動の参考にしてもらえれば幸いだ。

「私も確認しましたが、鍵はたしかにかけられていました。確実に安否をたしかめるには、ドアを開けるより他ありません。その役目を竜人が買って出てくれ、ドアは蹴り開けられました」

一切の注目がオレに注がれている。熱いものが体内から湧き立つ。肌には精神まで震わせるような痺れ。

この舞台も、忘れようとしても忘れらなかった。カムバックしたのだと、実感する。

「和奏ちゃんが入り、竜人も続き、続々と部屋へなだれこみました。そこではあのような惨状が……」

遺族の気持ちを慮《おもんぱか》り、描写は省略した。

「現場にあった紙には、『この最高峰の密室トリックが解けるかな?』と、蜜柑を挑発するような文章が書かれていました。先の脅迫状のこともあり、犯人は考案した密室トリックを蜜柑に見せつけたかったのだと推測されます」

ゆっくりとロビーの中央へ歩き出す。

「解散後から事件発覚までは一時間足らずですが、完璧なアリバイを持っている人はいませんでした。犯行はどなたも為しえたということです」

身振り手振りを交え、声の抑揚にも気をつかう。いやらしく感じさせないように、絶妙なさじ加減で。体に染みついた経験がなめらかに言動をいざなってくれた。

「ここで可能性をひとつ消しておきましょう。それは外部犯の可能性です。犯行後、別荘はもとより、辺り一帯を捜索しました。が、猫の子一匹見つかりませんでした。交通路は橋一本で、使用せずに渡ってくるのはまず不可能でしょう」

ロビーの中央に立った。

「犯人は町の方からやってきて、犯行後逃げたのではないか。そう思われる方もいるでしょう。しかし、それはありません」

桝蔵、千佳、和奏へと視線を移した。

「秘密にしていましたが、実は橋のたもとに監視カメラを仕掛けていました」

「そんなことまでしてるんですか?」

和奏が一驚した。

「脅迫状が送られたのですよ。手をこまねいているわけにはいきませんからね」

「……そうですよね」

和奏が苦そうに笑う。

「監視カメラにはなにも写っていませんでした。外部犯の可能性は排除して問題ないでしょう」

クライマックスへ向け、脈動も激しくなる。

「橋をつかわずに渡る方法はあるのかもしれません。カメラに捉えられず脱出する手段があるのかもしれません。しかし、密室の構成プロセスを解明したとき、それらの可能性は消え、真相は一点に収束するのです」

声が熱を帯びてきた。いまは起承転結の承と、転の境界線に推理がある。あと少しで山場だ。

「現場は隙のない密室に思えました。ドアも窓も鍵がかけられ、粘着テープで厳重に留められていました。室内からは出られず、外からは入れません。機械的なトリックや自殺説など、様様な可能性を検討しましたが、いずれも納得いくものではありませんでした」

いよいよ転のときがきた。トリックと犯人を明らかにするときだ。

抑えられない情動が溢れてくる。体が浮かび上がるようだ。躍る心臓は苦しくもあり解放的でもある。

「散々に悩みましたが、最後にはひとつの結論に到達しました。発端となった脅迫状。隙のない密室。凶器のナイフ。現場に残されたメッセージ。これらを束ね、たどった先にいたのです。この事件の犯人が」

「そ、それはいったい？」

桝蔵が身を乗り出した。

「密室トリックを崩せば、犯人のうしろ姿が見えます」

さあ、トリックの解明だ。そして犯人の指摘をする。

竜人、蜜柑、しっかりと目に焼きつけてくれ。名探偵、屋敷啓次郎の完全復活を！

「そのトリックは……」

そのとき、背筋に落雷のような衝撃が走った。

心地よいものではない。ぞっとする絶対零度の衝撃だ。体温が根こそぎ奪われていく。上げかけた手が凍りついた。膝が狂ったように震え出す。

なんて……なんてことだ。気づいてしまった。気づいてしまった。オレはバカだ。大バカだ。なにを偉そうに推理の披露なんかしているんだ。そんな資格、オレにはない。

「啓次郎！」

活を入れるような竜人の一声がしたが、極度の脱力感に、立っていることさえ難しかった。地面を踏んでいる感触もない。鉛の海に浮かんでいるかのようだ。

「勘弁しろよ。また幽体離脱か？」

「……いや」

それだけを言うのが精一杯だった。

渇いた喉に、唾液を流しこんだ。気力を振り絞り、心を奮い立たせる。

「悪いが、少し中断させてくれ」

「なに言ってんだ。こっから核心だろうが。おかしいぞ、啓次郎。なにがあったんだ？」

持ち場を離れて、オレの方へやってきた。周りが困惑している空気も伝わってくる。

理由は口にできない。したくもない。

「竜人はここにいてくれ。オレは蜜柑に話がある」

「はぁ？　なんで蜜柑が出てくんだ？」

肩を掴まれる。

「それは……あとで話す。とにかく、蜜柑と話をさせてくれ」

相当険しい表情になっているのだろう。竜人は怪訝《けげん》そうにしながらも、追及の言葉を呑みこんでくれた。肩から手が離れる。

蜜柑を見た。怯えたように上目づかいになっている。肩を丸く縮こませ、まるで小動物のようだ。

「蜜柑。オレの部屋まできてくれるか」

「な、なんで……」

「わかっているだろう」

強い口調になっていた。蜜柑が大きく震える。

オレは承諾を待たずに歩き出した。急激な展開に空気が強張っている。失礼でマナーに反した行動をしていると思う。

しかし、この問題を放っておいて、解決編はない。

階段を上る。足音がついてきていた。不安定で幽鬼のような足音だが、それを気づかう余裕はない。

部屋に入り、電気をつけた。窓ガラスには年老いた男が映っている。たかだか数分で老いたものだ。死んだような目をしているじゃないか。

なかほどまで歩くと、ドアが閉まる音がした。振り向く。蜜柑は叱られる前の小学生のようだった。金の髪が表情を覆い隠している。

オレは足音を立てながら近づいた。

「やられたよ。見事な計画だったな」

しばしの無言。蚊の鳴くような声で、

「……なんのこと？」

「しらばっくれるな！」

怒鳴った。抑制が利かなかった。また蜜柑を震えさせてしまう。オレは深呼吸し、感情を落ち着かせた。

「もう、わかっているんだ。なにもかも。隠さなくていい」

最低最悪のひらめきだった。栄光は手の平の上にしかなかったと、わかってしまったのだ。

「本当にオレの勘違いならば、目を見ろ。目を見て言ってくれ」

憤りも悲哀もない。ただ、すがるように頼んだ。

蜜柑は、おずおずと面《おもて》を上げた。もともと白かった顔から、さらに血の気が抜け、蒼白になっていた。眼鏡のレンズ越しに、オレの目を見る。ゆらぎ、さまよっている。

すぐに伏せられた。黙秘していたが、それがなにより雄弁に物語っていた。

「そうか。やはり、そうだったか」

諦観。それによる虚脱感。二度と立ち上がれなくなりそうな足腰を叱咤する。

これが最後の晴れ舞台だ。せめてスワンソングを奏でよう。

「蜜柑。キミはかなり初期の段階、おそらく遺体を発見した直後には、真相を見抜いていたんだな。だからナイフの柄にふれた」

声が震えていた。それでも、なるべく穏やかに続ける。

「蜜柑は当然オレも真相がわかったものだと思った。なにせ、ずっと憧れていた名探偵、屋敷啓次郎だったのだからな」

名探偵、という響きが虚しく響いた。

オレが発した『あの文章は罠の可能性もある。オレたちをミスリードするための』という言葉も、勘違いを補強したのだろう。

「だから、警察に通報しないという桝蔵さんに同意したんだ。事件を解決することで、オレが探偵としての自信を取り戻すだろうと考えてね。だが当てが外れた。オレはさっぱり真相がわかっていないようだった。そこでキミは葛藤した。自分で推理してしまったら、プライドを傷つけてしまう。意気ごんでいるオレの邪魔はしたくない。じゃあ、どうすれば、とな」

傷を自ら抉《えぐ》るようで、激痛が心身を苛む。が、語らぬわけにはいかない。

「そこで一計を案じた。そうだ、真相を見抜けるように誘導すればいい、と」

蜜柑に、罪はない。ただやさしかっただけだ。残酷なほどに。

「あのとき、オレになにか言いたげだったよな。本当にわかっていないのか、と問いたかったんだろう？」

「……あたし、は」

「みなまで言わなくていい。わかっている。キミはやさしかっただけだ……それだけだ」

蜜柑は泣きそうになっていた。溢れそうな涙の膜。ゆらぐ唇。

「なにも蜜柑を傷つけたいわけじゃない。オレがふがいなかった。それがすべてだ。いまは純粋に、真実が知りたい。探偵としての本能だ」

そう。本能でしかない。死せる間際の、駄犬が上げるかのような最期の鳴き声だ。探偵として、探偵のオレを死なせてほしい。

「これから勝手に語る。推理なんて上等なものじゃないが、間違いがあれば指摘してくれ」

蜜柑はかすかにうなずいた。

「蜜柑はまず様子を見た。オレが自力で真相に達せられたなら、それが一番だ。ところが、オレは見当違いな推理ばかりしている。機械的なトリックがどうしただのとな。一向に謎を解ける気配がない。犯人の策にまんまと溺れていたわけだ。そこでさりげなくヒントを出すことにした。『目をつぶってるとき、刺されたのかも』という発言もそれだ。あとは密室構成パターンの羅列だ」

蜜柑は伊達や酔狂であんな推理をしたわけではない。結論へオレを導くための道しるべを立てていたのだ。

「密室トリックのパターンは有限だ。消去法を行えば、ひとつのパターンにいきつく。不可能なものを取り除き、残ったものが真相というわけだ。キミは、自殺ではないか、犯人がドアのうしろやベッドの下に隠れていたのではないか、と言って可能性を消去していった。次に休憩を申し出て、完全な雑談の時間に移行させた。最後の一押しを加えるためだ」

蜜柑は静かに聞いていた。推理に致命的な誤りはないようだ。

推理がはばかられるような、悲惨な事件は数多《あまた》あった。そんな体験をしていてなお、過去にこんなにも辛い推理があっただろうかと思う。

「蜜柑は会話の主導権を握りながら、ゴールをある話題に持っていった。それが死神事件だった。死神事件を応用すれば、たちどころに謎は解けるからだ。そして思惑どおり、オレは真相にたどりついた」

オレはわだかまっていた空気を吐き出した。

「以上だ。なにか修正するような箇所はあっただろうか？」

蜜柑の垂れ下がった髪が、左右にゆれた。オレは天を仰ぐ。

終わった。これで……。

「あたし……ごめんなさい」

くずおれそうな蜜柑。

オレに気づかれたら終わりだと、蜜柑もわかっていたのだろう。だから、オレに呼ばれたとき、あんなにも怯えていた。

「謝るのはオレの方だ。蜜柑のなかにいた屋敷啓次郎を、穢《けが》してしまった。こんなにもふがいない探偵になってしまって、すまない」

「そんなことない」

一転、激しく頭を振る蜜柑。

「屋敷さんはふがいなくない。ちゃんと自力で解けてた。絶対絶対解けてた。それなのに、あたしがよけいなことした。あたしのせい」

こんなにボロボロになった老人を、信頼してくれるのか。オレの方が泣きそうになってしまうじゃないか。

「解けてた、か。そうかもしれない」

蜜柑が息を呑む。

「だが、それはいつになっただろうな。一時間後か。明日か。もしくは一か月後か？　蜜柑がヒントをくれたから、オレはこんなにも早く真相にたどりつけたんだ。桝蔵さんは苛立っていたし、千佳さんも不安がっていた。警察への連絡も意図的に遅らせている。だらだらと時間をつかう暇はなかった。蜜柑にとって、採れる選択肢はみっつだった。いつになるか不確かなオレのひらめきを待つか、蜜柑が推理を披露するか。それとも、オレにヒントを出して真相に導くか。総合的に判断して、蜜柑は最後の選択肢を選んだ。なにも間違っていない。いや、オレとしては、正解だと言いたい」

こういう言葉は、他人が口にして初めて効力を持つ。いかに自分で正しい行いだったと信じていても、どこかで罪悪感や自責の念に苛まれる。オレが関わってきた被害者遺族もそうだった。責任がなにもなくとも、自分を責めてしまう。

それを癒せるのは、時間と他人の赦しだけだ。

オレはなんの罪もない蜜柑を、苦しませることはしたくない。涙を湛えた蜜柑の腕にやさしくふれた。

「すまなかったな。ありがとう」

蜜柑に謝罪と感謝を送った。吹っ切れずとも、それで自虐の鎖をゆるめてくれることを願う。あとオレにできるのは、託すこと。見守ること。それぐらいだ。

「さあ、気持ちを切り替えるんだ。まだ仕事が残っている。推理を披露する姿、オレに見せてくれ」

蜜柑はうなずくだけだった。

オレはもう続けられない。真相を最初に、独力で掘り当てたのは蜜柑だった。オレは借りもので推理していたにすぎない。推理を披露する権利は、蜜柑にある。ロビーに戻って再開するほど、オレは厚顔無恥ではない。これでも名探偵と称された男だ。ちっぽけだがプライドがある。

「いこうか」

蜜柑の背を叩き、促した。蜜柑はドアの方を向き、歩み出す。

その背中を見て、張りつめていたものが一気に弾《はじ》けた。溶けて川となり流れていく。

目の前にいるのが蜜柑でなかったら。女の子でなかったら。竜人だったら。部屋にオレひとりだったなら。とっくに泣き崩れている。

ちっぽけなプライドや、いい恰好をしたいという見栄。蜜柑に負い目を負わせたくない気持ち。そんなくだらなくもあり大切なものが、オレの足を支え、涙をせき止めてくれている。

蜜柑にはなんの恨みもない。わだかまりもない。これは本音だ。これほどまでオレに信頼を寄せてくれたことに感謝している。

だが、くやしかった。こんな最期を迎えてしまうことが。ふがいなさが、衰えが。情けない、恥ずかしい。

しかし、これがオレの実力なのだ。泣きたいが、泣けはしない。

尽きないほどの、後悔の言葉が浮かぶ。

オレはなにをどうしていれば、この結末を回避できたんだ。詮ない考えが次々に湧いては消えていく。儚い泡のようだった。

気がつけばロビーに戻ってきていた。いつの間にか椅子に座っている。

蜜柑がロビー中央に立っていて、オレはぼんやりと眺めている。

蜜柑の姿を目に焼きつけなければ。その使命感だけが、はっきりとした形を持っていた。

「屋敷さんは体調不良でお休みする。代理で、あたしが推理を言う」

ロビーの中央で、蜜柑は説明した。

今日最大のざわめきが起こった。口々になにごとか発言している。音がしているというだけで、意味は耳に入ってこない。疑問や驚きの類だろうが、事情説明するつもりはない。人生最大の恥を公表したくはない。

「たしかに死にそうな面《つら》してっからな。蜜柑花子、あんたに任せたぜ」

鶴の一声で、ざわめきは鎮火していった。詳しい事情は知らないまでも、竜人には感じ取るものがあるのだろう。

「じゃ。始める」

ひと時の静寂。蜜柑が瞳を閉じ、眼鏡を取り去った。

まぶたを開いたとき、そこにいたのは別人だった。

「推理の土台は、屋敷さんが固めてくれました」

催眠術に驚愕法というものがある。その名のとおり驚かせて潜在意識にアプローチする手法だ。オレはそれをじかに体験した。

蜜柑の声は、鮮明で耳になじむ声色だった。思わず聞き入ってしまう。

彼女の表情からは、どこか無気力そうだった雰囲気が消えている。目つき鋭く、引き締まった口角。知らずに見入ってしまう。

ぶっきらぼうだった口調もなりを潜め、丁寧で断然耳へのとおりがよい。

これほどの急激な変化だ。ともすれば失笑されるだろう。しかし、そんな愚行をさせない迫力がある。

「あたしが述べることはほとんどありません。犯人の名前。トリック。その他、補完ぐらいです」

オレに憧れ、目標にした証がこのスタイルなのか。

それとも、普段の蜜柑花子で推理を披露すると、相手の呑みこみが悪かった。だから普段と推理を披露するときで、雰囲気をつかいわけるようになったのか。

どんな経緯で、このスタイルを身につけたのかは不明だ。それをたしかめることはないだろう。

ただひとつたしかなのは、オレは後継者に恵まれたということだ。

老いた探偵は、お役御免。あとは新たな輝きを、見届けるのみだ。

「トリックは単純なものですが、犯人はちょっとした隠し味を付加し、難解なトリックに見せかけていたんです。それが脅迫状と、現場にあったメッセージです。あれだけ不敵な内容です。さぞかし難解なトリックが仕組まれているのだろう、と思われた方も多かったのではないでしょうか。しかし、それは犯人の術中にはまっているんです。難解なトリックだと思いこませ、実際は単純なトリックを実行する。それこそが犯人の仕掛けたトリックです」

蜜柑は仕草も加えて推理を展開する。

「密室殺人のアウトラインはこうです。密室にいる人物を死んだようにみせかけ、突入後殺害する。ただそれだけです。単純ですが、うまく実行すれば非常に効果的なトリックです。実現不可能に思えるかもしれませんが、タイミングや角度に注意し、度胸さえあれば、こうして大人数を騙すことができるんです」

意味が浸透するまでの数秒、蜜柑は間を空けた。

「ま、まさか。なら、犯人は……」

「犯人は真っ先に草太さんに駆け寄り、盆の窪にナイフを突き立てる。泣き叫び、あたかもすでに殺害されていたかのように演じる。そう、犯人はあなたですね。本尾和奏さん」

蜜柑が和奏と対峙した。

「おおよそ、あなたの行動はこんなところでしょう。まず、外に出たあたしたちの帰りを待って、服の下にナイフを隠します。刃《やいば》にはあらかじめメッセージを書いた紙が刺してあります。ベルトをきつく締めれば落ちませんし、上体を屈めなければ肌を傷つけることもないでしょう。装着後、草太さんの部屋の前へ移動し、ドアの前に陣取ります。そうしておけば、ドアの前は和奏さんのポジションだという印象を他者に与えられます。ドアの前を強引に死守しても、不自然さをなくせるでしょう。あのときのことは悔やまれます。ちゃんとあなたを押さえていれば、トリックの発動を阻止できたのに」

蜜柑が心持ち視線を下げた。だが、次の瞬間には和奏を視線で射た。

「あとは誰かが力ずくでドアを開けるのを待ちます。ドアが開けられると、あなたはすばやく入室します。他人に先行されたが最後、トリックは崩壊してしまいますからね。蹴り破ったり、体当たりでドアを破れば、多少はあとの動作に遅れが出ます。タイミングを違えなければ、和奏さんが先行できる可能性は高い。先頭に立ち、あたしたちに背中を向けた段階で、服の上からナイフを握ります。そしてナイフを外に露出させます。一直線に草太さんの上に飛び乗ります。背中であめくれたシャツが見えることはありません。ロングベストがカバーしているので、あたしたちの視界を遮《さえぎ》り、刺す瞬間を目撃されないようにします。そして盆の窪を……。あとはご存じのとおりです」

和奏は笑顔で大げさに首を振った。

「蜜柑ちゃん。ちょっと大丈夫？　なんかがっかりだよ。そんな三流の推理しちゃうなんてさあ」

聴取のときの態度とは正反対だった。他者を見下す態度と口調だ。

「齟齬《そご》がありますか？」

「あるでしょ。あれだけドアの前でわーわーやってたんだよ。なのに草太は爆睡してたっての? ありえないでしょ。それとも睡眠薬でも飲まされてたとか言うつもり? 残念。それもありえないから。元刑事さんとか探偵さんがチェックしてたみたいだからね」

態度や口調が変貌し、敵意剝き出しだ。よくいる逆上タイプの犯人のようだ。オレたちの域になると、驚くにも値しない。このタイプには嫌というほど接してきた。蜜柑も眉ひとつ動かさない。

「あなたと草太さんの関係を加味したら、その問題も解消できますよ」

「へ～。じゃあ言ってもらおうじゃないの」

「ふたりはあたしのファンサイトで出会ったんですよね。これはいずれ真偽が判明することなので、嘘はついていないと思います」

「思いますっていうか、嘘じゃないし。気取っちゃって、バカじゃないの。だっさ」

「そうですか。なら、あなたはともかく、草太さんがあたしのファンだったのは確定ですね。その草太さんに、彼女となったあなたが、こう持ちかけたらどうなるでしょうか？『ねえ。偽の脅迫状を草太の家に送りつけて、蜜柑ちゃんを呼び出しちゃわない？　探偵だもん、脅迫状が送られたとなれば、きてくれるよ。わたし近くで蜜柑ちゃんを見てみたいの。協力してくれないかな。お願い』」

「なにそのモノマネ。キモいんですけど」

蜜柑は挑発にどこ吹く風だ。ゆるぎもせず和奏を見据えている。

「草太さんは承諾しました。ファンなら憧れの人に会いたいと思うのは自然です。他人が首を突っこまないよう舞台は別荘にし、警察が介入しづらいように手紙の文面もあいまいにしました。草太さんはドッキリを仕掛けるような軽い気持ちだったのでしょう。しかし、あなたは真剣だった。協力が得られなければ、トリックは成立しませんからね。このトリックのためだけに草太さんとつき合ったことも無駄になります」

「ひっどい妄想してくれるよね。マジでウザいわ」

「草太さんは利用されているとも知らず、自身で密室を作り上げてしまいました。鍵を閉め、粘着テープを貼って。こうして完全な密室ができました。打ち合わせでは、ナイフが布団に刺さっている様を見せ、ほんの数分でネタばらし、というような予定だったんでしょう。少なくとも草太さんはそう思いこまされていました。まさか自分の首にナイフを刺されるとは、夢にも思わなかったでしょう。それを踏みにじり、あなたは凶刃を振るった。リハーサルで寝る位置まで指定していれば、盆の窪を狙うのはわけありません」

「はいはい。わかったわかった。蜜柑ちゃんの推理が大当たりだったとしようよ。してあげるよ。してあげるからさ、証拠見せてよ。証拠。マジでいままでの全部妄想しちゃってるだけだから。言い逃れできないぐらいの証拠出しなさいよ」

「ありますけど、まだありません」

「は？　なに言ってんの？　なぞなぞでもしてんの？　そんなのいらないから。あるの。ないの。どっち？」

「ナイフに跡があれば、証拠になります」

「ナイフに指紋があるっての？」

「たぶんないです。指紋をつけないよう、処置はしていたでしょう」

「じゃあ証拠はないってこと？」

「いえ。重要なのは、どうやって指紋をつけないようにしたのかです。オーソドックスなところでは手袋やハンカチです。しかし、和奏さんはなにかを隠していた様子はない、と武富さんが証言しています。現場では怪しげなものも発見されませんでした。手袋がつかえない場合、瞬間接着剤を手に塗れば指紋は付着しませんが、剝がし落とす暇はなく、そのような跡も見受けられませんでした。布団を手袋代わりにした、という可能性もまた否です。布団をたくし上げてからナイフを握るのでは、手間がかかりすぎます。タイムトライアルにも似たトリックには、ふさわしくありません。スムーズにでき、指紋をひとつもつけない。それには服をつかうのがベストでしょう。ナイフは服の下です。取り出す段階から服でナイフの柄を包みこみ、草太さんの上までくると、伏せるように体を倒し、盆の窪を刺す。そうすれば指紋を残さず、刺殺できます。はた目には彼女が彼氏に縋りついているようにしか見えないので、犯行をカモフラージュできます」

「で、それがなんなの？　指紋がないことには変わりないじゃない」

「言われるとおり、指紋は残っていません。しかし、ナイフの柄に汗は残留しているはずです。和奏さんは尋常ではないほど発汗していました。一発勝負のトリックです。非常な緊張も無理ありません。ですが、それが仇《あだ》となります。先ほど証明したように、ナイフは服で包まれ使用されていいます。汗を吸いこんだ服でナイフを包めば、当然汗が柄に付着します。事実、柄はわずかにですが濡れていました。汗以外に柄が濡れる要因は考えにくいです。汗の鑑定で判明するのは、血液型です。幸か不幸か、ＡＢ型はあなただけ。鑑定の結果、汗がＡＢ型だと判明したなら、万事休すですよ」

「け、血液型ぐらいで犯人扱いしないでくれる？」

　和奏の勢いが失速している。

「充分な証拠だと思いますが……わかりました。血液型を無視してみましょう。暴露しますと、柄についた汗の量程度では血液型の検出は難しいですしね」

　蜜柑もけっこうな策士だ。あわよくば自白させようとしたのか。

「しかし、検出できなくとも、不利は動きませんよ。なぜなら、汗が付着していることがすでに不自然だからです。血液型が検出できずとも、付着した汗の検出は容易です。血液型を無視して思考実験すると、こうなります。なぜ汗という重大な証拠を犯人は残したのか。ハンカチで拭けば消せ、手袋をつかえばそもそも汗はつかないのに。理由はなんだろう？　そうか。残したくなくても、残すより他なかったんだ」

すらすらと滑舌よく和奏の退路を塞《ふさ》いでいく。

「そうですよね。和奏さん。指紋をつけず、ポケットに手を入れるなどの目立つ動作もしない。なおかつ事後処理が必要ない方法。それが服をつかうことだったんです。しかしあなたは思わぬトラブルに見舞われました。犯行が近づくにつれて、緊張で大量の汗をかいてしまったのです。着替えに戻るわけにはいきません。もうドアを叩き始め、幕は切って落とされたのですから。あなたはやむを得ず、あるいは汗ぐらいで犯人はわからないと高を括って、もしくは汗など気にも留めず、犯行に及んだのです」

和奏は絶句していた。

「およそナイフの柄が汗にまみれる状況は考えられません。つまり、汗の付着が、あたしの推理したトリックが行われたのだと証明しているんです。そしてこのトリックが可能なのは真っ先に被害者へ近寄った人物。すなわち、あなたです。和奏さん」

崖っぷちまで、犯人を追いつめる。

「待ってよ。真犯人がわたしをはめようとしてるかもしれないじゃない。変態みたいにどっかでわたしの汗を盗んでさ」

「罪を着せるつもりなら、もっと致命的な証拠を残しますよ。汗からＤＮＡを抽出するのは困難ですから」

「じゃあ、草太の自殺なんだよ。わたしを嫌ってて、それで犯罪者に仕立て上げようとしたんだ」

「両手は布団のなかに収まっていました。自殺なら最低片腕は外に出ています。それに、誰が真っ先に駆け寄るかは神のみぞ知るです。特定の誰かを狙って罪を着せようとするのは無謀ですよ」

苦し紛れの言い訳も尽きたようだ。すかさず蜜柑はラッシュをかける。

「万が一なにも採取されなければ、罪をなすりつけられたと全国に吹聴してもらってもかまいません。一生謝罪と償いをします」

蜜柑は和奏に近づいていき、手の届く距離で立ち止まる。和奏は否定も肯定もせず蜜柑を睨みつける。

チェックメイト、だな。

「動機に裏はなく、文面どおりあたしへの挑戦ですよね。動機が草太さんへの恨みなどであれば、あたしを関わらせはしないでしょう」

オレは椅子を離れた。さりげなく桝蔵に寄っていく。

和奏はため息とともに、厳しかった表情を崩壊させた。

「あ〜あ。そこまでバレちゃったか。そうだよ。ご名答。わたしが犯人でした。あんたを泣かせてやりたかったのに、残念」

まるでいたずらが発覚した少女だった。腰に手を当て、うっとうしそうに首を回した。

「貴様。そんなくだらん動機で草太を」

桝蔵が飛びかかろうとする。オレはうしろから、はがいじめにして押さえた。やはり、こうという運びになったか。

「離せ。離してくれ。あいつをどうにかしねえと収まらねえ」

引きずられそうになる。そこへ千佳が加勢してくれた。ふたりがかりなら、桝蔵の突進力も力及ばない。どうにか二次被害は避けられた。

当の和奏は素知らぬ顔だ。桝蔵を気にもかけず、蜜柑に目を向けている。

「あんたのこと気に入らなかったんだよね。なにを成し遂げてもすました顔しちゃってさあ。ああいうのほんと腹立つから。バカみたいによろこんでる方がかわいげあるっての。それによく言ってるじゃん。なんだっけ、事件は探偵のせいで起きているのではありません、みたいな。責任逃れもはなはだしいでしょ。あんたがいなけりゃ、世の中もうちょっと平和だよ。動機は挑戦っていうより、あんたを教育してやりたかったのよ。動機の推理は五十点。赤点でした」

糾弾する和奏は目が据わっていた。もはやトランス状態に近い。

「わかる？　わたしはどっちにしろ目的達成なわけ。勝ちなわけよ。あんたが真相を推理できなきゃ勝ち。推理されても、あんたのせいで人が殺されたって知らしめられる。負けのないゲームよ。やらなきゃ損でしょ」

さも愉快そうに高笑いする。

「ってわけなんだけど。どう、絶望した？　あんたのせいで、人が死んだんだよ」

蜜柑は一切たじろがない。毅然《きぜん》とした佇まいだ。

「和奏さんの主張は了解しました。あたしが遠因で人が殺された、そう訴えたいのですね」

冷静沈着な声。和奏は甲高い声で応じる。

「そうだよ。すました顔しちゃってるけど、心中穏やかじゃないんじゃない？」

「はっきり言っておきます。覚悟がなければ、あたしはこの場にいません。恨まれようと、非難を浴びようと、あたしが必要とされているかぎり、心が折れることはありません」

心構えも申し分ない。強き心は探偵に必要不可欠だ。どれだけ名探偵が市民権を得ようと、批判はついて回る。それに押し潰されていては、探偵稼業などやっていられない。

蜜柑。引導を渡してくれたのがキミで、よかった。

「あなたも、こんな意味のないことで人生を棒に振るべきじゃなかった。あたしの責任だと言うのなら、謝ります」

蜜柑は折り目正しく頭を下げた。和奏は明後日《あさって》の方向を見ながら頬を掻いた。

「意味なくはないよ」

「そうでしょうか？」

「いまにわかるよ」

言うが早いか、すばやくしゃがみこんだ。スリッパの底のつま先側を持ち上げた。切りこみが入っていたらしく、上下に開いた。指を突っこみ、光るものを抜き出す。

その間、一秒もない。とっさに対応できる者はいなかった。

和奏の手の中で光っているのは剃刀《かみそり》だった。スリッパの底を開き、なかに封じていたようだ。身体検査を予期して先手を打っていたのだろう。

竜人が取り押さえようとダッシュした。さすがの反応の速さだ。

和奏の標的が、桝蔵や蜜柑なら取り押さえられただろう。

しかし、和奏が剃刀を当てたのは、自らの首筋だった。

「きたら首をかき切るからね」

竜人が緊急停止する。あと一歩で捕まえられていた。だが、その一歩が遠かった。

「そうそう。動かないでね。動いたら死ぬよ」

剃刀を見せつけるように首を伸ばす。

自らを人質にするとは考えたな。悪人だろうが鬼だろうが、命を人質に取られたら、その質に拘《かかわ》らず守る。それがオレたちだ。

複雑に考えさせミスリードするトリックといい、身体検査の予期といい、よく探偵という存在を研究している。蜜柑に挑戦したのは伊達ではなかったようだ。

「死にたきゃ勝手に死ね！　ほら動いてるぞ。その首切れよ」

桝蔵はこれでもかとばかりに暴れる。オレたちは手出しできなくても、桝蔵たちは別だ。恨みに任せて他人を死なせられる。全身全霊で桝蔵を押さえにかかる。千佳もオレと同じ思いのようで、力を貸してくれた。

「そう急かさないでよ。すぐ出ていくからさ。ほら、動かないでよ」

牽制《けんせい》しながら玄関へと後ずさる。

「忠告しておくよ。探偵のおふたりさん。追ってきたらブスッといくよ。隠れ場所を推理されちゃたまんないからね」

オレと蜜柑を交互に見ながら、うしろ手でドアを開けた。

「じゃあ。あとはがんばってね、探偵さん」

満面の笑顔を残し、ドアは閉ざされた。思い残すことはないというような笑顔だった。追えば確実に命を絶つだろう。従うしかなかった。

駆ける足音が遠ざかっていく。桝蔵はなおも暴れる。いましばらくは放せない。竜人も説得しようとしてか、こちらにくる。

そのときだった。

「やっぱりこんなの我慢できないわ」

間近での絶叫。そのとたん、力ずくで腕が振り払われた。千佳の加勢がなくなったからだと気づいたのは、走るふたりを見た瞬間だった。和奏の逃亡で、千佳の自制心が失われてしまったのだろう。それで夫と同じ道を選んだ。

ドアを開き、ふたりは息子の仇《かたき》を追っていく。

「わかってるよな。お前らはくるんじゃねえぞ。俺がなんとかする」

竜人は早口で釘を刺すと、脱兎のごとくふたりを追った。

和奏から脅迫されているオレと蜜柑は、無事を信じて待つしかない。


虫の声さえしない無音の世界に、ふたりの探偵だけが残された。

ただし、オレには元、が頭につく。

もうできることはない。蜜柑の推理を見届けたが、見事だった。文句をつけるところはない。

オレの分も、蜜柑が活躍してくれる。悔いは……ない。

どうせ開店休業状態だったんだ。和歌森が斡旋してくれた依頼もむざむざ蹴ってきた。探偵とは名ばかりで、探偵らしい活動などほとんどしていなかった。

探偵という名を取り払い、事務所も引き払う。それだけのことだ。ここ何年かの生活となにが違う。同じだろう。

余生は静かに送ろう。美紀と、七瀬と、三人で。

蜜柑がこちらの様子を窺《うかが》っているのがわかった。

だが、オレは一瞥《いちべつ》もしない。

そしてお互い無言のまま、時間がすぎていった。

8

その夜、東京は雨だった。

予報外れの降雨に、オレは傘もささずに歩いていた。スーツが水を吸って重い。冬の雨は冷たく、体を凍えさせる。それでも、雨宿りをするような気分ではなかった。一刻も早くあの場所へ。

マンションが立ち並ぶ一帯。雨のベールで灯りがぼやけている。雨粒が悲哀の声を上げる。

目的のマンションの数棟手前だった。コンクリートで形成されたゴミ捨て場に目が留まる。ネットの向こうに、本がビニール紐で雑に結ばれ、捨てられていた。十冊ほど重ねられた一番上。裏向きだったが、見覚えのある装丁だった。百円のシールが貼られている。背表紙には、『名探偵の証明』と印刷されていた。老いた目にも、それがくっきりと映る。

朽ちた本から意識を逃した。早足で目的のマンションへ向かう。エントランスへ入るや、テンキーで部屋番号を押した。ややあって、

「どうしたの、あなた。そんなに濡れて……歩いてきたの？」

待ち焦がれた声がした。よかった。帰っていたのか。

「開けてくれないか。話がしたい」

それだけで、およその事情は悟ってくれたようだった。自動ドアが開く。

エレベーターをつかわず、階段を上がる。気持ちとしては一段飛ばしをしていたが、体はついていかない。五階に着くころには息が上がっていた。膝が痛い。汗か雨かわからないものがこめかみを伝い落ちた。角部屋へいき、呼び鈴を鳴らした。ドアは待つこともなく開いた。

美紀はスーツ姿で、黒髪をうしろで縛っていた。薄く化粧もしている。帰って間もないようだ。その姿に見惚れてしまう。張りのある肌。艶のある髪。皺も目尻などにわずかにあるだけだ。化粧の貢献があるにしても、目を見張る若々しさだ。三十代と称しても通用するだろう。

意志の強そうな顔つきも相変わらずだ。

弁護士は人前に立ち、人を説得する仕事でもある。容姿は少なからず影響を与える。だから、外見をおろそかにしてはいけない。そんな美紀の言葉を思い出す。

美紀は瞠目《どうもく》しながら、オレの全身を眺めた。

「もう。こんなに寒いのに。さあ上がって、温かく……」

オレは吸い寄せられるように抱きついた。背後でドアが閉まる。

「ちょ、ちょっと。急にどうしたの」

答えるのももどかしく、抱く腕に力をこめた。美紀の体温、匂いを体中で感じる。玄関だが関係なかった。スーツが濡れているのも勘弁してもらおう。美紀を感じたい。身じろぎされるが、強固な抵抗ではなかった。

「ねえ、待って。こんなところで……」

有無を言わせず首元に口づけた。力が抜けたと見るや押し倒す。小さな悲鳴がした。オレはかまわずスーツを脱がしにかかる。一時も離れたくなくて、首の辺りを中心に唇を這わせた。少しの汗の匂い。ジャケットを剝ぎ取り、シャツも脱がした。ブラジャーに覆われた乳房が露出する。

そのころには、美紀の抵抗はなくなっていた。右手がオレの首を抱いてくる。抱かれた部分が熱を持ち、脳まで伝達した。残る一枚も取り去った。小ぶりな乳房が露わになる。

ふれようとして、手が止まった。

美紀の肌は歳不相応にきめ細かい。それに比べてどうだ。この皺にまみれた手は。年齢差以上に隔たりがある。こんなもので美紀にふれるのは、とてつもない罪悪に思えた。

逡巡《しゅんじゅん》していると、美紀がオレの手を取った。壊れ物を扱うように、乳房へと導く。

美紀はやさしくオレを包みこんでくれた。それが引き鉄《がね》だった。

かろうじて抑止されていたものが取り外された。

美紀を貪った。オレは欲望のかぎりをさらけ出した。甘えた。唇を舐《ねぶ》り、乳房を蹂躙《じゅうりん》し、髪を掻き抱いた。美紀はすべてを受け入れてくれた。美紀を感じれば感じるほど、渇いた心に潤いが戻っていった。

硬いフローリングの廊下。事が終わり、寄り添うように向かい合って寝転がっていた。かすかな雨音と、オレたちの息づかいは心地よいアンサンブルだ。どちらの肌も赤らみ、オレの胸には充足感がある。全裸でも寒くはなかった。がんばったわりに、腰の状態も悪くない。

髪を乱した美紀が、オレの胸をなでた。

「あなた、こっちへきて……くれるのよね」

オレは迷わなかった。

「もちろんだ。一緒に住もう」

美紀を引き寄せた。

「うん」

たった一言。心底安堵した声だった。オレの胸に顔をうずめる。熱い吐息が心を温めた。

「私はこれでよかったと思ってる。あなたの仕事は尊い。それは大勢が認めるところよ。けれど、常に危険がつきまとってる。戦場で戦っているのと変わらないと、私は思うの。もう戦場を離れて、平和に楽しく暮らしてほしい。いえ。暮らすべきよ」

オレの心臓に当てられた手が、ぎゅっと握られた。

「気を悪くさせたらごめんなさい。あなたの気持ちはわかっているの……だけれど」

「こんなに愛されていて、気を悪くする不届き者がどこにいるんだ。そんな男がいたら顔を拝みたいな。オレはうれしいよ」

美紀の髪を丁寧に梳く。

「よかった。これで、安心してあなたの帰りを待てるのね」

愛おしさがあとからあとから湧いてくる。オレを見捨てず、ずっと帰りを待ち続けてくれたのだ。どうして早く帰ってやらなかったのか。過去のオレを殴ってやりたい。

探偵という仕事にしがみつき、この温もりを放棄していたなんて。オレは愚かだった。美紀にはどれだけ感謝してもし足りない。オレを満たしているこの感情より上位のものなど、ありはしない。

「毎日無事に帰ってくるよ。事故と病気には気をつけてな」

「そうね」

美紀が目を細めた。

「引っ越したら仕事を探したいな。さすがに隠居をする気はない。キミはばりばり働いているんだ。まだ家にこもったり趣味に生きたりはしたくない」

「それもそうね。私としては、専業主夫でも歓迎だけれど」

「掃除洗濯料理は得意だぞ。ひとり暮らし歴は長いからな」

「そんな自慢しないの」

美紀が笑う。もう笑い合えている。なにもかも丸く収まったんだな。

「つてはいくつかあるから、明日にでも訊いておくわ」

「お願いした。オレも探してみるよ」

「うん。じゃあ……」

美紀が顔を寄せてきた。オレも唇を寄せる。

「風邪をひく前に、お風呂入ろうか。そのあとは拭き掃除よ。きれいになるまで手伝ってもらうからね」

オレは心からの笑顔でうなずいた。

＊

【蜜柑様の解決した事件を語るスレ１５７】

961：じゃあ推理を披露した後のまとめとしてはこんな感じ?本尾が自分人質に逃げたんで被害者の親と元刑事が追った。したら林に隠してあった車に本尾が乗りこんだ。両親突撃。それを本尾は散弾銃で射殺。元刑事が撃たれないよう隠れた隙に車発進。そこから少し離れた地点で見つけたときには、車内で塩化カリウム注射して自殺していた

962：大体そんな感じ。ちなみに散弾銃は元カレとのつき合いで所持許可とってたらしい。自殺を邪魔された場合の牽制《けんせい》用か、自殺方法に迷ったために持っていたと推察されているらしい。塩化カリウムと銃だけじゃなくて、練炭とロープもあったっぽいからね。用意周到さからして、失敗したら自殺する腹づもりだったんだね。

963：補足乙。それはいいけど、情報が詳細すぎじゃね?俺も雑誌とかニュースとか漁ったけど、こんな詳細情報なかったぞ。人質、散弾銃、車でカリウム自殺ぐらいは知ってたけど・・・もしかして関係者?

964：過去ログ見ろよ。ゆとりが

965：962は刑事が親類にいるんだってさ

966：にしてもふつう事件の詳細なんて教えてくれないだろ

967：蜜柑様って相当警察に嫌われてるからね。特に俺の親戚は蜜柑様がお気に召さないんだよ。俺が同類なふりしておだてってたら詳細に話してくれた。犯人自殺させちゃ意味ないよなって笑ってた。情報源として役だったけど、そうじゃなかったら殴ってたね。

968：その刑事最低だな。いろんな意味で。氏ね。たしか犯人追ったのも元刑事だったよな。
警察全然役に立ってねえし、犯人死なせてるし。蜜柑様いたら警察いらねえな
969：そんな刑事相手にユダとなって情報提供してくださったんだ。ありがたく受け取ろう
ぜ。そして蜜柑様の聡明さと無念さを分かち合おう
970：蜜柑様久々に犯人自殺させちゃったからな。無念さは相当だろうな。両親も殺されて
被害者増えてるしさ。俺がなぐさめてやろっと
971：蜜柑様に手を出したら俺が殺す。それで蜜柑様に捕まえてもらう
972：犯人の自殺もショックだろうけど、憧れの屋敷探偵が無能だったのもショックだった
だろうな。
973：蜜柑様がじいさんに負けるとかありえない。
974：屋敷オワタorz
975：ってか屋敷ってだれ？
976：このスレいるなら屋敷ぐらい知っとけよ。綾辻《あやつじ》知ってて横溝《よこみぞ》知らないレベル。
977：綾辻行人《ゆきと》と横溝正史《せいし》ってジャンル一緒か？
978：どっちも人気作家。一時代を築いてる
979：横溝は晩年まで人気だったじゃん。綾辻も新本格からずっと人気作家だし。屋敷と比
べてやるなよ。横溝と綾辻に失礼
980：昔は現代の金田一耕助《きんだいちこうすけ》ってもてはやされてたのになあ。合掌

981：あんた何歳だよ

982：一回見に行ってみたけど、老いさらばえてたぞ。あれに蜜柑様は憧れてるのかってゾッとしたの覚えてる

983：蜜柑様が憧れてんのは姿形じゃないって。推理力とか探偵の先人としてだろ。

984：その推理力も蜜柑様には完敗ときてる。屋敷涙目。

985：だから屋鋪って誰だよ。

986：昭和の探偵だよ。ググれよ。ゆとり

987：いちお平成に入ってもがんばってたっぽいよ。いなかったことにしてやるなって。草葉の陰で泣いてるよ

988：まだ死んでないから

989：探偵としては死んだでしょ。後輩に完膚なきまでやられてるじゃん。俺なら二度と再び立ち上がれないね

990：ウルトラマンかよ。

991：そいつ知らなかったけど可哀想になってきた

992：老害は淘汰されるのが世の摂理

993：いつのまにやら爺さんの話題になってるぞ

994：つうかお前ら糞だな。蜜柑も屋敷も探偵ってのはクズに決まってんだろ。あいつらいなきゃ世の中もっと平和だっての。あいつらがいるから人が死んでる。殺されるべき

はあいつら。

995：アンチが来てんじゃねえよ。どっか行けや。いや、逝け

996：くさった死体が現れたぞ。誰かバシルーラ唱えろ

997：論理的に話せない奴ってマジ面倒。お前が殺されろよ。いや、殺されるな。お前如きが蜜柑様の手を煩《わずら》わせるかもと思うと反吐が出る。

998：擁護に必死かキモオタどもwwwwwwwwwwww

999：こういうキチは無視するのが一番。そのうち寂しくなって、かまってくれるお友達を探しに行くでしょう。

1000：つってもう1000だけどな。次の家にゴキブリが住みつかないよう対策が急務

1001：このスレッドは1000を超えました。もう書けないので、新しいスレッドを立ててください です。。。

9

「大変、お世話になりました」

管理人室で、オレは一礼した。

一月。苦楽をともにした事務所を引き払うことになった。楽より苦が大半だったが、いまと

なってはいい思い出だ。

家具を処分して、オレが表紙の雑誌やブロマイド、歌のカセットテープも廃棄した。部屋の掃除もした。あとは美紀の、いまではオレたち家族のマンションに帰るだけだった。

その前に、なにかと気をつかってもらい、世話になった津嘉山に挨拶をしにきた。しかし、津嘉山は入口の鍵を開けただけで、早々に和室のこたつへ引っこんでしまった。礼を述べている間も携帯ゲームをプレイしていた。前もって引き払うと申し出たときから、このそっけない態度だ。

オレは突っ立ったまま、沓脱ぎに靴を脱げないでいた。ドアは開けてくれたし、障子は閉めないでくれている。門前払いというわけではなさそうだが……。

「本当に、やめんのかい」

ひとりごとのようにつぶやいた。画面の方を向いていたので、

「やめるとは？」

訊き返すと、顔の皺をいっぱいに寄せて睨まれた。

「探偵だよ。やめちまうのかいって訊いてんだよ」

表情も声も不機嫌そうだ。

「そうだよな。オレが出たら家賃収入が減るものな。不機嫌なのもしようがない」

「あたしゃ業突く張りの婆じゃないよ」

津嘉山が唾を飛ばす。

「わかっているよ。だが、惜別のときにそんな不機嫌でいないでくれ」

「そんなネタで笑えるかい。よけい不機嫌になっちまうよ」

ぶつぶつ言いながらゲーム機を置いた。手をついてゆらりと立ち上がる。のしのしとオレの前までやってきた。

「これでいいのかい、あんたは？」

しっかりとした立ち姿で、見上げられる。探るような目だった。

「いいもなにもないさ。オレには続ける意味も価値も、必要性もない。それを眼前に突きつけられたんだ。それなのに、のうのうと探偵は続けられない」

「本心からそう言ってるんだろうね？　思いこもうとしてるだけなんじゃないのかい？」

津嘉山は食い下がった。奥の奥に手を突っこみ、オレの本心を探ろうとしている。しかし、そこにはなにもない。あるものは全部提示している。

美紀との幸せ。七瀬との幸せ。平穏無事な幸せ。それらがいまのオレが欲しているものだ。美紀が心配するように、探偵には危険がつきまとう。逆恨みする者や知恵比べを吹っかけてくる者などがいる以上、どんなに警戒したところで、被害を被るときは被るのが探偵だ。

いい加減、平和に生きるべきなのだ。オレ自身のためにも。美紀や七瀬のためにも。

「思いこみなんかじゃない。ここらが引き際だったんだ。いや、引退が遅すぎたよ。引っぱっても四、五十代までだった。探偵にしがみついた結果、オレはみじめになっただけだ。それで妻にも散々気苦労をかけた。すり減らした人生、この辺で大事につかわないとな。死んだら終わりなんだ。余生は妻と娘との時間を取り戻したい」

穏やかな語り口で想いを伝えた。津嘉山は尖った目つきながら、じっと静聴してくれた。

「未練はないんだね。それで死ぬときに後悔しないと言い切れるかい？」

オレはそのときを想像しようとして、

「後悔しません」

やめるとすぐに言った。

津嘉山は尖った目を丸めると、目線を遠くへ持っていく。

「やれやれ。だったら思うとおりにしな。自分で下した決断はなにより重いもんさ。あたしから言うことはなにもないよ」

津嘉山がゆるやかに表情をたるませた。

「じゃあもうこんなかたっ苦しい挨拶はいいから、好きなようにしな。ミスドのドーナツでも食べるかい？　帰りたきゃ帰ってもいいし」

「それじゃあ、せっかくなんでいただくかな」

ようやく靴を脱いで、和室に上がる。

「ただじゃやれないからね。皿とフォークぐらいは用意しな」

「心得ているよ」

食器棚から皿とフォークを出して、こたつの上に並べた。ドーナツの箱も受け取ってスタンバイした。津嘉山は自分にはサイダーを、オレにはコーヒーを振る舞ってくれた。

オレは砂糖が振りかけられたドーナツをいただいた。津嘉山はチョコレートのドーナツを食べる。甘いドーナツと苦いコーヒーのコントラストがオレの味覚を楽しませる。津嘉山のコーヒーを淹れる腕前はたしかで、馴染んだ味がうれしかった。

「ずっと気になっていたんだが」

オレがそう言うと、津嘉山はドーナツを食べるのをやめて顔を上げた。

「津嘉山さんはなんで、オレをこんなにも気にかけてくれるんだ。いち入居者のオレをさ」

「自信過剰だね。まるで思春期の男だ。ちょっと女に見られたぐらいで、あの子はオレが好きだって勘違いした口だろ。あたしはあんたなんか気にかけちゃいないよ」

津嘉山はドーナツをかじり否定する。

「そうかな。折に触れてオレに会いにきてくれたじゃないか。それも毎回、発破をかけるような言葉をくれた。他の入居者にそういうことをしていた様子はない。単純な勘違いではないと思うが」

オレはコーヒーを飲み干した。

「あんたの目が節穴なだけだよ」

津嘉山はドーナツを胃に収め、ティッシュで口を拭く。それを丸めて、ゴミ箱に放りこんだ。

「あたしにも、夫なんてものがいたことがあってね。とっくの昔にくたばっちまったけど」

不意に、そう語り出した。遊んでいるかのような面様《おもよう》だ。深刻な話をしている雰囲気は微塵《みじん》もない。

「小池重明《こいけじゅうめい》みたいな男だったよ」

小池重明。将棋に明るくないオレでも知っている。名前だけで、どういう人物だったかを頭に描くことができた。二つ名は『新宿の殺し屋』。プロに匹敵する実力を持ちながら、不祥事の多さゆえプロ入りを許されなかったというアマチュア棋士だ。

「あんたはあたしの夫に似てる。だから世話焼きたくなっちまうのさ」

津嘉山はにかっと笑うと、サイダーを飲み干した。腰を上げると、皿を重ねて、ドーナツの入っていた箱を閉めた。オレは呆気に取られる。

「さあ、食ったら帰った帰った。これから『コールオブデューティ』をやるからね」

もくもくと皿やカップを片づけていく。まだ食べかけなのだが。

「あたしも悪い女だったよ」

ぶつぶつとひとりごちながら、どこからかはたきを持ってきた。

オレには先見の明があるのか、あとの展開が予想できた。

果たせるかな、はたきでぱたぱたと叩かれた。追い立てられ、腰を上げるしかなかった。

「あんたは探偵をまっとうしたんだろう」

「そうだよ」

「だったら、あんたの帰るべき場所に帰りな。こんなところでぼやぼやしてるんじゃないよ」

ぐいぐいと玄関まで押し出される。力の宿った手が背中を押してくれた。ロビーは冬が全力で自己主張していた。昼間で太陽が元気であってもこの寒さだ。スーツの襟を合わせた。

そしてドアが閉められる。

これで、もうくることもないだろう。この雑居ビルも見納めだ。感慨深くはあるが、こう寒くては長居もできない。

しかし、寒々しい空間にあって、背中だけは熱を持っていた。

「津嘉山さん。ありがとうございました」

オレは背中に手の平の感触を感じながら、もう一度礼をした。

*

雑居ビルから家への帰り際、郵便局に寄った。

内ポケットから封筒を出した。宛名は『和歌森喜八』。宛名だけで二回書き直した。中身も納得いくまで、精魂をこめて書き上げた。おかげで一晩かかったが、気持ちが乗った手紙になっていると思う。

和歌森は古くからオレを応援、支援してくれた。かけがえのないパートナーのひとりだ。だからこそ、引退報告をするのは抵抗がある。

しかし、伝えないわけにもいくまい。

それなら電話でもメールでもなく、手紙で伝えたかった。やりとりのほとんどは手紙だったため、最後も手紙で締めたかったのだ。

手紙は局員に手渡しした。これで郵便事故がないかぎり和歌森に配達されるだろう。探偵だった名残が、一枚一枚と剝がれていく。津嘉山にも答えたように、未練も後悔もない。ただ寂しいだけだ。

郵便局の他に、もう一軒寄るところがある。大型書店だ。美紀お気に入りの作家の新刊を購入するのだ。オレの仕事はまだ決まっていない。これぐらいはしていかないと罰が当たる。

書店までの道中は、ファストフード店や銀行、携帯ショップなどが軒を並べている。子連れの女性や、杖をついた老人、オレと同年代ぐらいのスーツを着た男性が行き来する。駅も近く、賑やかな通りだ。

コンビニの時計を見て、ふと思い立った。スマートフォンを取り出す。美紀との同居を期に、最新機種に変更した。

現在、サンフランシスコは二十二時ぐらいだ。前もこれぐらいの時間に電話があった。七瀬はまだ起きているだろう。番号をプッシュする。

次に連絡するときは、Skypeというものを利用してみよう。テレビ電話のようなことが無料でできるらしい。LINEもよさそうだ。こちらも国際通話が無料と聞いている。

つくづく、オレは時間を無駄にしてきたのだと思う。時間はありあまるほどあったのに、Skypeはおろか、パソコンもろくすっぽつかったことがないのだから。津嘉山がいなければ、Skypeという名称を知っていたかすら怪しい。テレビや津嘉山の言説でTwitterやFacebook、LINEは知っていたが、利用したことはなかった。

そんなことを考えていると、応答があった。

「おとうさん、Good evening」

七瀬の声ははつらつとしていた。眠気はまったくないようだ。

「なかなかの発音だな」

「縦横無尽に舌つかってるからね。たぶんさくらんぼの茎結べるよ。それで、どうしたの。なにかあった？　あっ、また別居したとか？」

「予想が一足飛びだな」

「アメリカ直送のアメリカンジョークだって」

「無事ふたりで暮らしているよ。なんとなく七瀬と話がしたくなっただけだ」

「そうなんだ。でも仲睦まじそうでよろしい。娘としても安心だね」

「言ってくれるな。別にお父さんとお母さんは仲が悪かったわけじゃないんだぞ」

「わかってますって。男と女のどろどろとした駆け引きがあったんでしょ」

「そんな大仰なものじゃない。お父さんがふらふらしていただけだ」

「なんにしても、冷戦が終結してくれてよかったよ。おとうさんが孤独死とか娘としては絶対避けたいからね」

「縁起でもないことを」

「リヴさんとケヴィンさんがすっごい心配してたからさあ。アタシも終戦するまでに万が一があったらどうしようって心配だったんだよね」

エデルシュタイン夫妻も心配性だな……と呆れたいところだが、可能性としてはありえたのが怖い。

「ふたりは元気か？　挨拶……はもう遅いか」

「そうだね。もう寝ちゃってるよ。あした遠出するんだって」

「アメリカの遠出は何百キロスケールだからな。気をつけてくれと伝言を頼む」

「オッケー」

この速度だと、書店まで三、四分だな。

あと少しは話せそうだ。通話料は一分百円いかなかったはず。電話代ぐらい払うつもりだが、度を超えた散財は抑えないとな。美紀からは水くさいと言われるだろうが、おんぶにだっこは男として情けない。最低、携帯代ぐらいは払いたい。

「それで、そっちはどうなんだ？　なにか変わったことはあったか？」

「変わったことは特にないけど、いまからプロムが楽しみで楽しみで」

プロムか。学年末のパーティみたいなものだったな。

「プロムは五月ぐらいじゃなかったか？」

「そうだよ」

「気が早いな」

「今日上級生にプロムの映像見せてもらったの。そしたら、これぞアメリカってパーティでさあ。華やかさ爆発だったの。映画の世界みたいな。あれ見せられちゃったら、いまからわくわくどきどきだよ」

身振り手振りで興奮っぷりを表現している画がまぶたの裏に浮かんだ。楽しそうでなにより……だが。

「プロムは……あれじゃなかったか。異性のパートナーをつれていくのが通例だったような……記憶があるんだが」

父性本能が警戒感を喚起させる。

「うちの学校もやっぱそうみたいだね」

「……そうか。で、パートナーの当てはあるのか？」

日本では草食系男子などというのがいるが、アメリカの男は猛突進で攻めてくる。すでに七瀬へアプローチをかけた男がいるのではないか？　それでこんなに気持ちが高揚しているのではないか。不安が尽きない。

「当てはまだだけどさ。まあなんとかなるって」

「そうか！　それは残念だったな」

「ってちょっと。声、全然残念そうじゃないんだけど」

「それは誤解だ。おとうさんはいつでも七瀬を応援している」

「『うちの娘はやらん』とかって恥ずかしい台詞《せりふ》、将来聞きたくないからね」

「そこは父親特有の持病だと思って諦めてくれ」

「絶対いや〜」

おどけた声にオレは笑顔となり、道中の会話を楽しむ。

こんなに愉快な会話を、あのころのオレはしていただろうか。

会話も味気ないものばかりだった気がする。そもそも、オレは積極的に七瀬と連絡を取っていただろうか。恐怖心から外へ出なくなり、あげくには美紀や七瀬とのコミュニケーションさえ希薄になっていたような気がする。

それがどうだ。こうして笑顔で七瀬と話せ、なにを恐怖することもなく外を歩けている。津嘉山の言うように、ここがオレの帰るべき場所だ。

「――こと。たとえ親友に誘われても、危険な地域にはいかないこと。無断で他人の庭には入らないこと。それと宗教批判はしないこと。アメリカでの注意十か条だ。忘れるなよ」

「はいはい。それ三回目だよ。ちゃんと海馬さんが記憶してくれてるって」

「よろしい。じゃあ、プロムのあとに帰ってくるんだな」

「そのつもりだよ。遅くても五月中には帰るね」

「そうか。空港へは……」

そのときだった。

絹を裂くような悲鳴が通りにこだました。三軒先のラーメン店の引き戸が跳ね飛んだかと思うと、炎の固まりが躍り出てきた。

それが人形《ひとがた》をしていると気づくのに数秒を要した。それほど異様な光景だった。

「な、なになに。どうしたのおとうさん。すごい悲鳴がしたけど……ねえ」

七瀬の呼びかけが耳を素通りしていく。

人形の炎は辺りかまわず暴れ回る。手をでたらめに振り、足は方向が定まっていない。地の底から噴き出るような悲鳴が延々と発せられる。それが第三者の悲鳴も誘発した。逃げ惑う人に呆然と立ち尽くす人。悲鳴の合唱が渦を巻く。さながら地獄絵図だった。

オレのエンジンがやっと稼働した。すり足のように後ずさる。

現実的、楽観的に考えれば、これはなにかのイベントだ。あるいは映画かテレビの収録だろう。火だるまの人間を見る機会など、一生でもそれぐらいだ。

しかし、オレの直感はこれが事件であると明瞭に告げていた。

人形の炎は看板をなぎ倒し、のぼりを発火させ、最後は悲鳴もなく道端に倒れた。それでもなお、炎は肉を焼き焦がしていた。

「な、なんで燃えてんのよ！」

「け、警察、警察呼べ！」

「グロ……撮影……じゃないよな」

「きゅ、急になにもないところで燃え出したんだ」

「自然発火なんかあるかよ！」

「気持ち悪……」

老若男女が口々に意味のあることないことを連呼する。パニック状態は波状に拡散していく。

嘔吐する女性に、泣き出す子供。オレはねばつく唾を苦労して飲み下した。

「おとうさんってば！　なにがあったの？　人が燃えてるとか叫んでるけど」

七瀬の声が意味を持って耳に入ってくる。

「なんでもない」

下手な嘘が口を衝いて出た。

「嘘。銃撃戦でもあったみたいな悲鳴だったじゃない。それに人が燃えてるってはっきり聞こえたよ」

一部始終が筒抜けだったようだ。電話を切る手もあるが、いずれは伝わることだろう。こんなにセンセーショナルな事件だ。インターネットを通じて、世界中に配信されるのは時間の問題と考えられる。それなら、いま現状を教えてしまおう。

「人が燃えていた。それで、どうやら亡くなったようだ」

要点だけを教えた。仔細を話すことではない。

「なにもないところで燃えた、とかも聞こえたんだけど……ほんと？」

七瀬の耳のよさも困りものだ。

「おとうさんは見てないが、目撃した人によるとそうらしいな」

言い終わる間際だった。急に燃え出したと言った初老の男性がこちらを向いた。目が瞬く間に大きくなる。

「おおっ！　あんた屋敷さんじゃないか！　名探偵の。いいところにいた。これは一体全体どういうことなんだ」

男性が地獄に仏といった面持ちで走り寄ってくる。野太い声は周りの人たちにも届いたようだ。注目がいっせいにオレへ集まる。反射的に後ずさった。

稀にある。昔、屋敷啓次郎に熱を上げていた人が、いまのオレにかつての面影を見出し、声をかけてきてくれることが。それがまさか、このタイミングでくるとは。

「名探偵のあんたならわかるだろ。俺は見たんだよ。なにもないところで燃えるあの人を」

男性はオレの袖を摑んで訴えた。

「誰？　知ってる？」

「知らね。つうかマジいこうぜ。気分悪《わり》ぃよ」

「名探偵って、蜜柑ちゃんじゃねえのかよ」

「ただのじじいじゃん」

心臓が破裂しそうだ。額から背中から冷たい汗が滲《にじ》み出る。息が吸えない。オレを見るな。オレに話しかけるな。オレはただの一般人だ。名探偵でもなんでもない。冴えた推理なんか期待するな。

オレは痙攣《けいれん》するように濁った空気を吸いこんだ。

「申し訳ない。オレは探偵をやめたんだ。もう、いち一般人。あなたの期待にそうことはできない」

体の芯を震わせながらも、どうにか声にした。男性が目を丸くする。

「そりゃないですよ。あんな死に方普通じゃありませんよ。ああした事件は警察には解けやしない。屋敷さんがやってくれないと。おちおちあの店にいけやしないですよ。店長は俺の友達でもあるんです。びっくりしてぶっ倒れちゃってますけど、気がついたらどうなることか。俺もあいつも犯人扱いされるかもしれない」

いまひとつまとまりのない訴えだったが、この人の必死さは伝わった。それでもオレは、探偵に復帰するつもりはない。

「警察も無能ではない。取り調べの可視化に、発達した科学捜査。冤罪《えんざい》なんてそうそう起きやしない。なるべく現場保存して、詳しく証言すれば犯人は挙がるさ」

諭すように言うと、男性が肩を落とした。

「そんな。どうしても推理してくれないんですか？」

「どうしてもというなら、蜜柑花子という若い探偵がいる。有名人だから知っているかもしれないが、その子に依頼したらどうだろうか。非常に優秀な探偵だよ。オレのお墨つきだ。日本……いや、世界一の探偵だと断言できる。彼女に任せれば、万事うまく運ぶはずだ」

オレがあくまで突っぱねると、男性は袖から手を離した。どうあっても折れないとわかったのだろう。

「俺は古い人間でね。若いもんの実力は信用してなかったんですが……あんたがそこまで言うんだ、信用に値する人なんでしょう」

男性は自分を納得させるように二度、三度とうなずいた。胸がずきずきと痛み、疼《うず》く。

「わかりました。もしものときは、彼女に依頼します」

「すまないが、そうしてほしい。オレはあなたの力にはなれない」

男性はオレの無礼にも拘《かかわ》らず、頭を下げてから立ち去った。オレに注目していた人たちも三三五々散っていく。騒ぎや動揺は継続していたが、オレの周辺は静かになった。

硬直していた筋肉がほぐれるとともに、知らずに下ろしていたスマートフォンからの声に気がついた。慌てて耳に当てる。

「……おとうさん」

どこか沈んだ声音だ。無視した形になったのを怒っているのだろうか。

「なんで、断ったの？」

「え？」

想定外の疑問に虚を衝かれた。

「おじさん必死だったよ。困ってたよ。調べて推理してあげればよかったじゃない。なんで断っちゃったの？」

「オレは探偵をやめたんだ。もう推理はしない」

「やめてたっていいじゃない、助けてあげれば。なんでなの？」

心底からわからないというふうだ。

「七瀬にはまだ理解できないだろうが……」

「子供扱いしないで。困ってる人がいたら助けましょう。三歳児でも教わることだよ」

「そういう次元の話じゃない」

「じゃあどういう次元なの？　子供にもわかるように説明してよ」

七瀬は一歩も引き下がらない構えだ。憤慨するのは理解できる。困窮している人に手を差し伸べる。それは正しい行いだ。

しかし、事はそんなに単純ではない。

理路整然と諭すしかなさそうだ。大人として。

「どうしてオレが探偵をやめたかは知っているだろ。続けていると危険だし、オレの探偵としての能力も衰えているからだ。危険な目にはもう遭いたくない。死んだら終わりだからな。わかるだろ」

「……うん」

「オレはもう歳だ。心は若いつもりでも、体力、脳機能とも衰えている。調査したところで、真相にたどりつけるかは未知数だ。そんなオレがしゃしゃり出たら、さっきの人にも警察にも迷惑をかけるだけだ。な、わかってくれ」

説明するが、所々しどろもどろになってしまっていた。

「危険っていうのはあれだけど。用心しなきゃだけど……おとうさん、普通の人よりはずっと探偵できるはずだよ。近所のおじいちゃんだってそうだもん。元大学教授で、いまでも生徒さんが訪ねてきてるんだよ。ミレニアム問題解く気満々だし、その生徒さんも先生なら百万ドルは手に入れられるって」

「それはリップサービスっていうんだ。もしくは元生徒の欲目だ。その人がどれほど賢いか知らないが、不可能だ」

「決めつけないで。できるよ。ちょっとぐらい時間かかっても、解けるよ。真相まで到達できるよ。おとうさんなら」

心臓がひとつ、大きく鼓動した。

「七瀬。オレは……」

遠くから、パトカーのサイレンが迫っていた。

## 10

目覚まし時計が大騒ぎする。カーテンもまぶたも突破した光が眼球を刺激する。スイッチを切って、目覚まし時計を寝かせた。オレは起き上がらず、まぶたを開けた。急激に起き上がると血圧が下がる。手足をこすり、軽く動き、自律神経をなだめ起こす。

体感時間二分ほど。低反発素材のマットレスからようやく起き上がる。せんべい布団とは桁違いの寝心地だった。腰がほとんど痛くならない。となりのベッドは主不在だった。枕元のスマートフォンをチェックする。着信はなかった。スリッパを履いてリビングへいく。

寝室のドアを開けると、卵が焼ける芳ばしい香りがした。寝巻にエプロンをした美紀が料理をしているところだった。座って待っていて、とさわやかな笑顔。化粧っ気のない顔も魅力的だった。オレはありがたく座って、新聞を広げて通読する。最近はネットニュースも読んでいるが、情報の質ではやはり新聞だ。

オレも美紀も和食好きとあって、朝食は焼鮭とほうれん草のおひたしと卵焼、みそ汁にごはんだった。帰宅時間は何時だとか、夕食はなにが食べたいなどと会話に花を咲かせる。料理はどれもオレの舌を満足させる味つけだ。感謝をしながら朝食を堪能する。

通勤時刻になり、美紀とふたりで家を出た。エレベーターに乗りこむ。パーソナルスペースを広く取るためか、マンションのエレベーターとしては床面積が広い。オレは無理だが、中学生ぐらいの子なら悠々と寝転べるだろう。そこへ谷浦穂乃花《たにうらほのか》が乗りこんできた。通勤時間が同じのようで、よくこうして乗り合わせる。挨拶を交わすと、谷浦は先日来、美紀に相談しているストーカー被害について話し出した。その様子は深刻そのものだ。無事収拾がつけばいいのだが。

エントランスに到着すると、美紀は地下駐車場へ。谷浦は勤めている会社が近いようで徒歩だ。車はあるが、朝は妹に譲っているらしい。オレは駐輪場へ向かった。

十分かけて勤務先の小学校へ到着した。職員用の駐輪場に自転車を停める。職員用玄関へ歩くと、ランドセルを背負った子供がオレを追い越していった。挨拶の声をかけると、元気のいい声が返ってくる。

職員室でも先生方に挨拶し、割り当てられた席に鞄を置く。となりの女性教師と雑談などをしつつ、一時間目の準備をした。生徒たちの声がだんだんと増えてくるころ、二年生の教室へ赴く。一クラス三十人。その生徒たちが賑やかにしていた。ひとりの男の子がマジックやってとせがんでくる。空の伊と書いて、『すかい』という名前だ。最初は『そらい』か『くうい』かと思ったがまったく違う読みだった。空伊には、もうすぐ朝の会だから昼休みにやってあげると伝えた。

チャイムが鳴ると、五分の四ぐらいの生徒が席についた。席につかず、まだ騒いでいる生徒にちゃんと座るよう促す。言えば聞く子たちだ。言われずともできるのが最上だが、反抗しないのは素直でいい。そのとき、廊下を走る音がした。そちらを見ると、金髪で肌の白い男の子が走ってきた。オレは英語で廊下は走るなと注意した。男の子は立ち止まると「はい」と日本語で言った。

彼はアイルランド人のダロンだ。母親が日本人と再婚し、それに伴いダロンをつれて日本に移住してきた。オレはダロンの日本語教師及び支援員補佐として雇われている、臨時教員だ。校長が美紀の友人で、オレが仕事を探しているのなら、と採用してくれた。オレの学んだアメリカの英語とアイルランドの英語は同一ではないが、意思疎通に支障はない。

その後はつつがなく朝の会になった。男性の担任教師と本職の女性支援員がやってくる。今日の予定などが話され、オレは必要な情報をダロンに通訳した。

朝の会が終わり、授業が始まった。一時間目は算数だ。算数なら日本語がわからなくても視覚で補える部分はある。しかし、文章題は通訳が必要だ。授業の妨げにならないように小声で訳していく。途中、女の子に消しゴムを投げた男の子を担任の男性教師が叱りつけた。オレの時代なら鉄拳のひとつも飛んでいたな、と思う。

四十五分がたち、チャイムが鳴った。担任が号令をかけ、休み時間となった。さっそく、サッカーボールを持った数人の男の子がダロンを誘いにくる。うれしそうに誘いに乗って教室を出ていった。

昨今、虐めは社会問題だ。ダロンは目の色、肌の色、髪の色などが日本人とは異なる。日本語もたどたどしい。人間は異物を排除しようとする性質が、少なからずある。ダロンも虐めに遭いやしないかと心配していたが、まったくの杞憂《きゆう》だった。

オレは空き教室に移動した。次は国語だ。ダロンはその間、日本語の授業となっている。国語、社会の時間は基本的に日本語の時間だ。

まがりなりにも勉強してわかったが、日本語は実に難しい。外国人が口をそろえて日本語が難しいというのを肌で感じた。英語と違って人称は多いし、あいまいな言葉のニュアンスを教えるのは難事だ。漢字にひらがな、カタカナと三種類も憶えるべき文字がある。俯瞰《ふかん》して初めて、日本語の難しさ複雑さが理解できた。そして、大事にしなければいけない日本の根幹だとも思った。

二時間目になってダロンがやってきた。授業を開始する。今日は何日かと訊くと、英語訛りの日本語で二月二十一日と答えた。いまは発音より語彙《ごい》や用法、つかいどころや日本語の読みなどの勉強をしている。オレは体の部位がひらがなで印字されたカードを出す。カードを見せて、足は？　と質問した。ダロンは足っと元気に言って足にさわった。頭とお尻を誤認しているが、おおむね正解した。

　復習はこれまで。今日は家族の呼称を勉強することにする。同じように絵カードを見せオレが読み、ダロンに復唱させていく。そうして授業をしていたが、後半になるとダロンの集中力が途切れがちになる。そうなると、遊びを交えながら日本語を教えるようにしている。かるたなどをしながら、授業を終えた。そして思考に耽る。

　四時間目の理科が終わると給食だ。五目おこわ、切り干し大根と油あげのいため煮、じゃことピーマンのおひたし、りんごだ。牛乳ももちろんついてくる。白衣を着た給食当番の子たちが各机へ配っていった。ダロンもせっせと仕事をしていた。配膳し終わると、号令だ。いただきますと合唱して食べ始める。給食は少々薄味だが、年寄りの体にはやさしい。

　昼休みになると、ダロンはいつものように校庭へ向かった。

　オレは朝の約束どおり、マジックを演じることになった。空伊が「マジックが始まるよ、みんな集まれ」と声をかけた。数人の男の子や女の子が集まってくる。トーン&レストアをメモ帳でやるとしよう。

　メモ帳から紙を破って子供たちに示し、縦横に折る。それを開いて、よっつに切りわけた。一枚紙片を重ねて、ふっと息をふきかける。開いていくと、子供たちがあっと歓声を上げた。一枚に復元した紙を空伊に渡した。子供たちが大いに沸く。もうひとつとせがまれたので、子供たちにうしろへ下がってもらった。足元を見てもらうように言うと、空中浮揚してみせる。一際でかい歓声が上がったところでお開きにした。

午後の授業の前に掃除の時間がある。ダロンは今週、多目的室と廊下の掃除担当だ。お決まりのように男子は適当にほうきを振り、雑巾で床をなでるのみ。ダロンも例外ではない。女の子が、男子は掃除をちゃんとしてください、と注意した。しかし、言うことを聞かないのが男子だ。オレが強めに注意してようやく掃除をさせた。

五時間目、六時間目が終わると、オレの仕事は完了だ。教師の面々に挨拶をし、学校をあとにした。

自転車でスーパーへと向かう。美紀はオレより帰りが遅いので、夕食はオレの担当だ。今夜は美紀の好物のカレーにしよう。特売品が多く、カレーの材料以外も買いすぎてしまった。ビニール袋いっぱいにつめて自転車のかごへ。重くなった自転車を押しながら自宅まで歩いていった。

帰宅すると、食材を冷蔵庫にしまい、ソファに腰を下ろした。一服することにする。体を休めて、腰を自分で揉む。ストレッチをしてから、コーヒーを淹れた。眼鏡をかけ、パソコンを立ち上げる。無料でダウンロードしたタイピングゲームを起動させた。画面に出現する宇宙人を撃退していくゲームだ。文字を入力して宇宙人を撃ち落とす。たどたどしさは薄れたが、長文になると多少苦戦する。もうしばらくは練習しないといけないようだ。

その後、スポーツ情報などを閲覧してから、夕食作りに取りかかる。ひとり暮らしが長かったこともあり、カレーぐらいならお手のものだ。完成させてからは、美紀が帰るまで寝かせておく。

帰宅を待つ間、ＬＩＮＥで七瀬に、最近の学校生活はどうかとメッセージを送った。その後、思考に耽る。

二十時すぎに美紀が帰ってきた。さっそく夕食にする。オレのカレーは好評で、会話に花を咲かせながら完食した。

洗い物は協力してすませると、美紀とリビングでコーヒーを飲みながら歓談した。話題には事欠かず、些細な会話でも盛り上がる。夫婦の空白期間を埋めるように、濃密な時間だ。

そうこうしているうちに二十二時を回った。先に美紀が風呂に入り、オレもあとで入る。湯船に首まで浸かると心臓に負担がかかる。半身浴で一日の疲れを落とした。ふと思考に耽る。湯から上がり、脱衣所で鏡の前に立つ。濡れると薄くなった前髪が顕著になる。それをかき消すようにドライヤーで乾かした。腹は粘土が溜まったように下膨れしている。パソコンもいいが、体も鍛えないとな。

脱衣所から出ると、美紀はいなかった。寝室にいるのだろう。ＬＩＮＥをチェックすると、七瀬へ送ったメッセージは既読になっていた。ちゃんと読んでくれてはいるようだ。電気を消して、オレも寝室に入った。お互いのベッドに寝てなにげなく話していると、なんとなくそういう雰囲気になる。寝室にいた美紀を目にしたときから、予感していた展開だった。体力も知力も衰えたが、精力だけは奮闘していた。オレは美紀のベッドにもぐりこみ、愛し合った。そして満足のなか眠りについた。

今日もまた、目覚まし時計の音で目が覚めた。すでに美紀の姿はない。相変わらず仕事が忙しいのだ。オレは時間をかけて、ベッドから体を起こす。

スマートフォンをチェックすると、LINEにメッセージが一件あった。七瀬からだ。眠気が一気に晴れる。読んでみると『元気にやってる。おとうさんは?』と返信があった。あれ以来、なんのレスポンスもない日が続いたが、いまは返信は遅くとも、ちゃんと会話が続く。七瀬も美紀に似て頑固だからな。完全にもとの調子を取り戻すには、もうしばらくかかるだろう。七瀬ももう子供ではない。オレの気持ちをわかってくれたのだろう。

……。

スマートフォンを置いて、スリッパを履きリビングへ。

ドアを開けても芳ばしい香りはしない。キッチンに美紀の姿はなかった。今日は栃木に出張している。ダイニングテーブルに朝食を用意してくれていた。

ラップを取り、ひとりでもそもそと食べた。食器を洗ってしまうと、出勤時間まで新聞を読むか、テレビを観るぐらいしかやることはない。リビングのソファに腰を落とした。テレビの前のテーブルを、なにとはなしに見る。

オレは三食食べられ、広い家でなに不自由ない暮らしができている。海外からきた子に日本語を教え、子供たちからも慕われ、仕事のやりがいは申し分ない。妻はやさしく、仕事もでき夜も満足させてくれる最高の女性だ。七瀬とのいざこざも収束に向かいつつある。なんの不平不満もない。オレは恵まれた生活をしている。世界一の幸せ者だ。

そう。オレは幸せだ。否定したら罰が当たる。

それなのに、なぜだ。

テーブルを投げ飛ばした。叫ぶ。ソファに拳をめりこませた。髪をかきむしる。腕を振り、宙を蹴るように足を突き出した。核爆発のように得体の知れない情動がオレを狂わせる。体が熱くて寒くてどうしようもなかった。

ひとしきり暴れ、オレは腰が抜けたように座りこんだ。荒れた部屋。荒い息。呼吸がしんどくて何度も咳きこむ。筋肉や筋が攣《つ》って痛んだ。オレは、なにをやっているんだ……。

ここしばらく、ふと気づけばあの事件のことばかり考えている。どうすれば自力で解けたのか。どうしていれば犯人の策を阻止できたのか。事件を未然に防ぐためのヒントはなかったのか。それを見逃しはしなかったか。

そんな詮無いことばかりが、気を抜けば頭を支配する。もうすべては終わったことだというのに。なにをしたいんだ、オレは。

「なにを……オレは……」

荒れ果てた我が家で、オレは孤独につぶやいた。

## 11

「それじゃあ七時にライオン像の前ね」

美紀の声は弾《はず》んでいた。オレはスマートフォン片手に、壁の時計を見た。五時四十分。六時には出るとしよう。

「ああ、遅れずにいく」

「久しぶりよね。待ち合わせして食事なんて。結婚してからはご無沙汰だったから、わくわくするわ」

「オレも懐かしいよ。問題は、地図なしでたどりつけるかだな。なにせ、銀座《ぎんざ》自体が久しぶりだ」

「大丈夫よ。何回デートしたと思っているの。体が覚えているはずよ」

「そうだな。いざとなれば地図アプリもある。美紀も遅れずきてくれよ。待ちぼうけは一回で充分だ」

「あんな失敗は二度としません。いまは正確精巧な腕時計をしているんだから」

オレは、ははっと笑った。

「そうだな。安心して待っているさ」

「うん。じゃあ七時にね」

「ああ。七時に」

電話が切れた。美紀は楽しげだった。姿、仕草が見えなくても感情を推し量れた。先週は年甲斐もなく、ディズニーランドで遊んだ。先々週は日光《にっこう》の温泉を堪能した。そして今週は思い出のデートコースをたどりながら、レストランで食事だ。三月に入ってからは毎週のように誘いをうけ、オレは美紀との時間を満喫した。

ドレスコードのあるレストランだ。スーツは準備してある。このTシャツ、ズボンから着替えたらすぐにでも出られる。

ダイニングテーブルにスマートフォンを置いて、ソファに座った。つけっぱなしだったテレビは天気予報を流していた。雨の心配はなさそうだ。背に柔らかいソファを感じながら、ぼんやりと見る。そういえばポケットティッシュはあったかな。ハンカチはあるが、ティッシュもあった方がいいだろう。怪我をしたときや、軽い粗相があったときに重宝する。ドラッグストアもコンビニもそう遠くない。せっかくのデートだ。無精せずに買ってくるとしよう。

テレビを消すためにリモコンを取ろうとした。

しかし、オレの目は画面へ釘づけになった。

ニュースは芸能情報になっていた。そこには蜜柑の画像が映し出されていた。画面の下部には『蜜柑花子　過労でダウン』のテロップ。

女子アナウンサーが事情を報じる。

『タレントの蜜柑花子さんが昨日、過労により入院していたことがわかりました。最近の蜜柑さんはタレント活動を控え、探偵業に専念していました。精力的に数々の事件に取り組んでいましたが、三月に入り、一月に起きた人体発火殺人事件を調査、推理した直後に倒れたということです』

リモコンを取ってテレビを消した。

ティッシュを、買いにいこう。

部屋を出た。

オレはもう探偵業とは無縁だ。臨時教員をしているしがない一般人。蜜柑とはなんの連絡も取り合っていない。連絡先も知らない。竜人とでさえ、この三月まで電話の一本もしていない。二月に誘拐事件に遭遇したが、オレは警察に通報し、事実を証言しただけだった。餅は餅屋。一般人が関与することではない。警察に任せるのが常識だ。期待に応えて、警察は犯人を逮捕してくれた。

逮捕時、誘拐された男児は犯人から軽傷を負わされたが、警察が助け出したことに違いはない。オレであっても無傷で救出できた保証はない。それどころか最悪の結末だったかもしれない。

結論からすれば、オレはなにもしなくて正解だったと言えるだろう。オレは警察に通報し、ありのままを証言する一般人であればいい。しっかりと義務は果たせている。

蜜柑が倒れたことも、オレには関係がない。オレを尊敬してくれていた女の子だから、心配はするし、病院がわかれば見舞いにもいく。しかし、それだけだ。蜜柑は探偵で、オレはただの一般人なのだから。

エレベーターのボタンを押した。階数表示のランプが六階から五階に移った。扉が開く。オレが乗りこむと、階段に近い部屋のドアが開いた。ポンチョを身につけた小柄な女性が出てくる。谷浦だ。

オレは『開』のボタンを押して待った。ここは五階だ。エレベーターに乗った方が楽だろう。運動の一環としてあえて階段をつかうかもしれないが、一応停止させておいた。

谷浦はオレに気づくと小走りでやってきた。

「こんばんは。ありがとうございます」

会釈され、オレはいいえと答えた。『閉』のボタンを押す。

「ところで……」

ストーカーの件はどうなった？　と訊こうとした瞬間だった。六階の階段から男が猛然と走ってきた。百八十センチ強はある、体格のいい男だ。長い鉄の棒を握り鉄板を抱えている。ものすごいスピードだ。谷浦が短い悲鳴を上げて、うしろに下がってしまった。反射行動なのだろう。かくいうオレも機能不全だった。警笛を鳴らす脳とは裏腹に、神経への命令伝達が遅い。動けない。声が出ない。

男は閉まる扉に手を挟みこんだ。センサーが反応し、扉が開く。そこでオレの体がようやく始動した。体格差を考え、押し返すよりインターホンで危機を伝えようとした。たしか防犯警報装置兼用だ。つながらなくとも、誰かにSOSは発信できる。

しかし、インターホンボタンの位置を目視するタイムロスがあった。それが致命的だった。丸太のような腕で弾《はじ》き飛ばされる。紙のように軽々飛ばされ、壁に激突した。とんでもないパワーだ。太刀打ちできない。

男は『閉』を連打して、扉を閉ざした。薄い鉄板を壁に立てかけると、一階のボタンを壊さんばかりの勢いで押す。

「いや。いや。いや。こないで。なんであんたがここにいるのよ」

密室の檻が動き出す。階数表示灯が四階を示したときだった。男がでたらめに暴れ始めた。飛び跳ね、壁に体当たりをかます。地震が起きたかのようにエレベーターが大揺れした。男の目的は読めたが、この巨体だ。止める手立てがない。ボタンの前は陣取られている。インターホンで助けを求めることもできない。少しの外出のつもりだったから、スマートフォンも家に置いてきており通報もできない。ならばと、取り押さえようとしたがあっけなく突き飛ばされた。壁に激突し、尻もちをつく。

そのときだ。故意か偶然か、鉄の棒で左脚を強打された。灼熱の炎が脚からほとばしる。オレの呻《うめ》きは男が起こす騒音にかき消された。

案に違わず、かごは停止した。安全装置が働いたようだ。

階数表示は『4』が光ったままだ。昇降の間隔からいって、四階と三階の間で停止しているはずだ。

これほどの異常事態。本来ならエレベーターの機能により、最寄り階で停止してドアが開くのだが、ゆれが大きすぎたのか。もしくは故障しているのか。

こうなったら防犯カメラに頼るしかないが……。

男は素早い動作で、両面テープのついた鉄板を防犯窓に貼りつけた。続けざまに、防犯カメラを鉄の棒で破壊する。破片が無情にもばらばらと落ちた。

男と谷浦の身長差は四十センチほどある。手には鉄の棒。見下ろすその様は威圧感の固まりだった。

「穂乃花さん。俺にはきみしかいないんだ。きみに嫌われたら俺はどうしたらいいんだ」

でかい体格とは不釣り合いの泣き顔で懇願する。

「そんなの知らない。近づかないで」

谷浦は壁をかきむしって逃げようとしている。

「子供のころから俺はキモいキモいと罵られて育った。きみだけなんだ、俺にやさしくしてくれたのは。その穂乃花さんまで俺を遠ざけるのかい？」

「知らないって言ってるでしょ。もういい加減にしてよ」

谷浦は同情しない。目を見開いて小柄な体を最大限につかって拒む。

「これが最後だ。俺を受け入れてくれ」

「何回でも同じよ。嫌ったら嫌」

男が涙目で絶叫した。かごが振動するほどだった。密室で屈強な男に迫られる恐怖は、言語に絶する。オレでさえも怖気《おぞけ》立つほどだ。

「そうか。やっぱりな。よおくわかったよ」

低く唸った。両目が据わる。危険な兆候だ。

「嫌がっているだろ。好きなんじゃないのか。だったら怯えさせるな」

オレはそう諭すので精一杯だった。脚が痛んで立つに立てない。

「うるさい。俺たちの仲に入ってくるな」

男がオレのズボンと胸ポケットをまさぐる。

「俺たちを盗撮しやがったら酷い目に遭わせるからな」

男が長い袖ごと棒を握り直した。高く掲げる。オレは腕で頭部をガードした。まともに食らったら死ぬ。

しかし、襲ってきたのはガラスの割れる音と、暗闇だった。床で硬質な音が砕けた。電灯まで破壊したのか。

「こないでこないでこないでっ！」

男の気配が移動する。見えるのは階数ボタンの明かりのみだ。

助けを呼ぶべきか、男を取り押さえるべきか、迷う。インターホンで連絡がつき、外へ出られれば最善だ。だが、出られてもそこに第三者、それも複数か、屈強な人物がいてくれなければ困る。インターホンの向こうの人物は、その条件を短時間で満たせるのか。なにかあってからでは遅い。

ならば取り押さえてしまえば解決なのだが、体力差は圧倒的だ。この脚では血路を開けないだろう。こんなときこそスタンガンや催涙スプレーがあれば……。

あんなもの、いまのオレには無用の長物だ。とっくに廃棄してしまった。

「そういえば前、今度きたら俺を刺すとか言ってたよね」

「そ、そうよ。刺すから。近づいたら刺すから！　ナイフもここにあるんだからね！」

悩んでいる時間はない。まずは密室を脱しよう。自力だけでは敗色が濃厚だ。一厘でも可能性のある方を選ぶのが常道だろう。

オレは脚を引きずりながらも、インターホンを押すために進む。光る四階のボタンしか見えないが、記憶と触覚に頼って探り当てるしかない。

「肩の力を抜いてよ。俺は危害を加えるつもりはないんだ。ほら棒も捨てた」

鉄の棒が床で耳障りな高音を発した。

「ただ話し合いたいだけなんだ」

「さわらないで！　いやっ、バッグ返して！」

「なにもしない。なにもしないから」

悲鳴と悲愴な叫びが交差する。けたたましく揉み合う音とともに、かごが震えた。一刻を争う。インターホンを探す。

「いやいやいやっ！　どっかいけ！　気持ち悪い！」

「うぎゃ！　穂乃花さん、そんな……」

なにかが鈍く擦れるような音がする。それは重くやわらかいものが床を叩く音で止まった。

「寄るな。さわるな。消えてよ。お願いだから。わたしにかまわないで。もう自由にしてよ。こないで。こないで。くるなっ！」

谷浦はひたすら叫ぶ。かごをゆらす。

どうも様子がおかしい。男はなぜ黙っている？　谷浦を組み敷いてでもいるのか？

いや、そんな気配はない。動作音に窮屈さがない。聴覚情報からしても、谷浦は束縛されていない。さっきのなにかが擦れるような音も気になる。

「谷浦さん。谷浦さん」

冷静沈着な声色にして呼びかけるが、半狂乱で耳に入っていないようだ。根気強く呼びかけを継続する。

「谷浦さん。落ち着いて。男はもうなにもしていない。キミをさわってもいないし、なにもしゃべっていない。そうだろ？」

それらのフレーズが効いたのか、若干正気になってくれる。

「ほ、ほんとう、だ。あい……つは？」

全力疾走したかのように、呼吸が途切れ途切れだ。

「わからない。携帯かスマートフォンを持っていないか？　ライトをつけてみてくれ」

「あ、はい。あります、携帯」

ジーンズのポケットをまさぐっているようだ。オレは片足だけで、どうにか立ち上がった。

通電したような激痛が脳天まで突き抜ける。歯を食いしばった。汗の粒を鼻の頭や背中に感じる。よくてひび、悪ければ骨折しているかもな。

携帯の操作音がした。バックライトがおぼろげに谷浦を照らす。操作ののち、まぶしいライトが、かごを明るくした。

ひぃっ、と谷浦が甲高い悲鳴を漏らす。

男は絶命していた。尻をつき、壁にもたれかかるような恰好だった。

滴った血が床を汚していく。首の左側の頸動脈がかき切られているようで、壁面保護カーペットが赤く彩色されていた。創傷が逆だったら、オレが血まみれになっていただろう。血は主に左側を濡らしていたが、男の右の袖口にも血が少ししぶいていた。手はきれいだ。足元にはナイフが落ちていた。あのナイフが凶器か。擦れるような音は、壁にもたれかかったままずり落ちたからだろう。

「な、なんで死んでるの？　こ、こいつが……うぇ」

谷浦が血を避けてオレの方にきた。ライトで照らされた体を見るかぎり、血飛沫《しぶき》は浴びていないようだ。血で穢《けが》された箇所はない。死体に出くわしたショックはあるようだが、それ以上でも以下でもなさそうだ。死者への憐憫の情や、極度のパニック状態は見受けられない。生活を脅かし、いましがたまで精神を凌辱していた男だ。これぐらいの反応でもおかしくはない。

しかし、遺体からは顔を背け続けていた。落ち着いているように見えるが、無意識に防禦反応が働き、精神バランスをなんとか保持しているだけかもしれない。現に、一定間隔でえずいている。

「うっ……わたしの方が殺されると思ってたのに……」

谷浦がはっとなってこっちを見た。

「まさか、屋敷さんが助けてくれたんですか？」

オレは首を横に振った。

「オレじゃない。脚がこんなありさまだからな」

ズボンをめくり上げた。脛の辺りが腫れて赤黒くなっている。

「あんな大男をどうにかするなんて、とてもできないさ。それに致命傷と思われる首の傷とそこから出た血だが、オレとは逆方向にある。谷浦さんに悟られず男の正面に立ち、首を切り、またここに戻るのはほぼ不可能だ」

まだ混乱しているであろう状態で、どこまで理解できたか不明だが、谷浦はそうですねとうなずいた。

「……それなら、誰がやってくれたの？」

谷浦は思案顔だ。アクシデントに次ぐアクシデントだ。思考が正常に働かなくとも無理はない。

「調べたいことがある。携帯を貸してくれないかな」

谷浦は躊躇《ちゅうちょ》なく携帯と肩を貸してくれた。壁のカーペットを照らし、継ぎ目を探す。見づらい。眼鏡を持ってくるんだった。

継ぎ目をどうにか探し当てる。カーペットは磁石で貼られているので、手間取らず剝がせた。

「それ、なんなんですか？」

「エレベーターにはトランクルームという空間が、壁面を保護するカーペットの裏にあるんだ。病人をストレッチャーで搬送するようなときや、大きな荷物を運ぶときにつかわれる。トランクルームを開ければ空間ができるだろ。その分大きなものが入りやすくなるという仕組みだ」

「へえ。そうなんですね」

扉には鍵穴があるだけだった。取っ手はない。鍵ごと開ける仕様なのだろう。

「このなかに犯人が潜んでるんですか」

谷浦がオレの服を握り締めた。

「それはないな。扉の仕様からいって、鍵をかけないと、鍵は抜けない。なかに潜んでいるとしたら、誰かが鍵をかけたことになる。そうなると候補はオレか谷浦さんか、あの男だ。だがどれでもない。なかに人がいて、そいつが犯人だとしたら、次のような手順を踏まなければいけないからだ。まず、明かりが消えたのを見計らい、共犯者が壁のカーペットを剝がし、鍵を開ける。そして犯人が外に出る。男を殺害するとトランクルームに戻り、共犯者が鍵を閉める。壁のカーペットを貼り直す。これだけの手順をあの暗闇で気取られずに行うのはまず不可能だ。物理的にも時間的にもな」

調べるまでもなかったが、万に一つということがある。しかし、このとおりに利用された形跡はなかった。カーペットを元通りにし、全方位にライトを照射して点検した。怪しげであったり、気になったりするようなものはなかった。遺体と血を除けば、やや広いぐらいでいたってノーマルなエレベーターだ。

「ですね。納得です」

谷浦はオレが座るのを手伝ってくれた。

「天井のハッチからきたってことは……」

谷浦が頭上を仰ぎ、携帯のライトを向けた。

「それはないだろう。その説だと、犯人は点検口を開けて降下し、さらに殺人を犯してまた上って帰ったことになる。そんなことがエレベーター内で行われれば、さすがに音か気配でわかる。いくら暗闇で、暴れる物音がしていたとはいえだ。時間的にも厳しいだろうしな」

「……ですね。それにしてもすごいですよ、屋敷さん。まるで蜜柑ちゃんですよ」

返事に、瞬刻窮した。

「それほどじゃない。トランクルームの存在を知っていて、順序よく論理立てれば、谷浦さんでも考えついたさ」

心に、靄が広がる。

「そんなことないですよ。会ったことないですけど、蜜柑ちゃんもさっきみたいな感じで推理……」

『り』の形で唇が凍結した。顔がみるみる青ざめていく。

「あ、あの、確認なんですけど……屋敷さん、わたしを犯人だと思ってます？」

おずおずと、しかし、冗談ですよというニュアンスの問いかけだった。

探偵みたいなことをしたせいだ。抱かなくていい懸念を抱かせてしまった。出すぎたことをするものではないな。こんなのは警察の仕事だ。

「そんな危惧は不要だ。谷浦さんを犯人とは思っていない。安心してくれ」

オレは取るに足らないことのように笑った。

「そうですか。よかった」

ほっと胸をなで下ろしている。

が、それもつかの間だった。なにか思いついたように面《おもて》を上げた。手で手を握り、顔を強張らせる。

「あれ？　でも、それじゃあ誰がやったんだろう？」

オレは口をつぐんでいた。もう出すぎたまねはするまい。この先は警察の領分だ。すみやかに真相をつきとめてくれることだろう。

もしも警察が不調だとしても蜜柑が……。

バカかオレは。蜜柑は入院しているんだぞ。頼っても、頼らせてもいけないだろうが。

「屋敷さん、あの、あれ、わたしので、どういうこと？」

窮迫した口調は要領をえない。オレは深呼吸するように促した。

「あの、ナイフ。わたしのなんです。こ、これ、やばくないですか？」

「やはりそうか」

「え？　やはりって？」

「悪い。こっちの話だ」

「わたしじゃないですよ。ナイフはバッグに入れてて、あいつに取られたんです。わたしはナイフを取れるはずもつかえるはずもないですよ。ね、そうですよね」

オレはあいまいにうなずいた。

取られたと主張しているのは谷浦だけだ。警察に証言しても、鵜呑みにはしてくれないだろう。当事者のあの男は黄泉《よみ》の国だ。警察に証言はしてくれない。第三者であるオレも、暗闇で目を塞《ふさ》がれていた。谷浦の証言だけでは信憑性がないと断ずるしかない。

「オレは警察とちょっとした縁がある。人員、捜査活動、科学捜査技術が優秀なのはこの目で見てきた。とりわけ、殺人の検挙率は九十パーセントを上回っている。悲観しなくても、真実を暴いてくれるさ」

＊

「だからっ！　わたしはやってないです！　信じてください、刑事さん！」

谷浦の叫ぶ声がした。マンションのエントランスホールの離れた場所にいたが、一言一句耳に届いた。オレの聴取をしていた横白《よこしろ》と名乗る若い刑事も、驚いたように振り向く。制服警官も足を止めた。

谷浦は遠目でもわかるほど顔を紅潮させていた。対面の椅子に座る中年刑事、乱場《らんば》が舌打ちした、ように見えた。態度が気に食わないのだろうか。それとも元来の性根がそうさせるのか。乱場は反撃するように、声を不遜なものにした。

「あちらの屋敷さんはあの脚ですよ。立てなきゃ正義感も発揮しようがない。片足で立ち、あなたからバッグを奪い、野馬《のうま》氏の首を切ったとでもおっしゃるんですか？　あなたはそんなことをされて気づかなかったんですか？　まさか、そんな奇怪なことはありませんよね」

オレのときとは百八十度逆の嫌味ったらしい口ぶりだ。大黒谷を思い出す。

横白は聴取を再開したが、耳に入ってくるのはふたりの攻防だけだった。

「言いたいことがあるなら、はっきり言ってください！」

「はっきり言ったとたん、叫び出したのはあなたですよ。お忘れですか？」

「忘れて、ません」

「なら、この発言も憶えておいでですよね。あなたは先日、野馬氏にナイフを見せてこう脅した。今度きたら刺す、とね」

「そ、そうですけど。脅しでもしないと、なにされるかわからなかったんですよ。何度言わせるんですか」

「私も何度も言っていますがね、なぜナイフなんです？　我々としても、杓子定規な仕事はしていないつもりです。あなたの境遇を思えば、スタンガンや催涙スプレーを携帯していても理解できますし、大事にはしません。もちろん、褒められたことじゃありませんが、そこは考慮します。しかし、ナイフとなるとそうもいかないんですよ。殺傷能力が段違いですからね。なぜ、ナイフだったのか、聞かせてもらえますか?」

「スタンガンとかじゃ脅しにならないでしょ。わたしは撃退したいんじゃなくて、一秒たりとも近寄ってほしくなかったんです。どうしてわかってくれないんですか」

乱場は谷浦の怒りを煽るように、頭を左右にぶらぶらと振った。

「堂々巡りですねえ。いいでしょう。私もあなたがわかるまで言いますよ」

乱場が大仰に椅子へもたれかかった。

「あの場で野馬氏を殺すチャンスがあって、動機もある人間はあなたしかいないんですよ。バッグを奪われたというのも、あなただけの申し立てですからねえ。信用するのはいささか躊躇《ため》われますね。では外部からの侵入者を疑うところですが……ご苦労にも、その線はないと屋敷さんが証明してくれました。未知の人物が殺した可能性は消えます。あとは五歳になる私の甥っ子でも解ける。野馬氏を殺せたのは、あなただけだ。私はなにか間違っていますか、谷浦さん」

「……なら、自殺したんですよ。それしかないじゃないですか、わたしはどう責められたってやってないんだから」

「直前まであなたを求めていたのに、急転直下自殺欲求にかられたんですか? いやはや、情緒不安定にもほどがありますねえ。妄想するに、私が野馬氏だったら迷わずあなたを襲うでしょう。暗闇に密室と、ストーカーにとっちゃあ絶好のシチュエーションでしょうからねえ」

「拒否されたら自殺する気だったんですよ。前、わたしに受け入れられないなら死ぬしかない、みたいなこと言ってましたし。あんな捨て身で乗りこんできたのはそのせいです」

「自殺する気なら、ナイフは自前で用意するでしょう。それにねえ、屋敷さんから聞いているんですよ。野馬氏は『穂乃花さん、そんな』と断末魔の呻き声を出したそうじゃないですか。自殺する人の台詞《せりふ》じゃあありませんよね」

乱場の推理は筋が通ってはいる。

しかし、これは引っかけ問題なのだ。誤誘導のための記号に惑わされていては解けない。この事件に、あの落雷にも似た強烈な感覚はなかった。それは難題ではない傍証だ。別荘の事件が五の難易度だとしたら、これは二ぐらいだろう。だからオレでも瞬時に真相がわかった。乱場が気づけないのは、きっとのぼせているせいだろう。警察署に戻って気持ちを静めれば、引っかけに気づき、過ちを正してくれるはずだ。

脚が痛む。ずきずきずきずきと。

横白が視線をオレから切った。心ここにあらずのオレに諦めをつけたのだろう。ふたりの方を向いた。

「とにかく、わたしじゃありませんってば！」

谷浦がまた叫んだ。

「そう癇癪《かんしゃく》を起こさないでください。裁判でもあなたの事情は考慮されるでしょうから。ただ、野馬氏は武器を捨て、危害を加える気はないと言っています。不当に体をさわられてもいないんですよねえ」

「……はい」

谷浦は正直に答えた。

「でしたら正当防衛は厳しいでしょうが、過剰防衛は堅いでしょう。罪に問われたとしても執行猶予が……」

「乱場さん。お話ししたいことがあるんですが」

横白が声を投げた。乱場の暴走が止まる。横白が外を指差すと、乱場は立ち上がった。横白はオレの耳元へ口を寄せると、

「すみません。彼、お母さんが入院中でして、それで気が立っているんです。いつもは温厚な人なんですけどね。それでも言い訳にならないのは承知しています。彼女にはこちらから謝罪します」

丁寧にお辞儀をし、横白は乱場と合流した。組織の人間は千差万別だ。いかに選考を厳格化しようが、竜人のような刑事もいれば大黒谷のような刑事もいる。乱場のような刑事もいれば、横白のような刑事もいるということだ。

横白なら、期待どおり事件を解決してくれるだろう。

横白が制服警官になにやら声をかけた。警官は敬礼して、谷浦のもとへ向かった。気づかいも忘れていない。彼に任せておけば……。

両刑事がエントランスホールから出る寸前、女性が駆けこんできた。美紀だった。ふたりに

ぶつかりそうになるが、謝るのもそこそこにエントランスへ入ってきた。

「こっちだ美紀」

オレは手を上げる。エレベーターから救出されてすぐ、美紀とは連絡を取っていた。

「大丈夫なの？　脚を怪我したって……折れたりしてない？」

気づかわしげにオレの足元へ屈んだ。白を基調としたワンピースは、綻びもなくまっさらだった。見たこともないドレスだ。オレとのデート用に、内緒で新調していたのだろう。

「指も動くし、我慢できないほどの痛みじゃない。ひびぐらいだろ。それより、すまなかったな。せっかくの食事を」

「あなたがいくのはレストランじゃなくて病院よ」

ハンドバッグで脚を叩かれた。右脚だったが、左脚にもびりびりと響いた。

「すぐ病院へいくわよ。もう譲歩はしないからね」

捜査協力は市民の義務だ。そう美紀を説得して、オレは病院に直行しなかった。入れ代わり立ち代わりくる警官にも病院いきを勧められたが、やんわりと固辞した。情報提供すれば早期解決につながると思ったからだ。

それなのに現実はうまくいかない。

「ほら、立てる？」

美紀がオレの背中に手を回した。引き上げてもらいながら、片足で立ち上がる。

「汗まみれじゃないの。痛いんでしょ。やせ我慢もほどほどにしてよね」

「痛さのピークはとおりすぎているさ。もう小康状態だ。気合を入れたら歩けるほどだ」

「放り出していいってこと？」

「前言撤回させてくれ。けっこう痛んでる」

「素直でよろしい。先に連絡しておいたから。待ち時間なしで診てもらえるわ」

「世界に自慢したい嫁さんだ」

「それも素直な発言？」

「掛け値なしに」

「ほめすぎよ」

美紀はオレを見ながら、出口へと背中を押してくる。

「……」

オレはなにも言わなかった。

引き時だ。市民の義務もここまで。美紀のためにも、体を労《いた》わらないと。

横白という希望があるのだ。谷浦も悪いようにはされないだろう。オレが留まる理由はない。

谷浦がいるホールの奥は振り返らなかった。

外へ出る。冬のように寒い春だった。やじうまも逃げ出すほどだ。かったるそうに煙草を吸う乱場に、所作を交えて横白は力説している。おぼろげにしか聞こえずとも、不毛な議論になっているのはたやすく想像できた。

「刑事さん。病院へいきます。許可してくれますよね」

美紀が申し出ると、ふたりは議論を打ち切った。

「もちろんです。申し訳ありませんが、あとでお伺いするかと思います。その際はよろしくお願いいたします」

横白が深くお辞儀をし、乱場も軽く頭を下げた。

「路上駐車なのは内緒ね」

美紀がいたずらっぽく耳打ちした。

「弁護士なのに、刑事の御前で大胆な犯行だな」

「誰が原因だと思ってるの」

ぎゅっと手の甲をつねられた。

「歩くの速くない？」

「絶妙な速度だ」

歩幅に隔たりがあるのに、足並みはそろっている。美紀が歩調を合わせてくれているのだ。

二人三脚のように足を前進させる。ゆっくりと。ゆっくりと。

「つまるところ、ただの勘だろ」

はっきりとそう聞こえた。乱場の声だ。声量はオレに到達するほどだ。呼応するように、鼓膜へ神経が集中した。歳を経ても健全な聴覚が、横白の抗議も拾う。

「ひと月も前からターゲットのマンションに住みついたこと。絶妙なタイミングでのエレベーター突入。鉄板で防犯窓を塞ぎ、鉄の棒で監視カメラを破壊したこと。なにもかも周到に準備していなければできないことです。そうまでしてなぜ、犯行場所をエレベーター内なんかにしたんでしょう。そこだけが場当たり的です。これは不自然じゃないでしょうか」

いい目のつけどころだ。

「色狂いの男がやったんだぞ。密室で変態行為できりゃそれでよかったんだろうよ」

「それならひと月も時間を置きますか？　二週間もあれば、谷浦さんが両親の迎えのために、土日を除き――仕事の動向にもよりますが――定刻に外出しているとわかったはずです。適切な表現ではないですが、野馬はベテランのストーカーです。それぐらいの調査は日夜やっていたと思われます」

「俺の言い方が乱暴だったか。エレベーターで襲ったのは、野馬にとっちゃ結果論だ。できるもんなら谷浦の部屋に押し入ってやりたかっただろうよ。だが、ガードが堅くて手出しできなかった。それで思いあまって、近視眼的犯行をやらかしたんだろうさ」

「そうかもしれませんが……」

引くな、横白。そこまで判明しているのなら、真相は目前だ。

「現場にも、なにか違和感があるような気がするんです」

「俺が求めてんのは、勘なんてぼやっとしたものじゃないんだよ。出すなら、俺の仮説を覆す論拠か証拠を出せ」

「それはこれからの捜査で……」

「つまり、いま、この場所にはないってことだな？」

横白は沈黙してしまう。聴覚が拾える音は、限界に近づいていた。

「……はい。ありません」

白旗を掲げた声は、鼓膜をかすめただけだった。

「そうだろ。ま、めげずにがんばれよ。お前には期待してんだ。俺へ意見する後輩はお前ぐらいだからな」

聴取のときとは様変わりして、励ますようなトーンになっている。

「とにもかくにもな、署へつれてってからだ。わかるな」

「はい」

それを境に、声は途絶えた。街の音や、少ないやじうまの囁《ささや》き、人の息づく音も無になる。

オレたちの足音だけが、この世でただひとつの音となった。オレは現場から離れていく。遠ざかっていく。視界を閉じた。足だけを前進させる。

やがて足音も思慮の波にさらわれた。

これで、いいのか？

オレには事件の解答がある。もっとも無理がなく、矛盾のない解答が。それを秘めて立ち去ってもいいのか？

……いいに決まっているじゃないか。

オレは刑事ではない。探偵も引退した。真相の開示を求められる立場にはない。立ち去っても責められるいわれはないのだ。

それに解答といっても、驚愕するような代物ではない。難易度は低い。差し出がましいことをしなくとも、いずれ真相は明るみに出るだろう。

美紀の心情もある。これが最大の訳柄《わけがら》だ。

探偵を引退しても、事件に巻きこまれてこんな怪我をしてしまう。推理をして事件の深部にくいこめば、さらに危険に陥るかもしれない。そうなれば美紀を悲しませる。

それなのに。なぜこうもうしろ髪を引かれるのか。

わかっている。

誰に責められなくても、オレの心が責めているんだ。

うしろ髪を引かれる理由はそれだけではない。危惧もあるのだ。

本当に警察は、真相を明るみに出してくれるのか？

一分一厘の確率でも、真相の誤認はあるのではないか。乱場の出方次第では、大した検証もせずに過剰防衛と処理される恐れがある。横白が真相を見抜いても、黙殺されたらそれまでだ。横白も組織の人間である以上、多数派の圧力に屈したとしても、オレは驚かない。

事故と処理されていたものが、実は殺人だったケースはめずらしくもない。警察は大量の案件を抱えている。案件の重要度によって、力の入れぐあいや真剣さの度合いに差が出る危険性は拭えない。見た目に単純な事件は、見たままに処理される恐れがある。

取り調べに前時代的な自白強要はない、と思いたい。現代は自供だけではなく、証拠に重きがおかれている。しかし、それでも誤認逮捕、冤罪《えんざい》はあとを絶たない。事は殺人だ。痴漢事件のようにおざなりな捜査はしないだろうが……。

「——しが治ったらデートもやり直したいわ……ねえ？」

「あ、ああ。そうだな」

とっさに声を返した。美紀はずっと話しかけてくれていたようだ。

どうかしているぞ、オレ。事件ではなく、美紀に心を配らなくては……と、そこで思い出してしまう。

検察による、証拠の改竄《かいざん》事件があったことを。そんな蛮行をされたら、一般市民にはどうしようもない。一度誤った方向に舵が切られれば、その後ミスが発覚しても、失態隠しのために辻褄《つじつま》合わせの改竄をされるかもしれない。

……。

ドロ沼にはまっているな。そんな一大事、現実になったとしても万分の一の可能性ではないか。

しかし、危惧が現実になる危険性は、わずかとはいえある。

それだけではない。谷浦は会社勤めをしている。それも国内屈指の優良企業にだ。そこへ人を殺したと連絡が入ればどうなる？　有罪無罪はどうあれ、評価や印象に少なからずバイアスがかかるのではないか。正当防衛になったとしても、会社での立場はいままでどおりとはいかないだろう。経営陣の判断によっては、退職を迫られるかもしれない。

もちろん、谷浦の状況が考慮され、温かく迎えられるかもしれない。

だが、それはそのときになってみないとわからないことだ。

蜜柑も、こんな思考の迷路を右往左往していたのか。

屋敷さんは謎を解く。あたしの尊敬した人だ。必ず解く。でも、もし、なにかの間違いで解けなかったら……。

いまなら、そんな蜜柑の葛藤が手に取るようにわかる。

蜜柑はヒントを出すと決断した。オレはどうするんだ？

考える。感じる。

オレがこの事件に遣わされたのは、なぜだ？

なぜオレはいまだに事件に巻きこまれる？　なぜこうして悩んでいる？

答えは、わかっていた。

見ないようにしていたのだ。美紀のために。オレのために。

だが、限界だ。

オレは、

「美紀、すまない。オレはいくよ」

美紀がオレを見た。日常のワンシーンのように、なにげない顔だった。瞳だけが小さく揺れ動いていた。

事件の連絡を受けたときから、美紀には予感があったのだろう。オレがこの決断をするかもしれないと。だから、谷浦がいるにも拘《かかわ》らず、オレだけを見ていた。

「怪我を治さないと」

朝の挨拶のような調子だった。

「オレにはやるべきことがある」

美紀の背から腕をのけた。支えがなくなり、よろける。美紀がオレの腕を掴んだ。

「私と一緒にいてくれるんでしょ。私を、あなたを、大切にしてよ」

掴む手に力はなかった。そえられているだけだった。

「これがオレの仕事なんだ」

美紀の手をほどいた。抵抗はなかった。美紀は洟をすすり、前髪を目元へかき寄せた。

「大バカ男よ。あなたは」

「……そうかもな」

美紀はなにも返さなかった。

だがやがて、前髪を整え、顔を上げた。

「谷浦さんのこと、頼んだわよ。あなたなら、できるでしょう」

「ああ。任せてくれ」

オレはひとりで立つ。片足で現場へ戻る。追いすがる声も、駆け寄ってくる足音もなかった。

視線さえも感じない。オレは転びそうになりながら進む。脚がじくじくと痛んだ。

横白、乱場は外にいなかった。オレは片足跳びをしながらエントランスへ入る。ほんの十数メートルの距離で息切れしていた。壁を手すり代わりに進む。制服警官が手を貸してくれようとしたが、断った。

エントランスホールではまさにいま、谷浦がつれていかれようとしていた。憔悴しきっているようで、大人しく従っている。

オレは瞑想した。深呼吸。息を整える。三か月ぶりの推理だ。コンディションは心身ともに最悪だった。それでも、やるしかない。

「待ってください。谷浦さんをつれていく前に、オレの話を聞いてください」

横白が目を見張った。

「なにをしてらっしゃるんですか。病院へいらっしゃったのでは?」

谷浦がぼんやりとオレを見、乱場は怪訝《けげん》そうにしていた。

「私も早めに治療を受けたいですからね。真相解明は手短にさせてください」

乱場は呆れ果てたように眉間を揉んだ。

「蜜柑花子のまねは演芸場でやってください。迷惑しているんですよ。探偵気取りの輩が掃いて捨てるほどいるものですからね」

「まねではありませんよ。これでも本職の探偵です」

「怪我で錯乱されているようですね。おい、誰か屋敷さんを病院までおつれしろ」

制服警官が威勢よく返事をして、指示に従おうとする。オレは腹の底から声を張り上げた。

「野馬は自殺したのですよ。そこをはっきりさせないかぎり、病院にはいけませんね」

アンチクライマックス法で火ぶたを切った。オレの定石である。推理に興味のない者に耳を傾けさせるには、出鼻でショックを与えるのが効果覿面《てきめん》だ。

横白がはっとし、乱場は不機嫌そうに鼻を鳴らした。オレのフィールドに引きずりこんだ。これで門前払いは回避できるだろう。

谷浦の目に生気が宿る。制服警官の注意もオレへ集結した。

心臓が、大きく弾んだ。

「おもしろいですね。いいでしょう。伺おうじゃありませんか。本職の探偵さんの推理とやらをね」

乱場は戦意を前面に押し出す。笑顔だが敵愾心《てきがいしん》を隠そうともしていない。

初めて竜人と相対したときも、似た応酬があった。やれるものならやってみろという煽りを、オレは撥ね返した。そんな記憶が血を騒がせる。

「その前に確認させてください。野馬はエレベーター整備の仕事をしていませんでしたか？　それも駆け出しではない」

「そうですが、どこからその情報を？」

「それは後々説明します」

これでオレの推理は補強された。自信を持って挑める。

「先ほど横白刑事も言及していましたが、この事件は準備の周到さとその実行場所が著しく乖《かい》離《り》した印象を与えます。乱場刑事は、色狂いの男がやったことだからと一蹴しましたね。しかし、一見ちぐはぐなこれらの行動が、自殺計画の一端だったらどうでしょうか。するとたちまち事件の様相が逆転します。野馬は谷浦さんを襲おうとしたのではなく、谷浦さんに襲われたように見せかけたかったのです。なぜか。それは谷浦さんを殺人犯に仕立て上げ、絶望を味わわせたかったからです」

オレの推理で、空気が一変した。乱場が真顔になり、横白は瞠目《どうもく》していた。谷浦も制服警官も大なり小なり一驚していた。世界が再生され、混沌が秩序を獲得していく過程だ。

心臓が打ち震えた。皮膚が痺れるほどに総毛立つ。どうしようもないほど命が猛る。

探偵しか、ないんだ。

いま、はっきりと自覚した。

オレの人生から事件は切り離せない。引きこもってでもいないかぎり、事件は連綿と降りかかってくる。それが天から与えられた、オレの使命だからだ。煩《わずら》わしくなることもある。運命を呪ったこともある。

しかし、オレはこの使命に生かされてもいるんだ。

Calling《コーリング》のもうひとつの意味は、天職。

やめることなどできやしなかったんだ。探偵こそが、オレの一生を懸けた仕事なのだから。

「野馬はその思慕に反比例して、谷浦さんからは徹底的に嫌われていました。どう贔屓《ひいき》目に見ても、あれでは恋は実らなかったでしょう。そこで野馬はある日決意したのです。想いが実らないのなら死んでしまおう。だが、ただでは死にたくない。俺の思慕を踏みにじったあの女に絶望を味わわせてやる、と。完全な逆恨みですが、愛情の裏返しは憎しみです。手に入らないのなら壊してやるという発想もありますし、珍奇な動機ではないでしょう」

「そうだが、この件だと最高でも過剰防衛にしかならない。殺人犯に仕立てたいなら、上等な手とは言えない」

乱場の口調が元通りになっている。オレの推理と真剣に向かい合っているからだろう。

「この計画は実行したが最後、コントロールが利かなくなります。実行後は、あの世で傍観者になってしまいますからね。そんな野馬が最上級に怖れるのはなんでしょうか。それは谷浦さんが無罪になることです。死が無駄になることだけは避けたかったはずです。ところが、前述したように、死ねば経過観察はできません。ミスがあったとしても証拠隠滅は不可能で、捜査が望まぬ方向に動いていても誘導は不可能です。些細なミスでもあれば計画は破綻するのです。谷浦さんが無罪になる可能性をかぎりなく零《ゼロ》に近づける方法。それがエレベーターでの自殺だったのです」

全員がオレの一挙手一投足に注目し、推理に聞き入っている。

身体が灼熱に沸き立っていた。足裏の感覚や、重力までもが希薄になっていくようだ。浮遊感に包まれるように、脚の痛みもなくなっている。

「事件の概要はこんなところです。まず、野馬は秘密裏に谷浦さんと同じマンションに引っ越します。次に谷浦さんの生活パターンを調べ上げます。判明したのは以下のことでした。ほぼ毎日、決まった時間に両親を迎えにいく。その際はエレベーターを使用する。このふたつの素材をつかい、ひとつの自殺計画を立てました。それは第三者のいるエレベーターで自殺し、確実に谷浦さんを犯人に仕立て上げるという計画です。エレベーターに三人が乗っていて、そのうちのひとりに犯行動機も犯行機会もない場合、容疑は確実に谷浦さんにかかりますからね。この計画を実行するには、谷浦さんが第三者とふたりきりになるのを待たなければなりません。第三者が複数いると取り押さえられかねませんからね。引っ越しから一か月も間があったのはそのせいです。谷浦さんは定時に家を出ているので、監視するのはその前後だけでかまいません。住人に不審行動を目撃されるリスクは低かったでしょう」

オレは熱された身体を冷ますため、一呼吸を置いた。

「そしてチャンスがやってきました。私と谷浦さんがエレベーターに相乗りしたのです。それを見て野馬も突入します。あの体格ですからね、そこらの人間なら制圧する自信はあったのでしょう。現に私は手も足も出せずにやられ、脚を潰されました。これは妨害されないことに加え、私を被疑者にさせないためです。防犯窓を鉄板で塞いだのは、外から覗かれないため。監視カメラと電灯を壊したのは、真実を闇で覆い隠すためですね。もしも私がスマートフォンを所持していたら、叩き壊されていたでしょう。残るは仕上げのみです。谷浦さんからバッグを奪い、手探りでナイフを見つけて抜き取ります。バッグにナイフがあることは、以前、谷浦さんにナイフで脅されたとき、確認していたはずです。そしてナイフを掴み、首を切ったのです。ナイフは谷浦さんの所持品でした。当然指紋が検出されるでしょう。こうしてありもしない殺人事件ができ上がります」

「だが、さっきも言ったように、その計画じゃあ、成功しても過剰防衛止まりだぞ。命をかけたわりには、結果がしょぼすぎる」

「それは前提の相違ですよ。野馬は谷浦さんを陥れたくて自殺したのではありません。野馬が言ったという、谷浦さんに受け入れられないなら死ぬしかない、この言葉からわかるように、あくまでも自殺が先にあり、谷浦さんを陥れるのは副次的な目標です。無罪にならず、苦しめられれば満足だったのです。過剰防衛と認められ執行猶予がついても、精神的、社会的ダメージは必至ですからね。運が味方すれば、実刑を科される可能性もなくはありません。それを後押しするべく、野馬はしきりと危害を加えない旨の発言をしていたのです。野馬に危害を加える意思があったか否かは、執行猶予の有無や量刑にも関わってきますからね。幅はあるものの、どう転んでも谷浦さんにダメージは与えられる。野馬はそう目算したのでしょう。ダメージの量より、確実性を採ったわけです。乱場刑事は、密室と暗闇という絶好のシチュエーションなのだから、野馬は谷浦さんを襲ってしかるべきではないか、と推測していましたね。ですが、襲いかかれば、正当防衛が認められる可能性が高まります。正当防衛と過剰防衛は似て非なるもの。社会的な同情も大きくなるし、谷浦さんの心境もだいぶ楽になるでしょう。それは野馬の望むところではありません。だから手を出さなかったのです」

「だが、肝心なところがすっぽ抜けているぞ。その推理は野馬氏が自殺であって初めて真実味を持つ。証拠がなければ机上の空論だ」

谷浦は涙ぐんでいた。安心して、と笑みをもって言外にほのめかす。

「最近のエレベーターには、かごが地震などで大きく揺れた場合、最寄りの階に停止して扉を開くシステムがあります。しかし、ここのエレベーターは階と階の間に停止し、扉は開かれませんでした。そのせいで野馬はまんまと私たちを密室に閉じこめることに成功しました。システムは設置されていなかったのか。それとも機能していなかっただけなのか。どちらだったにせよ、システムが機能しないことを野馬が知っていたのは間違いありません。そうでなければ、エレベーターで襲う意味がありませんからね。密室になるという確信があったから、あのような強攻策に出られたのです。では、その確信はどこで得られたのか。それはこのエレベーターを整備したときでしょう。その際にシステムが完備されていないことを知ったか、整備を装ってシステムを機能不全にしたのです。その他、監視カメラや電灯を的確に破壊できたことも、整備士である利を活かした成果でしょう」

乱場が制服警官を呼びつけて、なにごとか告げた。野馬がこのエレベーターの整備にたずさわっていたかを調べさせるのだろう。本来ならその結果が出てから推理するべきだが、今回はそんな時間がなかった。

制服警官が走っていくのを横目に、オレは先を続ける。

「では証拠の件に戻ります」

いよいよ大詰めだ。心臓が忙しなく歓声を上げる。

「証拠は血痕にあります。野馬は素手でしたよね。罪を被せるからには、ナイフの柄に指紋をつけてはいけないのにも拘らずです。しかし、それは余儀ないことでした。まだ肌寒いとはいえ、手袋をはめて鉄の棒などを持っていれば、危害を加えないという言葉の信頼度が低下します。手袋と凶器の組み合わせは、犯罪を想起させてしまいますからね。そこで野馬は袖の長い服を着、袖を手袋代わりにしたのです。そうして両手でしっかりとナイフを握り、左の頸動脈をかき切りました。勢いよく噴き出した血は、右の袖口にも飛び散りました」

「そうか」

横白は合点がいったようだった。乱場はオレから視線をそらした。

「谷浦さんが切りつけたのなら、野馬の袖口の血痕に説明がつきません。袖を手袋代わりにし、自らの首をかき切ったからこそ、右袖口に血痕がついたのです。これならすっきりと説明がつきます」

「出血を止めようと傷口を押さえたとしたらどうだ?」

その異議は投げやりだった。

「それなら、右手は袖も含めて血でべったりになりますよ。しかし、血の付着は袖口のみでした」

「そのようだ」

乱場は言い捨てると、話を打ち切った。大股でエントランスホールを出ていく。

「俺もヤキが回ったな。こんな騙しに踊らされるとは」

人目もはばからず煙草を咥《くわ》えた。制服警官たちは静かな剣幕に威圧されたのか、無言で直立していた。

大きなお世話かもしれない。かえってプライドを傷つけるかもしれない。だが、オレは乱場のうしろ姿へ言わずにはいられなかった。

「乱場刑事。気持ちは痛いほどわかるよ。オレもつい最近、そんな感じで打ちひしがれたからな。だが、キミは母親が入院中なんだろう。平生《へいぜい》の精神状態ではなかったはずだ。自分に見切りをつけようとしているのなら、それは早計というものだ」

乱場がキッと睨んできた。しかし、その顔は朱色になっていた。

「横白、よけいなことを」

横白が顔面を引きつらせた。乱場はオレを一瞥して、また身を翻《ひるがえ》した。大黒谷扱いしてすまない、と胸のうちで謝った。乱場は竜人寄りの刑事だと感じた。大抵の刑事は捨て台詞のひとつでも吐いていくものだ。しかし、乱場は自戒の言葉を発していた。なかなかできることではない。

「あの名探偵さんを病院へおつれしろ」

すれ違いざま制服警官に命じ、

「横白は谷浦さんを署におつれするんだ。いいな」

振り向かずに大声を上げた。

「了解しました」

「ええっ！」

谷浦が目を丸くする。

「ご安心ください。被害者の方にもご足労願うのがルールのようなものですので。あの推理のあとです。悪いようにはいたしませんよ」

「そうなんですか。ほっとしました」

谷浦の体から強張りが解けた。

風船の空気が抜けるように、オレの熱も引いていく。とたんに眠っていた脚の痛みが蘇る。反動のように脱力感も襲ってきた。

壁に体を託し、外を見た。乱場の姿はない。やじうまどころか、猫の子一匹、人っ子ひとりいない。エントランスホールの光が夜闇を照らすが、誰の姿も浮かび上がらせてはいなかった。あとオレにできるのは、去ることのみだ。そうしなければ、美紀は戻ってこられない。

「屋敷さん。本当に、本当にありがとうございました。そんな脚なのに……」

谷浦はオレの手を握り、何度も何度も頭を下げた。瞳に滲《にじ》む涙。それを見ると、なぜだか目の奥が震えた。

「蜜柑さんを模倣する人はよくいらっしゃいますが、こうも腑に落ちる推理をされたのは屋敷さんが初めてです。感服しました。お体もお大事になさってください」

好意的な横白の笑顔に、オレも笑顔を返した。

＊

そうして、雷が落ちるように、天啓は降りてきたのだった。

## 12

「それはたしかですか？」

オレは目撃証言をメモに書き留めた。いつにも増して濃い字になる。

「去年の七月ごろだったかねえ。えらい歳の離れたふたりだから、てっきり援助交際かと思ったもんだ。珍しいもの見たと思ってよおく憶えてるよ」

緑のつなぎを着た、ビル清掃員の男性は明言した。駆けずり回ること二週間。ようやく有用な証言を得られた。並行していた社長宅調査、周辺の聞き取り調査では決定打が得られなかった。それはそれで貴重な推理の材料なのだが、やはり有力証言を得ると昂《たかぶ》るものがある。

「けど色気のない感じだったからな。こりゃ親子かなあっと思い直したわけだな」

「通りを歩いていたのはこのふたりですね？」

再び写真を提示した。男性は正視すると、確信を持って肯定した。

「六十超えても視力は両目一・五あるんだ。見間違えやしないよ」

「ありがとうございます。大変参考になりました」

オレは礼をして手帳を閉じた。

iPadやボイスレコーダーなど、便利なものは星の数ほどある。しかし、オレには手帳が手になじむ。便利でハイテクなものもいいが、つかい心地も重要だ。手帳に写真を挟んでポケットに入れた。

「いいってことよ。なに調べてるか知らんが、あんたもがんばりなよ探偵さん」

激励に笑みが零《こぼ》れる。

「はい。そちらもお元気で」

男性と別れ、ビルを出た。太陽は西に傾いている。腰を反らせると骨が鳴いた。防刃チョッキが重くて窮屈だ。エレベーターでの事件以後、外出時には欠かさず着用するようにしている。

今日は半日駆け回っていた。精神は疲弊して、足は棒だ。

あれから一か月。脚は完治しているが、疲労の蓄積はどうしようもない。筋線維も切れ放題だろう。明後日《あさって》は筋肉痛決定だな。腰の鈍痛ものべつ幕なしだ。腰を丸ごと除去してしまいたい。精神的苦労は報われたが、払った犠牲は大きかった。

それだけの収穫はあったが……疲れた。ハンカチで口を押さえ、咳きこむ。

オレは街の雑踏のなか、駅へと歩いていった。

*

別件の尾行調査で病院までいったあと、オレは指定された喫茶店へ向かっていた。浮気調査の結果報告をするためだ。レンタカーを路上パーキングに停めて、裏通りへと歩く。スマートフォンを取り出し、旅行会社にかけた。

「チケットは購入していたのですね？」

「はい。俺が手続しましたから」

「そうですか。お忙しいところ、ありがとうございました」

電話を切った。ポケットにしまう。

七瀬が帰国するまであと数日だ。果たして、迎えにいけるかどうか……。

裏通りにある喫茶店には張り紙があった。『当店自慢のコーヒーを是非ご賞味ください』。店内に入ると、店員の声に迎えられた。奥まった席に座り、コーヒーを注文した。

オレはテーブルに肘をつく。しばしの休息だ。ここしばらくはとてつもなく忙しい。探偵を開店休業していたころや、臨時教師の時期とは桁違いのフル回転ぶりだ。あっちへ裏づけ調査、こっちへ尾行と休む暇がない。おかげで体はがたがただが、ここが踏ん張りどころだ。

コーヒーがくる。白い湯気が優雅に立ち昇り、視覚だけでも疲れが癒されるようだ。カップの取っ手に指をかけ、コーヒーを口に含む。喉からつま先まで温かさが広がる。看板に偽りなしの美味さだった。絶妙な苦みがオレの好みだ。

依頼者の仁村《にむら》がやってきて正面に座った。四十歳の控えめそうな女性だ。奥まった席なので、外から覗かれることはない。仁村はオレと同じものを注文した。

仁村は緊張の面持ちだ。注文してはいるが、とても飲みそうにない。この味を冷めるに任せるのはもったいない。前置きは省いて、結論を伝えよう。

コーヒーがくるのを待って、切り出した。

「ご心配でしょうから、先に結論を述べましょう」

「はい。よろしくお願いします」

緊張が肩や腕にも及ぶのが見て取れた。

「ご主人は不倫をしていません」

「それならあの女は誰なんですか？　とても親密そうでした。近所のマンションにふたりして堂々と入っていくのも見たんですよ」

仁村はうれしさと疑いが同居したような顔だ。

「親密なのも、マンションに入ったのも裏がとれましたが、不倫ではありませんでした」

「セックスからが不倫とか言うんじゃありませんよね」

「まさか。端的に言ってしまえば、相手の女性はご主人の兄弟なのですよ。だから不倫にはなりません」

「ありえませんよ。夫の兄弟はお兄さんだけなんですから」

「はい。ですから、そのお兄さんのことです」

仁村は納得がいかないようで、しばしぽかんとしていたが、

「ええっ！　ひょっとしてお兄さんは……」

「ご想像のとおりです。現在は兄ではなく、姉になっています」

仁村はへなへなと上体を折った。

「相手は兄ですからね、マンションに堂々と入りもするでしょう。不倫は通常隠すものです。堂々としていたということは、不倫ではないという証拠になります」

オレは調査結果の文書や、写真を差し出した。仁村はそれらに目をとおしながら、コーヒーを口にした。おいしい、と一言。表情もすっきりとしていた。

「夫を疑っていた自分が恥ずかしいです」

「これを夫婦円満の一助にしてください。そうなれば私としても調査した甲斐があるというものです」

「屋敷さんに依頼して正解でした。こんなに早く答えをいただけるなんて」

「それでしたら、うちの事務所とホームページの宣伝をぜひ」

「ええ。よろこんで宣伝させていただきますね」

ポケットでスマートフォンが振動した。オレは失礼を詫びて、メールを確認した。

オレは一瞬、読むのを躊躇《ちゅうちょ》した。しかし、放置するわけにはいかない。

眼鏡をかけ、決定キーを押す。メールが開かれた。

文中にあったURLへ接続する。ブログが表示された。ブログタイトルは『若本直《わかもとなお》の日常日記』。横にはうさぎと竜の画像が載っている。デザインに派手さはないが、最新記事のタイトルは衝撃的なものだった。

『6月2日　死にたい』

息を呑んだ。視野が文章にのみ凝縮する。

『お久しぶりです。突然ですけど、死にたいです。役立たずのエキストラだから。生きてても意味ないから。でもだからこそ誰かの役に立ってから死にたい。綺麗な魂で死にたい。贅沢かな。早くこの世界からいなくなった方が世界の役に立つかな』

＊

ここは自宅だとばかりに、津嘉山が事務所へ入ってきた。オレはパンの耳を慌てて喉に押しこんだ。津嘉山が事務机の前にやってくる。

「邪魔するよ。ほら、あんた宛に手紙だよ」

パソコンの上に封筒が置かれた。

「前から思っていたんだが、他人のポストから手紙を持ち出すのはどうなんだ？」

「盗まれないように届けてやってんだろう」

「そう思うならポストの鍵を直してくれないか？」

「あんたのおかげで、しばらく家賃収入が減ってたからね。鍵を直すだけの金はないよ」

「二年前から壊れていただろ」

「そうだったかね？　まあ直したきゃ自費で直すんだね」

「なら当分直せそうにないな」

オレはパンの耳をかじった。応接セットや家具やパソコンの購入、家賃の支払いでかつかつの生活だ。依頼も数えるほどしかなく、調査料もそれなりだ。支出を最低限にしないとやっていけない。昼食もこうして近所のパン屋でもらったパンの耳だ。

津嘉山は腰を据える様子だったので、コーヒーを振る舞った。津嘉山は本棚から取った脳トレーニングの本を読んでいた。『脳は百歳からでも鍛えられる』とのキャッチフレーズに惹かれて購入した。効果のほどは不明だが、日夜欠かさずトレーニングしている。脳力不足がわずかでも鍛えられていればいいのだが。

パソコンでの作業に復帰する前に、手紙を読むことにする。達筆な文字がオレの意識を刺激した。和歌森からの手紙だ。はやる気持ちと臆する気持ちで開封に手間取る。便箋にも達筆な文字が書きこまれていた。一字も読み逃さないよう、慎重に熟読していく。

そこには『同夫妻は、屋敷様の復活を切望しておられたとのことです』としたためられていた。連絡先の電話番号も書かれてある。

「熱視線だねえ。恋文かい？」

津嘉山がわざとらしくにやけている。オレは固まっていた表情をゆるめた。

「そんな甘酸っぱいものじゃない。調査の依頼だよ。大口のね」

「そりゃあ僥倖《ぎょうこう》だね。鍵が直せるじゃないかい」

「鍵は当分うっちゃっておくことにしたよ。配達物は津嘉山さんに持ってきてもらう方が安全そうだ」

「あたしはあんたの召使いかい」

「滅相もない」

オレは作業を再開し、Ｔｗｉｔｔｅｒの登録を完了した。画像はオレの顔写真をアップする。

蜜柑と連絡先の交換はしていない。タレント活動をしている空前の人気者だから、住所が公開されているはずもない。蜜柑の芸能事務所に屋敷啓次郎だと名乗っても、コンタクトは取れないだろう。しかし、このネット時代だ。有名人とでもネットを通じてやりとりができる。二〇一三年の日本で、その筆頭はＴｗｉｔｔｅｒだ。

蜜柑のＴｗｉｔｔｅｒに飛ぶ。

無表情な蜜柑の写真が目立つページだった。フォロワー数はすでに九十万人。芸能活動を控えていても、その人気は衰えていないようだ。自己紹介文に『事務所に頼まれたのでしかたなく・・・』と蜜柑らしい文が載っていた。芸能活動を縮小するのなら、せめてＴｗｉｔｔｅｒで世間とのつながりを保持させよう、という事務所側の意向があったのだろう。この自己紹介文から、頼まれたら嫌とは言えない彼女の性格が垣間見える。探偵としてはあっぱれだが、それで倒れるほど探偵稼業に励んでは元も子もない。オレに回るべき事件まで担当させたのだから、偉そうなことは言えないが。

すでに全快したらしい蜜柑のツイートは、アニメの感想やカップラーメンの味についてなどだった。それらを読むのもそこそこに、蜜柑へツイートする。タッチタイピングもすっかり板についた。独自練習と津嘉山の特訓の賜物だ。

『屋敷啓次郎です。お久しぶりです。突然ですが、個人的にお話ししたいことがあります。疑わしいでしょうが、これが本人である証拠です。「推理を披露する姿、オレに見せてくれ」。よろしければ、下記のアドレスにメールをください』

末尾にオレのメールアドレスを記載した。

文書内の『推理を披露する姿、オレに見せてくれ』。この言葉はオレと蜜柑しか知らない。秘密の暴露だ。本人証明としてはうってつけだろう。

しばらくは待機時間だ。なにしろフォロワーが九十万人いる。オレのツイートが埋もれてしまうことは充分ありうる。オレの顔写真を載せたから、多少は目に留まりやすいとは思うが……。埋もれたときのためにフォローもしておく。これで蜜柑もオレをフォローしてくれたらダイレクトメールが送れる。

コーヒーを淹れてこよう。席を立った。

津嘉山はいつの間にかいなくなっていた。オレの真剣な雰囲気に気をつかってくれたのだと思う。本は本棚に収納されていた。コーヒーをカップに注ぎ、椅子に腰かける。カップを傾けながらメールソフトを起動させた。

早くもメールが届いていた。

『蜜柑花子です。ツイート見ました』

思わず身を乗り出す。反応がなかったら、という不安はどうしてもあった。それがこうも迅速に返信があるとは。

いよいよこの時がきた。もうあと戻りはしない。

オレの誘いに、蜜柑は乗る。オレのファンとしてではなく、ひとりの探偵として。その確信があった。

オレは探偵としてやらなければならない。どんなに辛くとも。蜜柑に協力を請い、救う。そう腹を決めた。

パソコンに向かう。キーボードを叩き、想いを乗せた文章を打ちこんだ。

『ある人を救いたい。そのために、蜜柑の協力がほしい』

明日は、七瀬が帰国する日だった。

13

翌日、十二時。快晴だ。オレは練馬《ねりま》にあるマンションを前にしていた。築二十五年。コンクリートの壁面は経年の汚れで、白が灰色になっていた。通路にはこびりついて黒く石化したようなガム。排水溝付近は苔むしている。

成田《なりた》空港に七瀬が到着するのは十五時ごろだ。滞《とどこお》りなければ、オレも出迎えに間に合うだろう。

この日だけは、美紀とも再会する予定だ。たった二か月なのに、ずいぶんと離れている気がする。

……。

感慨を封じた。

スーツの襟を正す。慮外な身なりはできない。ありのままの屋敷啓次郎として会うべく、防刃チョッキも脱いできた。

となりには蜜柑がいる。缶バッジのついたピンクのスタジアムジャンパーにミニスカート、縁の大きな眼鏡とブーツ。オレにとっては、いつもの装いだった。

この埃や水垢が固着したドアを開ければ、火ぶたは切って落とされる。

目で同意を求めた。蜜柑は無言でうなずいた。意思疎通は万全だ。言葉は不要だった。

呼び鈴を鳴らす。血流の音が全身から発せられた。呼吸も微妙に乱れる。

やがて、ドアが開かれた。

「どうした。こんなむさいところに、名探偵が勢ぞろいで」

風邪を引いたときのようなかすれた声で、竜人が出てきた。ワイシャツとジーンズのラフな恰好だった。煙草をくゆらせる顔はやつれていたが、瞳だけはぎらぎらとしている。

「どうしても話しておきたいことがあってな。入れてくれるか?」

「遠慮すんなよ」

竜人がドアを全開にした。オレと蜜柑はそろって入室する。

馴染みの部屋は色がくすんで見えた。短い廊下をとおると、十畳ほどのダイニングキッチンだ。キッチン隅の段ボールには、ひとり暮らしの男らしく、インスタントラーメンやレトルトカレーがあった。流しにはつかいこんだまな板や包丁もあり、料理もこなすと訴えていた。実際、竜人の料理の腕は一人前だ。ダイニングテーブルには、ぽつんと白い紙袋があった。この歳になるとよく目にする袋だ。オレが通ったのと同じ病院名が印刷されている。竜人は無造作に取ってゴミ箱に捨てた。

「こっちは汚ねえからな。あっちに座れよ」

仕切りのないとなりの部屋は、カーペットが敷きつめられた居間だ。こちらもダイニングキッチンと同じぐらいの床面積がある。テレビと小さなテーブル。ティッシュ箱やゴミ箱。それに座椅子があるぐらいだ。竜人は座布団を二枚出した。オレと蜜柑が並んで座る。竜人はテーブルの向こうの座椅子に腰を下ろした。灰皿に灰を落とす。

「その面《つら》。愉快な話じゃなさそうだな。まあ、じっくり話してくれよ」

竜人は煙草の箱をテーブルに置いた。オレは目を閉じ、気を静める。

竜人の言うとおりだ。ここにいる誰ひとりにとっても、愉快な話ではない。だが、それを迂回して生きることはできない。

目を、開いた。

「私は往生際の悪い男でした」

屋敷啓次郎の語りに、横槍を入れる者はいない。

「探偵をやめたのに、ふとした時間に考えていたのです。引導を渡されたあの事件について。どうすれば自力で解けたのか。どうしていれば犯人の策を阻止できたのか。事件を未然に防ぐためのヒントはなかったのか。それを見逃しはしなかったか、等々を。過去を悔いても詮無いことだと思っていましたが、人生わからないものです。その懊悩が私にひらめきをもたらしました。まるで天啓のように」

考えるだけ考えたら、一回離れてみる。和歌森から教わったアイディア捻出法だ。

エレベーター事件からほどない、なんでもない日常のなかでのことだった。なんの前ぶれもなく、雷が脳天に落ちたかのような、あの感覚がもたらされたのだ。

「あの別荘での事件。一点だけどうしても引っかかることがありました」

それは蜜柑のあずかり知らないできごとだ。

パズルのピースが足りなくては、謎は解けない。蜜柑はそのピースを手にできなかった。その分、オレと比べてハンデがあった。

蜜柑がもしあの場にいたなら、謎はもっと早期に解かれていただろうか。

解かれていただろう。現時点での実力差では。

「それは、私と初めて対面したときの桝蔵夫妻の態度です。思い返せば、脅迫状が送りつけられたというのに、ふたりとも笑顔に溢れていました。それこそ別荘でのバカンスに客人を迎え入れたかのようにです」

竜人が音を立てて煙を吹いた。

「そりゃあ、はしゃぎもするだろう。程度の差こそあれ、昔はお前に入れこんでたらしいからな」

「桝蔵さんならその説明でも納得です。しかし千佳さんに関しては事情が異なります。私が招来されたのは、千佳さんが脅迫状を怖れたからです。初対面以降はただひとり怯えている様子でした。いくら私に入れこんでいたとはいえ、そんな千佳さんがあれだけの笑顔を振りまくでしょうか？　とても考えられません」

オレは重い頭を横に振った。竜人は反論せずに煙草を含んだ。

「ではなぜ千佳さんはあんなに笑顔を見せていたのか。簡単です。千佳さんには恐怖心などなく、笑顔を見せられるような心理状態だったのです。なぜか。それは脅迫状が偽りだったからです。それで千佳さんは、私を目の前にしてつい役どころを忘れてはしゃいでしまった」

「脅迫状が偽りだってのは、乱暴な推理じゃねえか？　怖れていなかったのは、草太の死だったのかもしれねえだろ」

「脅迫状は本物だと思っていたが、千佳さんはそれで草太君が殺されたとしてもかまわなかった。そういうことですか？」

「そういうこった」

「草太君が殺害されたのは結果論です。脅迫状だけでは、どんな事件が起こるかも、誰が犠牲になるのかも推測不能でした」

「脅迫状を送りつけて草太を殺した犯人と、千佳さんは内通していた。これならどうだ？」

「それなら、その犯人——和奏ちゃん——と千佳さんは結託していたことになりますね。それで草太君の殺害を容認した、と」

「親の子殺しなんざ稀有《けう》でもなんでもねえ」

竜人は、千佳が黒幕だったという説で攻めてくるようだ。受けて立つ。

「稀代の名探偵である蜜柑花子を招いているのですよ。犯罪を犯そうとする者の行動としては、およそ考えられません」

「千佳さんは啓次郎に入れこんでたからな。蜜柑にも同じぐらい入れこんでたんだろうよ。要は名探偵っつう存在に興味を持ってたんだ。そこでお前らの推理を特等席で観戦するために、和奏に犯罪を犯させた。てめえは安全圏で高みの見物ってわけだ。千佳さんはそんな危険な遊戯でもしてたんじゃねえのか」

「それはまさに危険ですね。犯人が捕まれば、自らの立場も危うくなる。共謀関係を暴露されたら千佳さんもジ・エンドですよ」

「和奏の最期を思い出せよな。結果がどうなろうが、千佳さんは和奏に犯行後に自殺するよう強要してたんだろうよ。千佳さんだけじゃなく敏夫も結託してた可能性もあるな。ふたりが啓次郎の制止を振りきって和奏を追ったのはそのためだ。和奏が自殺するのを見届けにいったんだな。自殺するつもりじゃなきゃあ、塩化カリウムや練炭は用意しねえよ」

竜人は桝蔵夫妻黒幕説を掲げ、オレの一手一手をことごとくかわして逃げる。オレも盤上に論理の駒を置き、逃げ道を塞《ふさ》いでいく。

「和奏ちゃんを追跡したのは三人でしたね。自殺を見届けにいったのなら――桝蔵さんが共犯だと仮定しても――竜人の介入が許されるはずがありません。竜人を自由にしたら、自殺の強要をしているシーンを目撃されるかもしれず、自殺を阻止されるかもしれないからです。なので竜人の足止めは絶対条件です。和奏ちゃんが自らを人質にして私たちの足止めをしたように、竜人の足止めをすべきでした。ところがどうでしょう。口頭ではっきりと、追いかけてくれば死ぬと警告されたのは、私と蜜柑だけでした。あたかも全員が警告されたように思えましたが、実際は違うのです。竜人の足止めがなされていない以上、自殺の強要などなかったのでしょう」

「したら、和奏と結託っつう前提が違ってんだろうよ。桝蔵夫妻はなんかの偶然で和奏の殺人計画を知ったんだ。だが、殺人を見越していながら、ふたりは傍観に徹した。そういうこったろ」

「ひとり息子が殺されると知りながら黙認した、ということですか？」

「だな」

「和奏ちゃんと桝蔵夫妻は結託していなかった。その説はいただけませんね。和奏ちゃんと桝蔵夫妻は、息子の恋人という以上の関係があったのです。思い出してください。和奏ちゃんは車を林に隠し、そこで塩化カリウムを注射し自殺しました。この用意周到さからいって、自殺は計画のうちだったとわかります。トリックを見破られた和奏ちゃんは、自らを人質にして私たちを脅しました。自殺の邪魔をさせないためですね。しかし、先ほどの話を思い出してください。はっきりと警告されたのは、私と蜜柑だけだったのです。和奏ちゃんは隠れ場所を推理されたくないから、などと言っていましたが、竜人たちに捕まれば推理もへったくれもありません。和奏ちゃんが自らを人質に取ったとき、私はよく考えたものだと感心すらしました。ですが、思い返せば思い返すほど、つめの甘さに気づきました。桝蔵夫妻と竜人への忠告が不充分だったために、三人の足止めができていなかったのですからね。和奏ちゃんは竜人へも直接、きたら死ぬと警告すべきでした。その上で、桝蔵さんと千佳さんがきても死ぬ。だからしっかりとふたりを手元に置いて見張っていろ、と重ねて警告すべきだったのです。それがなされなかったのはどうしてか？　その答えは二パターン考えられます。一、警告を重ねなくとも桝蔵夫妻は追ってこないと知っていた。桝蔵夫妻は激昂していました。普通は追ってこない確信など持てません。確信を持てるとしたら、追いかけないと事前通知されていた場合でしょう。二、追ってこられても問題はなかった。これはありえませんね。車にたどりつくまでに捕まれば計画は破綻します。全然問題なくなどありません。それでもあえて問題がないとするなら、桝蔵夫妻と結託していた場合でしょう。どちらにせよ、最低でも和奏ちゃんと桝蔵夫妻は事件について通じ合っていたとしか思えません」

竜人が駒を投げたのか、黙りこんだ。

「かなりフライングしましたが、話を戻します。最初に言及したように、少なくとも千佳さんは脅迫状が偽物だと承知していたのです。しかし、それを隠し、本物の脅迫状を送りつけられたかのようにふるまっていた。なぜか。それは狂言だったからですよ。脅迫状も、あの犯行もね」

「……狂言」

蜜柑がひとりごとのようにつぶやいた。

「そのとおり。狂言です。ただしもうおわかりですよね。狂言だとしたら本当に人は殺しません。それなのに草太君は殺害されました。この矛盾の解答を、私はこう考えました。狂言だと思っていたのは特定の人物だけで、狂言を利用して本当の殺人を犯した者がいる、と」

竜人は二本目の煙草を箱から出した。

「しかし問題がひとつあります。それは熱量です。狂言なら、役どころは堅持しなければなりません。脅迫状を送りつけられた役なのに、私に会えてはしゃぐなど本来あってはならないことです。にも拘《かかわ》らず、千佳さんは役どころを忘れてはしゃいでしまった。そのような状況は、千佳さんが相当私に熱を上げていなければ起こりえないでしょう。私への熱量が低ければ、役どころを忘れはしなかったでしょうからね。そこで、千佳さんの私への熱中度を調査しました。桝蔵さんの自宅にも伺いましたし、周辺の人々に聞き取り調査もしました。しかし、結果は芳《かんば》しくありませんでした。遺品調査からも証言からも、平凡な熱量しか感じられなかったのです。推測が外れたのかと思いましたが、隠れファンという可能性も捨てきれません。最後の確認のつもりで、和歌森さんに調査を依頼しました。主宰する会の会員に訊き出してもらったのです。私に対する好意を持った者同士なら、どこかでコンタクトがあるかもという希望的観測です。推測が間違っていたなら、それはそれでよかった。私は気持ちよく調査を終えられたでしょう。ところが……」

懐から手紙を取り出した。和歌森からの手紙だ。開いて机に置いた。そのなかの一文を指差す。

『同夫妻は、屋敷様の復活を切望しておられたとのことです』

「情報を提供してくれた方に連絡を取り、確認をしました。本当に桝蔵さんたちだったのか。本当に復活を望む発言をしたのか。結果、あの事件は狂言である蓋然性が高いと、私は結論するしかありませんでした。では、狂言だったとして、目的はなんだったのでしょうか？　脅迫状を餌に新旧の探偵を一堂に会させたかった。事件を起こして私へ挑戦したかった。挑戦ではなく、ただ私の推理を観戦したかった。と、いろいろ考えられます。ですが、桝蔵夫妻は私の復活を切望していた、とあります。桝蔵夫妻は私に探偵として復活してもらいたかったのです。ならば目的は明白です。狂言で事件を起こし、私に解決させる。そして探偵としての自信を取り戻させたかったのです」

和歌森が事件の依頼を仲介してくれたように。蜜柑が事件をとおしてオレの復活を促そうとしたように。オレを支持する人たちは、屋敷啓次郎の復活を熱望してくれていたのだ。本当にありがたい。

「あの一連の事件はすべて狂言でした。しかし、それは狂言だと信じていた者にとっての真実です。真犯人には別の思惑がありました。それは秘密裏に狂言を本物の殺人へと堕とすことです。狂言を信じる者はそれを知らずに演じ続け、私たちは狂言とはつゆ思わず調査をしていました。真犯人に操られているとも知らずにです。現実として草太君は殺害されましたが、狂言と信じていた者にとって、あれは偽装された死だったのです。ナイフは首ではなく、別のところに刺さっている。あるいはナイフに仕掛けがあり、首に刺さっているように見せかけている。そんな認識だったのでしょう」

煙草が赤熱し、灰の固まりに変質していく。

「狂言を隠れ蓑に、殺人を犯したのは誰か。それにはまず、あの事件が狂言だと知っていた者は誰だったのかを明らかにする必要があります。私と対面して思わず相好を崩してしまった桝蔵さんと千佳さんは確定です。和奏ちゃんも同様です。犯人役での起用だったはずですからね。犯人役の和奏ちゃんが、殺人計画を予定どおりに演じたからこそ、桝蔵さんや千佳さんは演技を継続したのです。もし和奏ちゃんが犯人役でなく、予定外の犯人だったならば、二人はもっと取り乱し、これが狂言であることをぶちまけたでしょうからね。同じ理由で、草太君も狂言の出演者と推理できます。予定どおりに死体役を演じた。蜜柑は狂言であることすら知らなかった、と私は推理します。なぜなら、蜜柑は草太君の遺体にかけられた布団をめくったからです。ナイフは刺さっているように見せかけているだけ、と狂言を演じる側は認識しています。ところが、蜜柑は布団をめくった。蜜柑が演じる側だったとしたら、愚行以外のなにものでもありません。私にナイフが別所に刺さっているところや、仕掛けが施されたナイフを見定められたら、計画が破綻してしまうのですから。よって蜜柑は狂言を知らない側だと認定できます。蜜柑が招待されたのは、私の引き立て役だったのでしょう。蜜柑は現役真っ盛りの探偵です。そのような人物より先に私が謎を解ければ、探偵としての自信を完全に取り戻せる。桝蔵夫妻としては、そんな狙いだったのでしょう」

「俺はどっちだ？　啓次郎よ」

竜人の煙草は、すでに根本まで灰になっていた。

「竜人は何度か激していました。私と桝蔵夫妻の初対面時。そして蜜柑が草太君にかけられた布団をめくったとき。回想してみれば、いずれもターニングポイントでの激昂でした。前者は、私に会って思わずはしゃいでしまった桝蔵夫妻が、態度を修正するきっかけになりました。あのままであったなら、私がいくら衰えたとはいっても、不自然さに気づいたでしょう。後者の激昂は、桝蔵夫妻と和奏ちゃんに、草太君が偽装ではなく本当に死んでいると露見せずにすむ防壁となりました。蜜柑に布団を完全にめくり上げられていたら、草太君の死が嘘でも偽りでもないとバレていたでしょう。この二件を偶然として片づけるには戸惑いが生じますね……。真実を竜人自身の口から教えてくれるのなら、手っ取り早いのですが。どうでしょうか？」

「探偵だろうが。推理してみろよ」

「黙す時点で認めるようなものだとは思いませんか？」

「黙秘だけで犯人扱いなんざしてみろ。二秒で検察からつっ返されるのがオチだ」

「ですね。自力でがんばってみますよ」

オレは唇を湿らせた。

「そもそも、この狂言は竜人の協力なしには立ち行きません。私と蜜柑の行動は制御できないからです。蜜柑の布団めくりがいい例です。遺体——に見せかけた草太君——を調べられるのも回避しなくてはなりません。死んだふりがバレたらそれまでですからね。狂言が発覚しないよう、様々に私たちの行動をコントロールする人物が必須です。その役は元刑事で、私のパートナーである竜人がふさわしい。その竜人でさえ、蜜柑の行動をコントロールしきれなかったのですから、他の人なら推して知るべしです。また、私には蜜柑より早く謎を解いてもらわなければなりません。蜜柑が先に謎を解いてしまっては、本末転倒ですからね。そのために、私が先行できるようにヒントを出す人物が、これもまた必須でしょう。その役の適任者も竜人です。事件現場では、常に私と行動をともにしていますからね。自然に私へヒントを出せます。もっとも、実際は蜜柑が先に謎を解いたわけですが……」

オレは、竜人の瞳を直視した。竜人の瞳には、オレだけが映っている。

「竜人。あなたは狂言に加担していましたね。それなのに、なぜ公《おおやけ》にしなかったのですか？草太君が殺された時点で、狂言であったことを公表するべきなのに……なぜ」

竜人は沈黙していた。その口は、三本目の煙草を噛むだけだ。

「狂言に関わっていたのは五人です。桝蔵さん。千佳さん。草太君。和奏ちゃん。そして竜人。そのなかで生き残っているのはただひとり。真犯人は、あなたですね。武富竜人」

竜人は煙草をもみ消し、ため息と煙を吐いた。頭をぼりぼりと掻く。

「そこまで推理されちゃ、お手上げだ」

蜜柑がはっと顔をもたげた。オレはまつ毛すらも動かさなかった。

「啓次郎の推理どおりだ。俺は狂言に一枚噛んでた。お前をどうにかして表舞台へ引き上げるためにな。だが、それで犯人扱いとはな」

竜人は四本目の煙草に火をつけた。

「まあ、自業自得か。いまのいままで、だんまりを決めこんでたんだからな。それでもよ、俺はうしろ暗《ぐれ》えことなんざ、なんもしてねえ。たしかに俺は殺人を見逃した。だが、それは勘違いしてたからだ」

煙草を吸う。ほぼ同時に咳きこんだ。

「いいか。俺たちゃ、名探偵を欺いて狂言を成功させねえとならなかったんだぞ。こりゃとてつもなく難儀なことだ。だからできるかぎりのリアリティを求めねえとならなかった。半端にやりゃあ、たちまち推知されるからな。演技の練習やリハーサルを何回も重ねた。リアリティにもこだわった。ナイフは本物をつかったんだ。まがい物つかって狂言だと見抜かれちゃあ世話ねえからな。だが、安全確保は万全にしたぜ。まず草太は布団に寝て首を横に倒す。そんで布団の端っこに頭を持っていく。和奏はナイフを刺すわけだが、狙いどころは草太が布団にまっすぐ寝たときに首がくる位置だ。そうしときゃあ、布団の端っこに頭を避難させてる草太を刺すこたあねえ。和奏は布団にナイフを刺し、刺さったナイフに草太の方から頭を寄せていく。このとき草太の体と布団は動いちまうが、俺、桝蔵夫妻が強引に部屋へ突入して、お前らを最後尾に追いやりゃ、それぐらいの時間は稼げる。こうして草太の首とナイフの距離は近くなって、布団の上から見りゃ、首に刺さってるように見えるって寸法よ。そうなるように、さんざっぱら予行演習をしたんだ。刺す位置も万が一がねえように、ピンポイントで刺せと指導した。

まかり間違っても、事故は起こりようがねえはずだった。ところが草太は死んでやがった。だから俺は思ったんだ。こりゃあ草太が頭の位置をずらし、自殺したんじゃねえかってよ。元刑事としては、狂言を中止して警察へ向かうべきだった。だが、俺には啓次郎を再起させるって使命がある。中止なんざしたらせっかくの計画が水の泡だ。それで、啓次郎が推理するまでは黙っていようと決めたんだ。だが、和奏があんなことしちまったからな。言うに言い出せなくなったんだ。こうやって犯人扱いされんじゃねえかってよ。恥知らずなことをしちまった。弁解はしねえよ」

忸怩《じくじ》たる思い、表情にはそんな気持ちが表われていた。行いを悔いている者の態度だった。それが、どうしようもなく悲しかった。総身から五感が抜け落ちていくようだった。

「草太君が自殺したというのは……」

「みなまで言わねえでもわかってんだよ。草太は仲間とニューヨークへのチケットを取ったとか言ってやがった。自殺する人間のすることじゃねえ。お前のことだ、裏は取れてんだろ」

竜人に先手を打たれる。攻守が交替した形だ。

「旅行会社に勤めている、草太君の友人がチケットを手配したと証言してくれました」

「だろ。草太の自殺はありえねえのに、すっかり勘違いしてたんだ。俺も頭が固くなっちまったと、あとで愕然としたぜ。自殺じゃねえとすると、やっぱ和奏が殺したんだろうな。動機は不明だが、まあ恋愛感情のもつれでもあったんだろうよ」

オレが反論しようとすると、竜人は続けざまに言う。

「それかひょっとすると、敏夫か千佳さんが草太を騙したのかもしれねえな。『ナイフを刺す位置が変更になった。頭の位置も変更だ』とかなんとか嘘教えてよ。和奏は練習どおり『草太が布団にまっすぐ寝たときに首がくる位置』をピンポイントで刺す。そのポイントへ草太が首を持っていくように仕向けりゃ、手を汚さずに殺せるからな」

　オレが口を挟む隙もなく、竜人は続ける。

「啓次郎には疑問があるんだろう。ベッドへ刺すのと首へ刺すのじゃあ、感触が違う。もし和奏がなんも知らずに草太の首を刺したんなら、感触で気づいたはずだ。だが、和奏に人を刺した自覚があったようにゃ見えなかった。これは奇妙だ。ところが、これが奇妙でもなんでもねえんだ。さっきも言ったが、俺らはリアリティを重視した。ベッドと首じゃあ、ナイフの刺さる深さに差が出る。ベッドに刺した方が深く、首に刺した方が浅い。微妙な差異だが、お前らはそこから真相を見抜く。こっちも慎重になるしかなかった。そこで予行演習のときは、骨つきの鳥肉だとかを刺させてたんだ。それで迫真の演技とリアクションができる。お前らを欺きとおす率も上がるってこった。本番でもそれを刺す予定だったから、和奏が人体を刺したのに無自覚だったのは当然だ」

　オレが推理したことを、先手先手で詳述していく。

　竜人とは長いつき合いだ。オレがすでに事件の全貌を摑んでいることは、お見通しなのだろう。

　そこで奇策に打って出た。オレの推理を闇雲に否定するのではなく、わずかにずれた真相をあえて暴露することで、オレをミスリードしようとしているのだ。

「竜人こそ自覚していますか？　そのトリックは、竜人も実現可能ということを」

「俺が草太と会ったのは数回だぞ。自宅に招かれたときに世間話するぐれえの間柄でしかねえ。敏夫や千佳さんと違って、俺にゃあ動機がねえだろうが」

親子ともなれば、ちょっとしたいざこざはままあるだろう。そのなかから動機らしきものを選定しようと思えば、いくらでもできる。対して、接触回数の少ない竜人から動機を見つけるのは至難だ。

竜人は自発的にトリックを白日の下にさらし、被疑者にまで収まりながら、最後には逃げおおせようとしている。

会心の一手だが、それだけオレが追いつめている証明でもある。

「まず、和奏ちゃんが自らの意志で殺人を犯した可能性はないと断言しましょう」

「わかってるよ。草太の死が周知となったら、誰だって犯人は和奏だと思う。犯行機会があったのはひとりだけなんだからな。和奏が犯人だとしたら、あんまりにもまぬけだ。だとしたら、たまたま失敗して草太を殺したとでも訴えて、過失致死辺りを狙うつもりだったのか？　そりゃあねえよな。なにせ、和奏は自殺してんだからよ！」

語尾で竜人は激しく咳きこんだ。煙草を灰皿に置く。手荒く箱からティッシュを引き抜いた。口に押し当てる。肩を上下させながらティッシュに痰を吐く。それを掴んで、くしゃくしゃに丸め、ゴミ箱へ投げ捨てた。

その様態に、オレは胸をかきむしられるようだった。蜜柑は口を真一文字に結び、まつ毛を震わせていた。

「俺はやってねえと言い切れる。真犯人は敏夫か千佳さんしかいねえ。だが悪いことはできねえな。和奏はなんかのきっかけで、一杯喰わされたと気づいたんだ。それで逆襲に転じて……」

「もうしゃべらないでくれ」

きつい口調で竜人をいさめた。竜人は口を半開きにしたまま語りをやめた。

「その説に説得力はある。警察が信用してもおかしくはないぐらいにはな。だが、それが真相ではありえない。和奏ちゃんは殺人など犯さないだろうからな」

ポケットからスマートフォンを出す。画面を竜人から見えるように、テーブルへ置いた。液晶にはブログの記事が表示されていた。

『お久しぶりです。突然ですけど、死にたいです。役立たずのエキストラだから。生きてても意味ないから。でもだからこそ誰かの役に立ってから死にたい。綺麗な魂で死にたい。贅沢かな。早くこの世界からいなくなった方が世界の役に立つかな』

「去年六月に書かれた、和奏ちゃんのブログだ。彼女の知り合いに教えてもらった。調べてみたんだが、和奏ちゃんは役者をやっていたそうだな。芸名は若本直、本尾和奏のアナグラムだ。並べ替えればそれぞれの名前になる。そんな和奏ちゃんの記事を、よく読んでみろ。誰かの役に立ちたい。綺麗な魂で死にたい。そう書かれてある。こんなにも彼女は健気《けなげ》だった。たとえ騙されて人を殺してしまったとしても、その復讐として人を殺すだろうか。オレにはとてもそうは思えない。むしろ騙されたとはいえ、人を殺してしまった事実に心を痛めていたと思う」

反論しようとする竜人を、今度はオレが遮《さえぎ》った。

「竜人の言うように、一杯喰わされたと気づき、逆襲したのだとしよう。しかし、それだとあるべきものがないことになる。散弾銃で撃ち殺すほどの怒りだったんだ。どうして告発文のひとつも残していかない？　草太を死に追いやったのはわたしではない。真犯人は別にいる、それは桝蔵夫妻だ、と訴えない理由がない。告発文がないということは、逆説的に、殺すほどの怒りはなかったということになる。このふたつの根拠から、和奏ちゃんは桝蔵さんと千佳さんを殺していないと結論する。真犯人は、やはりお前だよ。竜人」

竜人はほぼ燃え尽きた煙草を、灰皿で潰した。煙草の箱に手を伸ばしはしなかった。暗い炎を湛えた双眸《そうぼう》で、まじろぎもせずにオレを見る。

「去年の七月ごろだ。竜人と和奏ちゃんがふたりでいるところを目撃されている。このブログが書かれた翌月だ。竜人と和奏ちゃんには、密かなつながりがあったんだな」

ふたりのつながりを見つけるべく、方々を駆けずり回った。おかげで疲労ばかりが増え、収入は増えなかった。

それでも、これはオレの事件だ。脚が折れようとも極貧になろうとも、立ち止まるわけにはいかなかった。

「事件の結末とこのブログ記事。そこから竜人の計略が透けて見える。お前はなにかのきっかけで、和奏ちゃんに自殺願望があることを知った。そして、これを事件の仕上げに利用しようと思い立った。和奏ちゃんは誰かの役に立って死にたいと望んでいた。そこでお前は、ある探偵の復活に一役買ってくれないかと申し出た。和奏ちゃんにとっては願ってもない話だ。しかし、自殺を容認するような男の言うことだ、素直に信じるとは考えにくい。なにか企みがあるのではないかと疑うのが普通だろう。だからお前は、俺も自殺するつもりだと伝えた。すべてが完了したあかつきには、ふたりで死のう。そう約束したんだ。和奏ちゃんはよろこんで了承しただろう。狂言当日。草太君の恋人という設定をまずは演じてもらった。さらに、竜人自身が語ったトリックで、本人も気づかぬうちに殺人をさせた。和奏ちゃんは人を殺したなどとは夢にも思わず、犯人役を演じきった」

和奏は逃走の寸前、「じゃあ。あとはがんばってね、探偵さん」と言い残した。あれは捨て台詞《ぜりふ》でもなんでもない。オレへ送った、本心からのエールだったのだ。心が締めつけられる。

「乗り越える壁はあとふたつ。一、和奏ちゃんだけを自殺させる。二、狂言を知る桝蔵さんと千佳さんを殺す。それを実現するため、和奏ちゃんが逃げ、それを三人で追うというシナリオを作成した。理由づけは、ネタばらしパーティの準備とでもすればいい。偽りの殺人事件である以上、いずれは狂言だと発覚する。オレが解決したら、すみやかにネタばらしをするのが得策だ。どうせやるなら盛大にやろう。林に準備を調えておいて、復活おめでとうのサプライズパーティをしよう。そんな理由で言いくるめれば信用するだろう。あのときオレは体調不良ということで推理の披露を辞退したから、桝蔵夫妻は逡巡《しゅんじゅん》しただろうが、お前はシナリオどおりに事を進めた。そして林までくるとこう言う。『啓次郎は体調不良だが、予定どおりパーティをやろう』。そう提案して納得させると、二手にわかれた。竜人は和奏ちゃんと隠してあった車に乗りこむ。ふたりで自殺するという約束があるからな。塩化カリウムの注射は同時に打ったはずだ。だが竜人は、注射器をすり替えていた。ビタミンでも入っているものにな。コインマジックの技法を応用すれば、そう難しくはない。幾度となくオレのマジックを見てきたお前のことだ、そうしたすり替えの知識ぐらいはあっただろう。知識がなくとも、注射器を床に落とし、拾う動作にまぎらわせてすり替えるという単純な方法もある。どんな方法を用いたにせよ、マジックを披露するときほど凝視はされないだろうから、難度は低いはずだ」

竜人は胸を大きく上下させるだけで、反撃はしてこない。

「練炭やロープを持ってこさせたのは、銃を不自然さなく用意させるためだ。自殺方法はそのときの気分で決めよう、などと提案すれば、和奏ちゃんは従っただろう。最低でも五か月は交流があったんだ。多少不自然な要求を呑ませるぐらいには、信頼を勝ち取っていただろう。そうして和奏ちゃんのみを自殺させると、散弾銃を手に、桝蔵夫妻との待ち合わせ場所に向かった。祝砲を上げるおもちゃの銃だとでも言って近づくと、問答無用で発砲した。これが、竜人の行った殺人の全貌だ。どこか、間違っているか?」

オレは竜人を見据えていたが、蜜柑にも問うていた。関係者を集めて推理を披露するのは、再検証のためでもある。蜜柑以上の適任者はいないだろう。

蜜柑は、なんの異議も申し立てない。発したのはただ一言だけだった。

「……動機は、なに?」

「動機、か」

竜人は長年オレのパートナーとして活躍してきた。それがどうして凶行に及んだのか。蜜柑でなくとも、疑問を呈さずにはいられないだろう。

蜜柑には事前におおまかな推理の全貌は話したが、動機はあいまいにしか伝えていない。願わくは推理が外れていてほしいと思ったからだ。

「蜜柑。キミにも警察に属する協力者がいるんだよな」

蜜柑は意表を衝かれたようだった。

「うん。いるけど……」

「オレのパートナーが竜人だということは、広く知られていた。しかし、蜜柑のパートナーは影さえも見えない。その彼か彼女が、表舞台に出ないのはなぜだ？」

「えと……あの……」

ちらりと竜人を横目で見た。それが、雄弁に答えを語っていた。

「探偵に協力しているなどと知られたら、警察での立場が危うくなる。そんな理由ではないのか？」

蜜柑は目を見開き、言葉につまった。

だがやがて、意を決したようにオレへ目の焦点を結んだ。

「あたしのパートナーは、正義感の固まり。だからあたしに協力してくれる。でも、警察本体はそうじゃない。あたしも、屋敷さんも大嫌い。それに協力する警察官も、大嫌い」

蜜柑の吐露は焼けた鉄のようだった。無表情のなかに、壮絶な辛さが浮き出ていた。オレはそれを受け継ぐ。

「虐め問題はあとを絶たない。一時期とはいえ、オレも教師をしていたからな。他人事《ひとごと》ではなかったし、深刻な問題として受け止めていた。しかし、虐めはなにも児童や学生の間だけの現象ではない。社会人にだって往々にしてある。一般企業にもあるし、公務員にもある。当然、警察にもな」

警察とは幾度となく対立した。オレたちに敵対する意思はないが、警察は違う。オレたちは警察という組織の名誉を脅かし、領域を侵害する目の上のたんこぶだ。

もし、敵である探偵に協力する者が組織内にいたら……。

「竜人。お前は、職場虐めを受けていたんじゃないか」

虐めには『虐』という漢字が当てられている。『虐』がつかわれるのは、虐殺、残虐、虐待など、いずれも凄惨な言葉だ。虐めがどれほど凄惨な行為か、経験がなくとも教えてくれている。

竜人は無言だ。オレを仇敵であるかのように睨んでいる。オレは身を切られるような思いで、それを受け入れた。

「自殺しようとしてる和奏をたまたま見つけてな。それを助けたのが縁だった。和奏はいい役者だったよ」

ぽつりと、竜人が言った。

「だがよ、運がなかった。理解者もいなかった。あれだけの演技ができんのに、エキストラや端役ばっかだったらしい。光も当たらねえ、誰からも賞賛されねえ。まるで俺みてえな存在だったんだよ」

竜人がテーブルを殴りつけた。血走った両目でオレを睨み、歯を剝き出しにして咆哮する。

「啓次郎、お前はいいよなあ。燦々と降り注ぐ光を浴びてよ、名声も人気も思うがままだ。日陰もんの気持ちがてめえにわかるか？　わかんねえだろうな」

咆哮は部屋そのものを共鳴させた。

「それでも俺は啓次郎に協力した。なんでかわかるよな。正しいことがしたかったからだ。警察の力が及ばない事件でも、お前なら解決してくれる。事件にすらならなかった事件の闇を、お前なら暴き出してくれる。そう思ったから上司に睨まれようが、部下から蔑まれようが耐えて協力してきたんだ」

竜人が床を踏み鳴らして立ち上がった。

「まだお前が絶頂のころはよかったぜ。奴らは世間体を気にして、俺に強く出られねえでいたからな。それがどうだ。啓次郎が落ち目になったとたん、反撃に出やがった。捜査じゃ俺はつま弾《はじ》きさ。同僚は事務的な会話しかしてこねえ。机に向かって座る時間がどんだけ増えたことか。痔になりそうなぐらいだったぜ。しかしそこは天下の警察様だ。訴えられねえ範囲で、絶妙に虐めてくれたもんだ。それだけじゃねえぞ。せめて昇進してやろうと死ぬほど勉強したってのによ。巡査部長の試験にすら受からねえ。おかしいだろ、なあ？　そうやって定年まで飼い殺しだ。給料っつう餌だけ与えられてな。そんな仕打ちを受けたから、警察っつうもんを憎みもしたぜ。だがなあ、俺がもっと憎んだのは、お前だ啓次郎」

硬直して震える指がオレを指し示した。

「初めは殊勝に、啓次郎も辛い思いをしてるんだ、ぐらいに思ったもんだった。だがそんなもんは一年で仕舞いだ。日増しにムカついてどうしようもなかった。俺が村八分にされてるってのに、お前はいまだに愛されてやがる。蜜柑に和歌森、全国の好事家《こうずか》ども。美紀に七瀬に、あの大家もだ。俺には誰もいねえってのによ。なんなんだこの格差は。俺は身を削ってお前の手助けをしてきたんだぞ。だってのに、光り輝いてるのはお前だけだ。所詮俺は啓次郎のパートナーでしかねえんだ。それなのにお前は、うじうじと探偵の自信がねえとかほざいて引きこもってやがる。ざまあねえと高笑いだ。だがな……」

竜人が胸を殴打した。咳きこみながらも吼える。

「肺癌だとよ。俺の命も来年までだとさ。なんのために俺は煙草をやめてたんだ。なんのために俺はお前の手助けなんかしてきたんだ」

竜人の目尻が光る。箱からしゃくるように煙草を引き抜いた。

「ダメっ！」

蜜柑が止めようとしたが、竜人はかまわずライターで火をつけた。

オレは竜人の思うままにさせた。煙草を吸うのは、運命への抵抗だ。せめて、いまだけは抗わせてやりたかった。

竜人が肺癌なのは、尾行で知った。そして、あの白い袋に書かれた薬の名で決定的となった。

「癌が契機となり、オレへの復讐を思い立ったんだな」

「お前さえいなけりゃあ、俺はありふれた刑事として仕事をしてた。平和な人生が送れてたんだ。啓次郎にも惨めさを味わわせねえと、死んでも死にきれねえんだよ」

竜人が狂気に満ちた顔で笑う。

「あの狂言の目的はお前の復活じゃねえ。お前を探偵として殺すことだ。十割間違いなく、蜜柑より先に謎は解けねえと踏んでたからな。そうなりゃ、啓次郎のプライドはずたずたに切り刻まれる。てめえは無能さと無力さを思い知るんだ。予想どおり、バカみてえに悩んでやがったな。せっかく俺が誰ひとり動機もアリバイもないようにして、わかりやすくしてやったのによ。蜜柑の手助けのおかげでようやっと推理できてやがる。落ちたもんだな、啓次郎よ」

竜人はにやにやしながら悦に入っている。

「警察も探偵もだが、一度解決した事件を再検証することはめったにねえ。どっちが推理するにせよ、一度解決したと思いこませりゃ、真相は生涯露呈しねえ……はずだったんだがな」

竜人は多かれ少なかれ、オレたちの思考がザルになると予想していたのだろう。平常だと推理は、謎解きと事件解決を第一の目的として進められる。しかしオレは復活したいという想いが脳内を占め、蜜柑はトリックが解けたと思いこんだ時点で、オレへの気づかいや心配に思考がシフトした。ある種、簡単すぎるトリックなだけに、再検証を行う脳内リソースが、オレのことに費やされたのだ。そんな状態では、不自然さやミスがあっても見逃してしまう。蜜柑が今日まで真相に気づけなかったのはそのせいでもある。

竜人の考案したシナリオと舞台によって、オレたちは完璧に心理を操られたわけだ。

「仕上げが頓挫しちまったな。死ぬ直前に、事件の全貌を書いた告白文がマスコミへ流れるようにするつもりだったのによ。お前らの失態を世間に公表して、探偵としての息の根を止めてやりたかったが……無念だぜ」

竜人の憎悪の矛先はオレだけではない。同じ探偵である蜜柑にも差し向けられている。狂気の沙汰だ。

「だが今回のでわかっただろ。名探偵だともてはやされてるお前らでも、こうして犯人の術中にはまるんだ。お前らが解決だとのたまってきた事件は、本当に解決してんのか。証拠を見逃してんじゃねえか？　証拠が偽物だったらどうする？　誰かをかばって自白した奴もいるんじゃねえか？　死ぬほど思い返せ。そして苦しめ。この神様気取りの傲慢野郎どもが」

竜人は煙草をカーペットに投げつけ、足で踏み潰した。顔には痙攣《けいれん》するような笑みが貼りついていた。

「そうだな。オレたちも人間だ。犯人の術中にはまることもあるだろう。間違った推理をしてきたかもしれない。しかしそうであっても、最後にはこうして真相を明らかにする。もしこの推理でさえ間違いだと言うのなら、真の真相もいつか推理してみせる。それが名探偵だ」

竜人の顔から表情が一掃された。言葉もなく立ち尽くす。眼光のみがぎらぎらと光を放っていた。

「お前は和奏ちゃんの自殺を促し、桝蔵家の人々を殺害した。オレへの復讐、ただそれだけのために。許されることではない」

オレは、ゆっくりと立ち上がった。

「竜人。自首してくれ」

決定的な証拠は探さなかった。見つけようともしなかった。さっきの自白も録音していない。

それは情けゆえだ。探偵としての。

そして信頼ゆえだ。竜人のパートナーとしての。

オレは蜜柑にアイコンタクトを送った。唇を動かす。

『竜人を救ってやってくれ』

　蜜柑は震える瞳で、うなずいてくれた。立ち上がる。

「武富さん。あたしのパートナーが言ってた。『僕はなんて臆病なんだ。隠れてこそこそと花子に協力している。僕も武富さんのような勇気を持ちたい。批判や妨害にも屈せず、正しいことのために邁進《まいしん》した先輩のようになりたい。僕は武富さんを、尊敬している』

　竜人の両肩がゆれていた。

「そんな武富さんを、あたしも尊敬してた」

　蜜柑は最敬礼をし、部屋を辞した。

「お前を批判する者は大勢いたかもしれない。警察で屈辱にまみれていたかもしれない。だが、竜人はひとりの刑事として、ひとりの人間として正しいことを成した。それを否定する者はひとりもいないはずだ。それで、よかったんだ」

オレは最後に竜人を見た。竜人は、まだかろうじてそこに立っていた。

「もし世界中の誰が知らなくとも、オレだけは知っているさ。竜人は尊敬すべき人間だと」

目をつぶった。開けたとき、視界に竜人はいなかった。オレは視線を下げることをせず、出口へ向かう。廊下を歩み、部屋を出た。そこには蜜柑がいた。オレはかすかにうなずく。ドアを閉めた。

慟哭。竜人は子供のように号泣していた。肉体と魂を震わせているようだった。心臓が鷲掴みにされる。

オレは思う。

屋敷啓次郎を、もっとも憎んでいるのはこのオレだ。あの慟哭は、竜人がずっと心の中で上げていたものだ。オレはそれに気づけなかった。気づいていれば、ここには平穏ないまがあったかもしれない。

そう後悔せずにはいられなかった。

そして、この苦しみから救われようとも思わなかった。この苦しみを背負い、オレは探偵として生きていく。

＊

マンションを離れ、駐車場へと歩いていた。歩道で蜜柑とふたり。会話はなかった。自転車のうしろに幼児を乗せた女性が、横断歩道を渡る。犬の散歩をしている中年女性。路肩に駐車された車。色あせた道路標識。コーラのロゴの自動販売機。ありふれた景色なのに、どこか現実感がない。

蜜柑を葛飾《かつしか》まで送り届けたら、成田空港まで直行だ。いい加減、気持ちを切り替えないといけないな。

「ジュースでも飲むか？　ごちそうするよ」

尋ねながらも、すでに財布を取り出していた。なかには五千円札と小銭が少々。これから高速道路をつかうし、ジュース代も惜しむ生活を送っている。本来なら節約したいところだ。だがとにかく、蜜柑との会話のとっかかりを得たかった。

それに、オレの喉は渇き切っていた。ドライな緊張感を抜け、いまになって喉の渇きが強く意識されてきた。蜜柑も同様ではないだろうか。

投入口に五百円玉を入れた。蜜柑が希望を言いやすいように、オレのを先に買う。ブラックコーヒーのボタンを押した。

「蜜柑はなににする？」

蜜柑は凝り固まっていた表情をほぐした。

「コーラ希望で」

腕を伸ばしてコーラを指差した。オレはコーラのボタンを押した。転がり出たコーラの缶を蜜柑に渡す。蜜柑はぺこりと礼をした。

オレはプルトップを上げて、飲み口を開けた。ぐいっとあおる。冷たいコーヒーが喉を潤した。蜜柑は両手で缶を包み、ちびちびと飲みながら、オレをちらちらと窺《うかが》っていた。

蜜柑の内心は易々《やすやす》と察せられる。

確認したいことがあるのだが、あんな出来事のあった直後だ。訊きづらくて遠慮しているのだろう。

「訊きたいことがあるんだろ。遠慮せずに訊いてくれてかまわない」

オレから水を向ける。蜜柑はハムスターのように慌てて目を伏せた。

「屋敷さんは……」

目を伏せたままましのび声で言った。

「探偵、続ける？」

頼りなげな瞳でオレを見上げる。

オレの復活を、蜜柑は待ち望んでくれていた。

だが今回の復活は、解決し損ねた事件を解決するための限定的な復活ではないか。それを心配しているのだろう。

心配はいらない。

オレには、まだ勘も運も想像力もあるのだ。

「オレはどこまでいっても探偵だ。体と脳がもつかぎり、探偵として生きる」

言った瞬間、蜜柑の笑顔が開花した。

今日まで連絡を断っていたが、七瀬にもそう伝える。探偵として真の再スタートを切った今日こそ、伝えるべき日だ。

やっと……。

パキッと音がした。握り締められたオレの指が、缶をへこませている。蜜柑のぽかんとした顔が印象的だった。焼けるような激痛に引きずられ、背後を向いた。

女がいた。犬の散歩をしていた中年女性だ。爛々《らんらん》と光を放つ眼球。赤々とした唇は三日月形に歪められていた。視野には、包丁と思われる刃《やいば》が見えていた。脇腹を濡らす血が拡大していく。

「やった！　やった！　ワタシが殺した。ワタシが殺してやった！　見たかぁ！　ワタシが犯罪の元凶を殺してやった！」

耳障りな奇声が耳朶《じだ》を刺し貫いた。包丁が抜かれる。スーツが急速に濃く変色していった。脚の感覚が消滅していく。

「あとひとり！　犯罪の元凶はあとひとりだ！」

女が包丁を振りかざした。蜜柑は不可避の間合いにいる。オレは立つことさえできない。刃が蜜柑の首元へ向けて振り下ろされた。避けられない。血飛沫《しぶき》が飛び散る映像が、脳裏をよぎった。

しかし。

蜜柑が地面を蹴る。避けない。一気に間合いをつめた。左手で女の手首を摑む。流れるような動作で右手が動く。神速のボディブローが女の腹を抉《えぐ》った。醜い呻《うめ》きが吐き出される。そこへもう一発抉りこまれた。女が無様に倒れ伏す。

蜜柑の堂に入ったファイティングポーズを思い出す。蜜柑のことだ、オレが襲撃された件も情報としてあっただろう。二の舞にならないよう、格闘技や護身術を習っていたに違いない。

そこへいくと、オレはこの様だ。

路上に血溜まりができていく。吐き気をもよおすような痛みに全身の体温が吸い取られていくようだった。

竜人との対決に、防刃チョッキは着ていかなかった。たとえ殺人犯であっても、竜人はオレのパートナーであり友人だった。だから、着たくなかった。

若い男性が女を取り押さえていた。スーツの女性が携帯電話でオレの容態をまくし立てていた。蜜柑が通行人から借りたタオルで、オレの傷口を押さえてくれた。

「屋敷さんっ。平気だから。すぐ救急車くるから。がんばって、がんばって」

小さな口をめいっぱいに開けて励ましてくれる。大粒の涙が、オレの心を波打たせた。

なのに蜜柑の顔は断続的にかすれ、感覚はあるのかないのかわからなくなってくる。

だからオレは、力を振り絞った。

伝えてほしいことがある。

「蜜柑、聞いてくれ」

一語一語、身を裂かれる痛みが迸《ほとばし》る。満足にしゃべれやしない。ドラマは嘘だ。

「美紀に……七瀬に……すまない、と」

美紀を振りきってまで歩んだ道の結末が、これだ。美紀が心配していたとおりになった。ざまあない。

だが、後悔は……していない。

そしてやはり、美紀を愛している。七瀬を、愛している。

もう声は出せなかった。目頭が熱くなり、視界が滲《にじ》んだ。

オレは最後に、笑顔であったと思う。

14

私は、到着ロビーのベンチに座っていた。

到着時刻に変更はない。サンフランシスコからの飛行機は着陸したところだ。七瀬もすぐ出てくるだろう。

スーツケースを転がしていく男性やテレビを観ている女性、スマホに見入る外国人。みんな多種多様にすごしているようだ。

そこに交ざって私は悩んでいた。

啓次郎のことだ。離婚すべきかどうか。

夫と妻、そして家族という絆があるかぎり、私は探偵である啓次郎を心配し続けてしまう。

それがものすごく辛い。別居して少しはマシになっていたけれど、またしばらく一緒に暮らしたせいだろうか、歯止めが利かなくなってきた。仕事中でも啓次郎のことを考えてしまう。

それならいっそ、絆を断ち切ってしまえば、心配せずにすむ。

けれど、難題がある。

はぁ、とため息。

私は、啓次郎を愛している。

私より探偵を取った男なのにだ。はっきり言ってくやしい。さっさと見切りをつけてしまえばいいのに。わかっているのに、どうしてあんな男……。

そう思うのに、離れていたら離れていたで、いろいろと心配してしまう。

啓次郎はお金がないことを決して私には言わなかった。私が気づかないと思っていたんだろうけれど、あいにく気づいていた。

ちゃんと食べているか心配だったが、私としても抗議別居している身だ。おいそれと援助はできない。

そこで津嘉山さんに協力を求めた。津嘉山さんとはm・i・x・iで知り合っていた。偶然啓次郎が津嘉山さんのビルに事務所を構えたと知って、手を結んだのだ。

私と津嘉山さんの関係を、啓次郎はもちろん知らない。

私は、それとなく気にかけてやってほしい、と頼んだ。ついでに探偵をやめるよう、それとなく促してほしい、とも。

なのに津嘉山さんは、啓次郎の肩を持っていたみたい。世の中ってうまくいかないものだ。同居し直して最初のころは、啓次郎も満足げだった。それがある日を境に、心ここにあらず、という感じになっていた。なんとか引き止めようと、何度もデートに誘った。苦境にあった谷浦さんより、啓次郎を優先した。弁護士としてあるまじき行為までしたのに……。

啓次郎はいってしまった。

一緒に生活をしていて、骨身に沁みたことがある。

啓次郎は、探偵としてしか生きていけないのだ。

探偵なんか、弁護士の何十倍も危険だというのに。男って本当にバカだ。どうしようもない。

それとも啓次郎がバカなだけなのだろうか。

「そのバカを見限れない私もバカか」

昨日の七瀬の言葉を思い出す。

『ねえ、Calling《コーリング》って知ってる？　使命って意味なんだよ。それでね、リヴさんとケヴィンさんが言ってたんだ。啓次郎は使命を帯びているんだって』

使命、か。

私は何年も啓次郎のとなりにいた。だから知っている。啓次郎の推理で、どれだけの事件が解決されたか。どれだけの人が救われたか。それが警察にできただろうか。私にできただろうか。

自惚れではなく、啓次郎も私を愛してくれている。

それなのに、啓次郎は探偵であることを選んだ。

私は、どうする。

七瀬がゲートから出てきた。私を見つけ、笑顔で手を振る。手を振り返し、ハンドバッグを腕にかけた。ベンチから腰を上げる。

七瀬は小学生みたいに元気よく駆けてきた。こういうところは成長してない。

ただいまと、おかえりを交換しあった。七瀬はきょろきょろと辺りを見回す。

「ねえ、おとうさんは？　アタシ、伝えたいことがあるんだ」

晴れやかな笑顔だった。

「奇遇ね。実は私も、伝えたいことがあるの」

私も笑顔で言った。


本書は二〇一三年、小社より刊行された作品の文庫化です。

# 解説――名探偵って、なんだろう？

村上貴史

## ■名探偵とリアリティ

名探偵って、なんだろう。

オーギュスト・デュパンの古《いにしえ》から、ミステリにおいて名探偵は活躍を続けてきた。デュパン初登場の「モルグ街の殺人」が一八四一年の作品だから、本稿執筆時点で、百七十六年になる。それだけの長い間、名探偵たちは様々な事件と出会い、その謎を解いてきたのだ。しかも、多くの名探偵は、一人でいくつもの難事件を解決している。いいかえるならば、いくつもの殺意に出会い、屍《しかばね》に出会ってきているのだ。

一歩引いて眺めるならば、本格ミステリのトリックのリアリティよりも、こうした人物が登場すること自体が、よっぽどリアルからほど遠い。しかしながら、読み手は名探偵が登場することについては、実に寛容だ。毎年いくつものシリーズ作品が刊行されていることからしても、それは明らかである。なんとも不思議な存在だ。

名探偵って、一体なんなんだろう——市川哲也の『名探偵の証明』は、それをテーマとした一冊である。

■老いと復活

『名探偵の証明』は、第二十三回鮎川哲也賞の受賞作であり、二〇一三年に刊行された。

この年の鮎川哲也賞の選考委員は三名。芦辺拓は、「私は元来、名探偵なり不可能犯罪などが日常的なものとして無理なく存在している（中略）といった世界設定をつくるやり方には懐疑的で、この作品にも厳しい見方で臨みました。（中略）微苦笑しながらも、あれよあれよと読まされ」たと評し、北村薫は、「《名探偵》という形で《本格ミステリ》そのものの栄枯盛衰について語っている。鮎川賞以外に応募出来る作品ではない。その点を評価した」と述べている。辻真先は、「超人的存在の名探偵を凡人の座にひきおろす試みは面白く、新鮮な切り口であった」などと述べており、三者とも、大なり小なり〝名探偵〟に着目して評価している。高評価の一方で、本作のいくつかの欠点についても言及されていたが、結論として、この作品の価値をきちんと理解して授賞を決めたのは、さすが鮎川哲也賞といえよう。

そしてこの『名探偵の証明』では、まず、〝名探偵〟屋敷啓次郎の活躍ぶりが読者に提示される。舞台となるのは、東京湾の島だ。

三十六歳になる屋敷啓次郎は、同い年である警視庁の武富竜人巡査長たちとともにその島に足止めされていた。五日前に七人で島に渡ったところ、翌朝に島が孤立していることが判明したのだ。電話線が切断され、無線機が破壊され、船も消えているなど、本土との交通手段も通信手段も断たれている。しかも、初日の深夜には七人のうちの一人が殺されていた。そんな状況下で、さらに第二の死体が発見された。自殺か、はたまた殺人か。屋敷啓次郎は、意外なところから得た情報をもとに推理を組み立て、犯人を暴き出す……。

屋敷啓次郎は、事件後に警察署の敷地を歩けば、待ち受けていたらしい若い女性にサインを求められるし、『名探偵の証明』なる自伝小説を著《あらわ》せば、百万部を超えそうな勢いで売れていくという、国民的な有名探偵である。市川哲也はこれらのエピソードを描くことで、しっかりと読者の心に屋敷啓次郎という名探偵の手際や、認知度の高さを刻み込む。

ちなみにここまではまだ物語の序盤に過ぎず、全体の一割強に過ぎない。要するにプロローグだ。そのあとに本篇となる事件が続く。その本篇で屋敷啓次郎は、資産家脅迫事件の謎に挑む——のだが、プロローグでの活躍と本篇の屋敷啓次郎の間には、かなりの隔《へだ》たりがある。二〇一二年末という時代設定の本篇において屋敷啓次郎は、もはや還暦《かんれき》過ぎのじいさんである（一人称でそう語っている）。プロローグからは三十年近くが経過しているのだ。そして二〇一二年現在、屋敷啓次郎は、名探偵としては開店休業状態。事務所の家賃も滞納している。結婚して娘が一人いるが、妻子とは別居中だ。一九八〇年代に、その目ざましい活躍から日本ミステリ界に「新本格ブーム」を巻き起こした名探偵とは思えない零落《れいらく》ぶりだった（もちろん零落するには訳があったのだが）。そんな屋敷啓次郎が今回挑む資産家脅迫事件には、一つの特徴があった。脅迫者は、蜜柑花子を呼べと脅迫状に書いていたのである。蜜柑花子とは、探偵業と並行してタレント活動もしている若い女性だ。蜜柑花子は名探偵・屋敷啓次郎にあこがれを抱いているのだが、ここでは、脅迫状の謎を巡り、対決することになる。その名探偵二人が資産家の別荘に集った日の夜遅く、刺殺体が発見された……。

　老いを自覚している名探偵・屋敷啓次郎は、探偵としての復活を果たすべく、蜜柑花子に先んじての事件解決を目指す。本書で興味深いのは、そうした屋敷啓次郎の姿を通じて、名探偵としての老いとは何かが、彼自身によって具体的に語られることである。手掛かりを得てから解明に至るまでに以前より時間を要するなど、加齢による能力低下を、屋敷啓次郎は実感するのである。特に、蜜柑花子という若く現役の名探偵が傍《かたわ》らにいるだけになおさらだ。現実は無慈悲に屋敷啓次郎の心に足を踏み入れてくるのである。読者として、名探偵のこんな姿を目にする日が来るなんて思いもしなかった。

　名探偵であることのリスクも語られる。犯人が事件から名探偵を排除するために刃《やいば》を振るうリスクもあれば、その刃が家族に向けられるリスクもある。防ぐのは実に困難だ。しかも、刃を振るう動機は、犯人だけに存在するのではないので厄介だ。被害者の遺族が、犯罪を呼び寄せる〝探偵がいるから、私の大事な人が殺されたんだ〟という飛躍した論理で逆恨《さかうら》みすることがあるのである。また、密室やアリバイトリックを駆使した事件が起これば、それは推理小説を模したといわれ、推理小説ブームの根本は屋敷啓次郎であるとして、その犯罪を屋敷啓次郎が助長したとされるのである。いいがかりとしかいいようがないのだが、結果として振るわれる刃は生々しく人を傷つける。そんなリスクのなかで復活を目指す名探偵の姿を描く本書は、換言するならば、男の復活の物語である。本書でも言及された「新本格ブーム」（一九八七年の綾辻行人『十角館の殺人』など）に若干先立ち、一九八〇年代は冒険小説の時代でもあった（一九八一年の志《し》水辰夫《みずたつお》『飢えて狼』など）。自分が自分であるためには死地だろうと厭わず挑むという冒険小説のスタイルが本書にひそかに宿っている点も、なかなかに興味深い。

　そんな『名探偵の証明』は、いささか長い後日談を含む小説でもある。蜜柑花子との名探偵対決を終えた後も、屋敷啓次郎の一人の男としての物語が続くのだ。選評で辻真先が〝ラストの無常観〟と評しているが、この展開も、名探偵が謎を解いて終わりという本格ミステリの典型パターンを逸脱《いつだつ》していて素敵である。

　その文脈でいえば、屋敷啓次郎の一人称で語られた小説であることにも注目したい。一般に本格ミステリは、ワトスン役の視点で語られることが多い。ワトスン役が名探偵の神のごとき推理と読者の日常との橋渡し役を務め、同時に、最後の最後まで名探偵の頭のなかを読者に見せずにおくことで、クライマックスのカタルシスが際立つのである。だが、本書は屋敷啓次郎の一人称なのだ。これはもちろん名探偵の老いと復活を語る上で有効ではあるが、読者へのサプライズという観点では、むしろマイナスに働きかねない。だが、ご安心を。市川哲也は、そこもうまく処理している。意外なところに想定外のかたちでのサプライズを仕込んでいるのだ。ここでもまた新鮮な愉《たの》しみを味わうことが出来るのである。

本格ミステリのスタイルを意識し、名探偵を中心に据え、鮎川哲也賞という的を十分に狙った作品である『名探偵の証明』は、完成してみれば本格ミステリの定型に則《のっと》らず、名探偵を典型パターンでは扱わず、それでいて鮎川哲也賞を射止めたという、相当に野心的な受賞作なのである。

ちなみに鮎川哲也賞応募時のタイトルは、『名探偵―The Detective―』であった。実に小気味いいタイトルではないか。

■屋敷啓次郎と蜜柑花子

さて、通常であれば、名探偵とは何かという考察は、本書だけで完結してもよさそうなものだし、(『名探偵の証明』を読み終えた方ならご理解戴けるだろうが)続篇の執筆が困難な作品でもある。

しかしながら市川哲也は、翌二〇一四年に続篇を投げつけてきた。『名探偵の証明 密室館殺人事件』である。

この作品で市川哲也は、蜜柑花子を中心人物として起用した。そうか、その手できたか――である。老いた名探偵の物語をもう一度世に問うのではなく、現役の名探偵を中心に据えたのだ。しかしながら、現役の名探偵の物語だからといって、市川哲也の方向性にぶれはない。この続篇もやはり、名探偵とは何かという考察をテーマとした一冊なのである。

そしてこの一冊では、名探偵とミステリ作家・拝島登美恵《はいしまとみえ》の対決が描かれる。基本的に名探偵はミステリ作家によって生み出される存在であり、両者は本質的には同じ次元には存在し得ない。『密室館殺人事件』においては、蜜柑花子も拝島登美恵も、いずれも市川哲也が生んだ存在であり、同じ次元に共存しているが、やはりそこには〝本質的に共存し得ない者が共存している〟というねじれた関係のスリルがある。しかも、拝島登美恵が蜜柑花子の勝利条件として定めたのが、〝論理的に推理し、その推理が一定レベルを超えており、事実正解であること〟であったから、なおさら名探偵性やミステリ作家性は強調されることになる。また第二作では、探偵役の蜜柑花子ではなく、別の事件関係者を視点人物にすることで、彼女の名探偵性を（ある意味オーソドックスに）際立たせる演出もしている。実に周到な計算で構築しているのである。

拝島登美恵が作り上げた〝密室館〟なる閉鎖環境において繰り広げられるデス・ゲームの顚末や、そこにおける蜜柑花子の活躍は実際に『密室館殺人事件』をお読み戴くとして、いやはや市川哲也、とんでもない続篇を完成させたものである。

だが――市川哲也は、さらに続けた。

『名探偵の証明　蜜柑花子の栄光』を、《名探偵の証明》シリーズの完結篇として、二〇一六年に放ったのである。この作品では、ある人物（〝戦場ヶ原《せんじょうがはら》〟他の偽名を名乗っている）の依頼により、蜜柑花子は探偵として動き始める（語り手は前作と共通である）。〝戦場ヶ原〟の肉親が誘拐され、その命を救うためには、六日間で四つの難事件を蜜柑花子が解決しなければならないのだ。〝戦場ヶ原〟に巻き込まれたようなものだが、蜜柑花子は、己《おのれ》の知力体力を振り絞り、人体発火や人間消失をはじめとする謎に挑む……。

探偵としての知力を問われると同時に、関西から九州そして関東から四国を、交通手段を車のみに限定されて移動しながらの謎解きという、体力を問われる状況に蜜柑花子はおかれる。そう、名探偵として、その肉体的なスタミナが徹底的に試されるのだ。これもまた従来のいわゆる名探偵があまり経験してこなかったことである。しかも、時間内に謎を解けなかったり、謎解きに誤りがあったりした場合には、人質の死という心理的な大ダメージが降りかかってくるのである。市川哲也は、なんて名探偵に対して残酷なのだろうか。とはいえ、その残酷さは、読者にとっては新たな読書の喜びをもたらす。このシリーズと出会えたことは、そう、やはり喜びなのだ。その喜びが、実に意外なかたちでの着地となるから、なおさら嬉しい。

そして先程述べたように、『蜜柑花子の栄光』は三部作の完結篇である。その完結の味を十分に愉しむためには、やはり第一弾から——すなわち本書から——読み始めるのがよい。もちろん個々の作品を独立して愉しめるようにも書かれてはいるが、若き屋敷啓次郎の活躍に始まる一連の名探偵の物語を深く味わうには、『名探偵の証明』から読み始めるのがよい。

■屋上と地上

さて、二〇一七年に市川哲也が放ったのは、自身初となる短篇集『屋上の名探偵』だった。

タイトルにある屋上の名探偵とは、蜜柑花子のこと。彼女の高校時代を描いた学園ミステリである。主要登場人物たちの高校生ならではの様々な悩みを描きながら、蜜柑花子の推理も描く作品集なのである。

四篇のうち三篇は警察が介入しない程度の事件であり、残る一篇も死体は転がらない。つまりは、名探偵といえども女子高生として身の丈《たけ》にあった事件に、『屋上の名探偵』で蜜柑花子は挑んでいる。中学時代に名探偵として活躍してしまったが故の悩みを抱えつつ。

そう、この短篇集でも、長篇の《名探偵の証明》シリーズのテーマは継続されているのである。学園ミステリとしての賑やかさやユーモアなどが前面に出てはいるが、ときおり、名探偵としての生き方についての考察が顔を出す。

ちなみに語り手は同学年の男子。後に《名探偵の証明》シリーズにも顔を出す人物だ。その彼の結末における決断は、短篇集の締めくくりとして切れ味がよいだけでなく、名探偵とその重要な〝パートナー〟との距離感を考えさせてくれてシリーズらしさを醸し出す見事な演出だ。

さて、名探偵に関する考察というメタな観点を特徴としてきた市川哲也は、これからどこへ進むのだろうか。その考察を続けるもよし、考察から離れるもよし。(屋上といいつつ)ミステリとしては地上で勝負した『屋上の名探偵』は、二〇一四年に「Webミステリーズ!」に発表した第一話を除く三篇は書き下ろしであり、現時点で、ミステリの書き手として申し分ない実力の持ち主であることは明らかだ。その実力を、また改めて自由な発想でかたちにしてもらえればと思う。今後の活躍が愉しみで仕方がない。

検印
廃止

著者紹介　高知県生まれ。太成学院大学卒。2013年『名探偵の証明』で、第23回鮎川哲也賞を受賞しデビュー。著作はほかに『名探偵の証明 密室館殺人事件』『名探偵の証明 蜜柑花子の栄光』『屋上の名探偵』がある。

名探偵の証明

2017年12月15日　初版

著者　市《いち》　川《かわ》　哲《てつ》　也《や》

発行所　(株) 東京創元社
代表者　長谷川晋一

162-0814/東京都新宿区新小川町1-5
電話　03・3268・8231-営業部
03・3268・8204-編集部
URL　http://www.tsogen.co.jp
フォレスト・本間製本



ISBN978-4-488-46512-4　C0193